天地之美 阿坝情深

—— 中国当代作家笔下的阿坝

阿坝州文学艺术界联合会 —— 编

团结出版社

UNITY PRESS

图书在版编目（CIP）数据

天地之美　阿坝情深：中国当代作家笔下的阿坝／
阿坝州文学艺术界联合会编． -- 北京：团结出版社，
2023.9

ISBN 978-7-5234-0383-9

Ⅰ．①天… Ⅱ．①阿… Ⅲ．①散文集-中国-当代
Ⅳ．①I267

中国国家版本馆 CIP 数据核字（2023）第 167025 号

出　　版：团结出版社
　　　　　（北京市东城区东皇城根南街 84 号 邮编：100006）
电　　话：(010) 65228880　65244790
网　　址：www. tjpress. com
E - mail：65244790@ 163. com
经　　销：全国新华书店
印　　刷：四川科德彩色数码科技有限公司

开　　本：170mm×240mm　1/16
印　　张：17. 25
字　　数：254 千字
版　　次：2023 年 9 月第 1 版
印　　次：2023 年 9 月第 1 次印刷

书　　号：ISBN 978-7-5234-0383-9
定　　价：75. 00 元

目 录
CONTENTS

上卷 红色记忆

中卷　人文阿坝

下卷 绿色家园

上卷

红色记忆

Chapter
01

红军走过的路

徐贵祥

第一次到阿坝，是 15 年前重走长征路。2006 年 6 月 15 日在汶川映秀午餐，然后便走进一段难忘的岁月——从四姑娘山到小金县，翻越梦笔山，在红原县瓦切乡拜访流落民间的红军战士，在若尔盖参观"包座战役""巴西会议"纪念地，在松潘川主寺参观红军长征胜利纪念碑园……

我当时正值壮年，踌躇满志，一路上都在听红军的故事，想象那群食不果腹、衣衫褴褛的人如何在风雪中跋涉，如何在国民党军的围追堵截中攻关夺隘，甚至想象自己就是其中的一员——就是那个背着锅前进的红军战士，就是那匹驮着印刷机的老马，就是那个父母牺牲后留在藏区并最终成为藏民的红军娃……在一个叫巴朗山垭口的地方，从车上下来，我很快就发现我不是他们。那是夏天，也是氧气相对饱满的季节，可我还是晕头转向，脚步飘忽，胸口好像堵着石块。那个瞬间，我再想象当年的红军、当年的战争、当年的迁徙……已经想象不出来了。我不得不承认我的羸弱和另一群人的顽强。

第二次到阿坝，是 13 年前，也是这个季节。汶川大地震后，我的老部队在第一时间赶到灾区，第一时间抵达汶川。我稍后从成都、都江堰转道汶川，沿途所见，山河破碎，道路变形，桥梁扭曲。余震像一只痉挛的手，神经质地泼洒泥石流，一会儿挡住去路，一会儿撵在屁股后面追赶。那一路上，我的心中充溢着悲痛、担忧、焦虑。在汶川一周，老部队的战友带我走访了一线抗震救灾部队，那些英勇悲壮的故事常常让我彻夜难眠。就在汶川的帐篷里，在余震的伴奏声中，我的电脑键盘犹如奔腾的马蹄，嗒嗒嗒，嗒嗒嗒……我从几百万字的素材资料里，看到了"铁军""猛虎师""装甲师"的身影，我庆幸我曾经是他们中的一员。尽管我没有像他们那样最先抵达灾区，用双手从废墟里抢救生命，可是，当我转身回到老部队之后，我就是一名战士、一名老兵，我跟在他们的后面前进，记录他们的故事。

前两次到阿坝，都是带着特殊时期的特殊任务，始终有一种紧迫感控制着我的神经，没有来得及认真打量她的美丽。而这一次，我才有机会平心静气一段一段地走，一段一段地看，一段一段地回忆。阿坝，这个熟悉而又陌生的地方，同我的生活、我的创作、我的精神，竟有如此密切的联系，似乎成为长久高悬在我思维世界上空的一道彩虹。15 年前，在红军走过的路上，我写下《冶炼之路》《跟着黑锅前进》《红军柳》等散文；13 年前，我写下散文《问天下谁是英雄》《绝地穿插》、中篇小说《天堂信号》等作品。可以说，阿坝——具体地说，四姑娘山，在我的心目中，首先是一座英雄的山，然后才是一座美丽的山，一座因为神奇、因为磨难而更加美丽的山。

那天，我们从成都出发，向四姑娘山开进。目之所及，群峰叠翠，蓝天白云丽日，一路春意盎然。进入阿坝州境内，公路两侧少数民族风格的建筑渐次多了起来，仿佛听到茶马古道马队的铃声，也仿佛看见当年红军路过藏区、羌寨时民众箪食壶浆的身影。

过了一个垭口，蓦然看见山坡上几个红色大字——映秀镇。多么熟悉的名字，多么难忘的记忆！刚想喊一声停车，已经来不及了，汽车在高速公路上不好掉头，我只好默默地回眸被林木掩映的山坡。映秀，不知道是谁给这个地方起了这么一个富有诗情画意的名字，不知道这两个字里面蕴含了多少内容。15 年前，我在这个镇子上吃过午饭，13 年前再来，已经找不到那家客栈了。这次我又来了，山坡上那三个在阳光下闪闪发光的红色大字让我心潮澎湃，我似乎听到了它的诉说，看到了一个从废墟上站起来的不屈的身影，以更加自信的姿态向我们挥手致意……

一个多小时后，进入巴郎山隧道之前，在一个服务区休息。我走到公路对面，看见峡谷里河水翻滚，河岸上依然留存着泥石流的痕迹。这条河谷，

13 年前我跟随老部队的战友徒步走过。至今仍然记得，有一天上午，在前往一个村寨的途中，看见对面山上鞍部，站着一头黄牛。它以立正的姿势向我们行注目礼，长时间一言不发。我们看不见它的眼睛，却能感觉得到，它的眼睛里仿佛流淌的是信赖和期待。2008 年春夏之交，在这个地方，犹如神兵天降的解放军官兵就是保护神——对于这片土地上所有的生灵来说，都是。

第三次来到阿坝，我的心情很不平静。脚下的这条路，是 80 多年前中国工农红军走过的一条艰苦卓绝的路，是一条摆脱了绝境通向胜利的路，也是13 年前解放军官兵用血汗打通的生命之路，更是一条通向满足人民对美好生活向往的希望之路。凝望远处的雪山，呼吸清新的空气，我感觉我和这个地方早就建立了亲密的关系，仿佛我们早就认识，早就成为战友，早就相依为命。

我们在四姑娘山活动了 4 天，风景美不胜收，四面八方都是雪山，每一个画面都让人陶醉。据说，距此 178 公里以外的成都，每年有 50 多天可以看见四姑娘山的主峰。这个能见度说明什么？说明我们的天空更加纯净了。

5 月 17 日早晨，我们从四姑娘山镇出发，前往成都双流机场，准备返程。我跟同行者商量，能不能在镌刻"映秀镇"那三个字的石壁下方停留一下。大家一致同意，司机也悉心研究了路线。大约是因为来路和返程视野不同，在那段路上，车速放慢了，十几双眼睛搜索前进，可是一直没有见到那块石壁。担心误机，我们只好带着遗憾离开。又正好遇上修路，只得绕道，绕得心烦意乱。就在大家沉默不语的当口，突然听到车内一声惊喜的呼喊：看啊，在那里！

蓦然举目，但见蓝天之下，半山坡上，绿树丛中，阳光怀里，"映秀镇"三个红色大字，迎面扑来。

那一瞬间，我想到了天意，看到了无数双深情的眼睛……

永远的沉默者不朽

毕四海

弯曲的雪山淡化成白冰似的一群蜡像，鹧鸪山为首领，梦笔山、岷山、杂谷脑山，山与山跟随着把班佑草原包围成一个硕大的圆圈。

圆圈的地平线颤抖着，形成了大自然湿重的喘息。一千万年前许多水流就在这里长成了大河，却永远沉默着。连沃野千里的大草原都是沉默的永远。突然在一个也是夏天的时候，从海拔4300米的雪山上跌跌撞撞地扑下来了一群人，雪山僵化了他们的皮肤、肌肉和无法遮蔽身体的破烂单衣，他们成了一群冰者。他们被草原的温暖所拥抱，被无声的河流所淘洗，冰者被冷冻了一些日子的生命重新开始了热血的涌流、肌肉的鲜活、胃肠的蠕动，思维的闪电也照亮了灵魂王国的夜空。冷冻过的生命如今也恢复了需求和渴望供应的恐慌。

七八千个肉体和灵魂构成的生命好像饥饿的蝗虫在班佑草原上飞腾、寻找，一颗颗眸子被热辣辣的渴望燃烧成一簇蓝色的电火花，随即又枯萎了，因为绝望已经子弹出膛把眸子击穿成一个黑洞。什么吃的都没有，方圆一百公里的大圆圈一千万年里只能供应着野羊和小花的生存，这片土地上的全部生命基因只能重复着最单纯的一个链条，大河是融化的雪水，水纯净到了极致，生命也就没有了。纯洁和干净是构不成生命的，也没有办法养活生命。

他们是七八千个战士。

生命被冷冻着会静止，却不会死亡。

生命被温暖着会运动，却会死亡。

战士是饿死的。敌人惧怕死亡，所以不来草原。沼泽是吃人的，却十分有限。只有饥饿，方圆一百公里变成的饥饿的海子迅速地吞没了这七八千个生命。这些生命永远地消失了。名字是生命的一种最原始的记录，甚至连这样的记录也没有留下。七八千个生命便化为永远的沉默，无法进入历史，无法进入纪念碑，无法进入人类的另一种存在中。好在大自然收留沉默着的灵魂，他们也许变成了班佑草原的一部分。

也是一个夏天的日子，我又来到了班佑草原，无边无际的绿草，铺展着呈360度的圆圈向那条蜿蜒颤抖的地平线辐射开去。我躺下去，耳朵也感受到了一抹温润。我看见了星星点点的小花，瘦得很，弱得很，色彩也单纯得很，紫、蓝、白、黄，一律的针眼一般大小，一律的躲闪在草丝里，若有若无。我好像听见了，抑或是感受到了一些声音游丝一般细小，向我的耳膜涌来。我的心弦从根部得到了震动，我想从这些叫不出名字的小花那里得到一些生命的信息。灵魂不是不死吗，我活着躺下占据的这块土地七十年前曾经死着躺下过三个战士，这些小小的无名花不能告诉我些什么吗？

它们什么也没有说。

它们的生命也是生命，本质却是沉默，永远的无言。

我的生命也是生命，本质却是活着，说话。

我的生命的尽头是不能说话。不能诉说的永远沉默的日子到来的时候，我的生命之花便腐朽了，死灭了。

它们是永远的沉默者，所以它们的生命没有尽头。春天它们生命的表现形态是发芽，开花；秋天它们生命的表现形态是枯萎干瘪，把全部的精神凝聚到根上，埋藏在地下。

但是，不管处于一种什么样子的表现形态，它们永远都是沉默着并生存着。

鲜花告诉我

冯 艺

川西北。夏季的班佑草地，沉寂了一个冬天的草从冰雪中醒来，经过春天的舒展，成了最美丽的季节。花开了，草青了，一片茫茫，数百里。

我无法以快乐的名义赏花。

之前，我们刚刚在草地边上的牧民新村，拜访了一位70多岁的老人，他的名字叫"流落红小鬼"。我拉着他的手，听他讲述女红军刘大梅的故事，讲述他的母亲，一位从湘西出走的女子——红二方面军的宣传员，跟着贺龙的部队，拖着儿子翻山涉水，终因饥寒劳疾沉睡在雪山下的草地边的经历。不满7岁的他，没有了母亲，他没有走过草地，从此，流落在牧民的家中。整整七十年！

走向草地边缘的一块无名纪念碑，献上哈达。宽阔，空寂，苍凉，震撼。静穆中，我们一行泪流满面。

刹那，小时候读过的课文在眼前出现。茫茫草地气候恶劣，变化无常，忽而迷雾重重，忽而风雨交加，忽而骄阳似火，忽而漫天飞雪。草地上，既无道路，又无人烟；草丛下，河沟交错，泥泞不堪。腐草结成的地表面，十分松软，人在上面行走扑哧扑哧作响，一不小心就会陷进泥潭不能自拔……

那是一支怎样的军队？一队穿着灰色军装，撑着拐杖、相互搀扶的人马，就在这片草地长长延伸，艰难前行。红军，在川西北的土地上足足转战一年零五个月。

遵义会议后，毛泽东指挥红军突破了国民党几十万重兵包围，直上川西北，爬过雪山来到草地，蒋介石一方面隔断红军南下退路，另一方面迫使红军过雪山草地，借恶劣自然环境困死红军。茫茫泽国，空气稀薄。饥饿、疾病、沼泽……战士们寻找一切可以吃的东西，野菜、草根、皮带、老鼠，甚至人畜粪便中没有消化的青稞粒，大自然以冷峻的面孔用人类生存的最大极限考验和筛选这支强悍而年轻的军队。

走进草地，几乎濒临绝境，一万多名红军将士长眠于草地，其中就有无数的刘大梅。

行进中的战士不小心踩空了脚，陷进了泥潭，身子渐渐往下沉。他知道自己上不来了，赶忙摘下背上的枪，用生命中最后的力气扔给战友；站在草丛边上的战士，伸手抓住了他的手，用力一拉，草丛塌陷了，救人的战友也陷进了泥潭；又一个战友上前去拉第二个战士，也跟着陷了下去；第四个战友伸出手中的棍子，想把陷下去的战士拉上来，结果还是陷进去了。

这便是脚下这片姹紫嫣红的草地，这便是无望的美丽的陷阱。

班佑是 1935 年中央红军进入草地后见到有人烟的第一个村寨。寨子西边有一丛繁茂的七色花，拨开花草，全是白花花的骸骨，很多很多。当地人说，这是当时负责收容掉队战士的红一方面军三军团掩埋的。

草地，一个无底的深潭，吞噬了多少年轻战士；草地，一个布满遗骨的沼泽，遗骨上开着无边无际的鲜艳的花朵！

重走长征路——过草地的那天，我的手机收到了女儿发来父亲节的祝福，我泪水满面。因为我脚下埋着的遗骨，他们的花季没有爱情，没有家庭，更没有孩子今天亲爱的祝福。然而，草地上七彩的鲜花告诉我，他们都是新中国之父，他们用生命庇护着我们，我们每一个人都是他们的孩子。静静地默立着，深深地祈福着，我祝福这些花儿，永远鲜活、灿烂。

花草连天，长河落日。

1960 年，毛泽东与老朋友埃德加·斯诺会面时谈到他在草地的情景时说："那是我生中最黑暗的时刻。"的确，毛泽东与张国焘在这一地区展开了长征以来关于红军何去何从的最为激烈的斗争。当时，红军面临的威胁不仅来自国民党的围追堵截和草地恶劣的自然环境，而且还来自红军内部的分歧和混乱。然而，这条灰色巨龙最终用意志、信念和双脚在长征路上战胜难以想象的困难，越过闻名于世的"死亡地带"，演绎了震惊世界的英雄传奇。

1935 年 9 月 1 日中午，在班佑寨干牛粪屋里睡了一夜的毛泽东，迈着坚实的步子，从巴西邓军寨后的锡水沟走进巴西地区，望着附近一片片金黄色粮田，眼前顿时一片光明。他重重地呼出了一口气，仰天长叹："天无绝人之路啊。"他当即决定将几万将士分散待命，展开筹粮。那时，巴西的田边地头放置了银币，放置了红军通用的苏维埃纸币，百姓纷纷返乡倾尽所有，用粮食用牦牛用民心支撑红军三大主力胜利北上。如果没有当地当时成熟的青稞、豌豆作保障，红军完全可能像蒋介石断言的那样："走向死亡"；如果没有这方水土民风古朴的百姓接济这支来自南方走进高原的队伍，就没有今天威武之师的生身之父！

人们常用"草地是红军长征经过的地方"这句似显平常的话语，来说明红军过草地与中国革命的非凡关系，其丰富而厚重的含义便是困境里的中国对未来正确走向的寻找；是华夏胸中的韬略；是转折与磨难、生存与死亡的抉择。

这就是长征。

长征，对我们这一代人来说，是信念，是地火。我曾经以为这场发生在七十年前惨烈的举世闻名的壮举已经远去。走在长征路上，感受着"刘大梅"们的痛惜和无悔，我激动万分。我突然发现，长征一直埋在我们即将老去的知青一代的心底，它地火般潜行着，烧铸着我们的性格，苦难、困顿、热血、泪水、生命、智慧、忠诚和坚韧一直就燃烧着我们，于是"万水千山只等闲"便成了我们的信念，一直潜行在我们心里，一直是我们成长的精神源头之一，一直活在我们一代人的记忆里。

重走长征路，不是一般意义的游山看水，来不得"形式"与轻佻。重走长征路，是重检记忆，张扬精神；更是追问、审视和重塑。或许，这也是一种中国叙事。

那片永不凋谢的草地上的鲜花这样告诉我。

因为长征

高洪波

二万五千里长征肯定是有原因的，但结果却出人意料。

长征初始，其实是中国工农红军的一次突围，一次败退，或曰战略性转移。后人一听起《十送红军》，悲哀中有酸楚，惆怅中有无奈，较之以后的"向前向前向前，我们的队伍向太阳"和"雄赳赳，气昂昂，跨过鸭绿江"，格调压抑低沉。"十送红军"到何方？无尽的远方。这首歌是万里长征的最初的旋律，至今听来，仍让人万般悲怆。

不久前与一批作家重走长征路，十余日内驱车四千里，在四川阿坝地区转悠。在这块土地上，有着长征时著名的一批雪山：夹金山、梦笔山、四姑娘山，还有更著名的日干乔大沼泽、热尔大草原……平均海拔三千多米，走动起来，明显气短，是空气稀薄所致；可是风光殊绝，草地上盛开着黄色的人参果花、蓝色的报春花，山崖间则是艳丽的格桑花，时或有大片大片的高山杜鹃花映入眼帘，雪山亘古地呈现出银白的色泽，天却意外地湛蓝若宝石，偶或有白云出岫，像哈达一样引人惊喜；白的羊群与黑的牦牛部落轮流出场，红军走过的地方因此显得魅力无穷。

然而在七十年前，正是在这片土地上留下了上万名红军战士的骸骨！他们或战死在一个接一个的战役中，或冻饿牺牲在雪山草地间。据一位老红军回忆：那时掉队的人迷不了路，沿途都是牺牲的战友，他们生前是战士，死后是路标……

悲壮、惨痛。悲壮与惨痛之后是记忆，是反思。万里长征就这样一步一步地走过来了。一支疲惫不堪、衣衫褴褛的"叫花子部队"（当地百姓称谓）却硬是走出了一个新中国！

关于长征，毛泽东主席曾高度并诗意地评价过，比喻为"播种机"和"宣传队"。而事实上当我徜徉在那片高原时，我更佩服的是毛泽东"马背上哼成"的那些卓越大气的诗词，是他把弹雨当春雨欣赏的生命状态，这样的领袖率领的队伍，哪怕是打剩一人一卒，也断然不会屈服！

因为长征，造就了一支铁军；

因为长征，造就了一位诗人；

因为长征，造就了一种精神——我想这种精神是执政党最珍贵的遗产，甚至不仅仅局限于一国一党一民族，事实上长征挑战了人类极限，也证实了个体的生命在大自然中的顽强程度，人类意志在特殊环境中所迸发出的巨大潜能！所以长征是七十年前发生在中国的一个重大事件，但长征的影响力是世界范围的，这个"长征波"正随着时光的流逝而日益凸现出极特殊的辐射圈——这毫无疑问是世界性的。

踏在求吉寺的旧址前，这是发生过"求吉战役"的地方，红军师长王友均战死在这里，他的无数战友也牺牲在这寺庙前，寺庙已成废墟，但墙上弹洞累累，像逼问历史的一只只大睁着的眼。向导一指后山，山上隐然有一条沟壑，说那是当年拖尸体拖出来的沟呀！

向导又一指脚下的土地，说这里当年全浸透着鲜血——求吉战役打了二十天，是长征途中打得最久的一次战役！

然后呢！然后寺庙就搬走了，然后就不住人了，然后每年喇嘛们来这里做法事超度死者的灵魂，因为这是"地狱的入口处"，死的人太多了。

这一刻我默然无语，但我感到脚下土地的滚烫，仿佛听到厮杀与呐喊，声浪正从山脊冲下，挟裹起雷霆风暴，直直地冲入我的心底。

年轻得不可思议的师长王友均，一个二十四岁的勇士，将机枪架在警卫员的肩头，怒吼着扫射，直到一发子弹夺去他的生命……

多少个二十四岁的生命，堆积在七十年漫长光阴和岁月的记忆里。

这一切，都因为……忘记往往与背叛同在。歌舞升平的太平盛世中，幸亏有长征，两个字，一段历史，让我们的血性仍在，理想仍在，于是，清醒和睿智也伴我们同行，同行在新长征的漫漫征途中……

感谢长征。

草地人

李银昭

那时，大雁还没有飞过天空，北冰洋的寒流还被挡在千里之遥的乌拉尔山以外，川西高原的这片大草地，野花遍地，小草疯长，牛羊茁壮。一支从松潘毛儿盖向西行进的队伍，就在这个季节，走进了大草地。随后，十万大军先后抵达。这里，既成了这支红色队伍修养壮大的摇篮，又是运筹战略转移的帷幄，更是在这里，这支"人类历史上"从未有过的长征队伍，经受住了冰雪、饥寒、沼泽、战争的生死考验，锤炼出了一支所向披靡、一路从胜利走向胜利的铁军。

八十七年后的一个早晨，我被你带进了这片茫茫大草地。

草地依然，马嘶不在，军号声远。

在都江堰，你本可安享退休后的天伦日子，但你却说，草地上遍地的火把，黄河渡口的人流和马嘶，总在梦里来找你。你就只有回到高原，回到这片草地。

你说：我是草地人。

一

黄河右岸的郎木寺，你来到这个世界就听着这条大河的涛声。你是这里走出去最早的为数不多的大学生。毕业后，你回到高原，从事教员工作。在而立之年，你到阿坝州若尔盖史志部门工作，因常年收集整理有关红军过

"雪山草地"的故事，你被业内外誉为大草地上的"红色活地图"。

刚到党史办工作，你的兴致并不高，但为了亲友和同事那些期待的眼神，你没有放松对自己上进的要求，做人做事，一直认认真真、踏踏实实。

时间到了1996年，恰逢纪念红军长征胜利60周年。

这年，有关草地、长征、红军的词语不断出现在你的工作和生活里。这些词语在你的心里不断萌发，生长，像大地上的一棵树苗，经过雨露阳光，最终长成了信仰。

你说，"草地人"有一个谚语，是关于牦牛的，翻译成汉语就是"一生只认一个帐篷"。这也是"草地人"最突出的性格，那就是倔强、认死理，瞄准一个目标就锲而不舍，坚持到底，绝不改变。因此，在党史办的这个岗位上，你越干越投入，其间也有许多机会调离，但你始终没有动摇。你认准了这个"帐篷"。

上黄寨，是草地边沿一个非常偏僻、交通不便的地方。你走进农家小屋，一个小女孩坐在昏暗的房角，见了人也不敢起来打招呼，看起来很沮丧。一面土墙上，贴满了三好学生、优秀学生的奖状。这是一户红军后代，孩子的父亲因病失去了劳动力，贫困让她早早地辍了学，担起了生活的重担。女孩泪眼婆娑的一句"想读书"，让你想起小时候在郎木寺，你的一些小伙伴因贫失学的情景，此事深深地刺痛了你的心。

走出这个小屋，一个大胆的构想出现在你的脑海里：寻找流落在草地的红军后代。

你根据民政局登记的红军档案，与同事、妇联工作人员及一名司机4人，一同在当年红军战斗和生活过的地方，遍访寻找红军及红军的后代。

在寻访中，一位叫茹措的红军后代，她的养父红军一辈子没有结婚生子，收养了她这个藏族女孩。茹措成家后老红军在床上瘫痪了4年，丈夫安潘和她一起侍奉左右，为老红军养老送终，一家人虽没有血缘关系，却亲情深厚，被当地评为"五好家庭"。

你说，经过大量的寻访后，根据三个认定标准："一是要有红军留下的信件，二是要有相关人证，三是要有红军留下的遗物"，共确认了72户红军后代。这些留下来的红军后代，经过你们反复入户调查、题写调查报告引起了社会各界的关注和倾力帮扶。

二

现在回想起来，你有些遗憾到党史办工作的时间晚了，如果早几年，你可能会收集到更多的资料、采访到更多的亲历者，为抢救性保护长征这段历史提供更多宝贵的资料。

在党史办工作，你的优势是懂藏语，还对阿坝州藏、羌、回族的各种习俗都非常熟悉，这为寻访工作提供便利。但寻访中的艰辛，你却鲜有提起。

那次去包座，路途艰险，要先坐车到镰刀坝，再到骡马龙沟，之后再赶往包座。你们4人，找了4辆摩托车前往，加上4个骑手共8人，只有你一个女性。

途中下起了雨，上一个小山坡，摩托车骑不上去只能推着前行。又遇到一条小河，大家都跳了过去，但背着相机等装备的你却跳不过去。好不容易找到有独木桥的地方可以过河，谁曾想你脚下一滑掉进了河里，浑身湿透不说，相机、手机里的照片和资料全毁了。可雨越下越大，气温骤降到10℃以下。你们艰难地推着摩托车在泥泞的土路里前行，走了两个小时才找到避雨的地方——一个被遗弃的小木屋。你们8人挤在窄窄的小木屋里，没有牛粪无法生火，浑身湿透的你早已瑟瑟发抖、牙齿打架。委屈也在这一刻涌上心头，你躲在一边偷偷抹泪，心想着万一雨不停，今晚在这里过夜会更艰难。一位摩托车骑手把他的外衣脱下来给你，但他外套下也只有一件衬衣，你谢绝了他的善意。

雷声在头顶炸了一个多小时，而雨也在两小时后才慢慢停了下来，此刻天色已晚，继续去包座已不太可能，你们只得返程回镰刀坝。在返程路上，你想到当年红军长征时，在这样的下雨天挨饿受冻是常有的事，不由感叹，这是多少人的牺牲才换来了革命的成功，换来了今天的美好生活。

三

对在川中丘陵长大的我来说，原以为，格桑花是一种花的花名，就像桃花、梅花、海棠花。你说，不是的。格桑花是高原上许多小花的统称，比如翠菊、波斯菊、金露梅，甚至雪莲、枸杞、高山杜鹃，都被说成是格桑花。因格桑花，你说到了阿婆。阿婆像藏语里的"格桑梅朵"，是"青春花"，是"英雄花"。

你舍不下这片大草地，也是因为阿婆的故事。

阿婆以前不是阿婆，那年阿婆只有4岁。4岁的她被一个红军抱在怀里。那年她还是个小女孩。

红军负了伤，走不出草地。一个骑马的藏族青年发现了4岁的小女孩和她身边的红军。

当时，小女孩扎着小辫，头戴一顶宽大的军帽，军帽上有一颗五角红星。藏族青年下马，与红军打招呼，红军也与他说话，却都不懂对方的语言。红军瘦骨嶙峋，头发长，胡子也长，看不出实际年龄。藏族青年取下马背上的干粮和身上的皮袄，示意送给他们。红军摇头，干裂的嘴唇，着急地说着话，他指指女孩，又指着马，藏族青年后来明白：红军是叫他将小女孩带出草地。

藏族青年将女孩放上马背，带出了草原，带回了家。回家后，这位藏族青年成了女孩的养父，为了照顾女孩，这位藏族青年一生未娶。

女孩因为长时间生活在藏族家庭里，熟练地掌握了藏语，并慢慢忘记了自己的名字。从草地上的一个小女孩，渐渐变成了阿婆。阿婆一生辗转反侧，非常坎坷，年轻时要照顾自己的孩子、考虑未来的生计，没有太多的精力和机会去找寻家乡、找寻亲人，到老了这个愿望依旧没能实现。最后阿婆在甘肃省临夏州去世了，一生都未能实现找到家乡亲人的梦想。这不仅成了阿婆的遗憾，也成了你这个后来人的遗憾。

说起阿婆，你一直很感慨。这份感慨使你生活在都江堰，依然免不了时而返回家乡。在这里，你与红军后代们榨清油、种土豆、捡牛粪，相处和睦，相谈甚欢，继续做你的草地人。

四

那天，在"中国工农红军三军同道北上纪念碑"前参观，当地人都说，这纪念碑的背后也是耗费了你不少的心血。

　　纪念碑是爱心企业家出资捐赠修建的，捐赠者不留名不留姓，只为纪念红军为革命付出的贡献。但纪念碑却因种种原因，修建的时间屡屡推迟。你用了三年多的时间筹划，还专程去深圳与爱心企业家林先生说明情况，你的赤诚，深深地打动了他，其又出资 100 万元在若尔盖修建了红军学校。你们将捐建地选在了偏僻的上包座，这里是当年红军征战的地方。

　　值得欣慰的是，经过多方努力，学校和纪念碑都修建完成了。

　　纪念碑建起来了，矗立在草地上，供后来者仰望。

　　近几年，你还想建一座碑，一座建在纸上的"碑"。这座"碑"里都是关于红军过雪山草地时在阿坝留下的故事。其中许多故事都是以前那些书和资料中少有的，是你这些年走过许多地方去采访挖掘的，是接受你采访的那些亲历者亲口诉说的……如今他们虽已远去，但你想将他们的故事和名字留下来，留在这片草地上，与草共生，与大地共荣，你和他们，他们和你——蒋桂花，都是黄河边上永远的草地人。

长征：不可重复的悲壮与光荣

乔　良

　　我曾经两次从空间上零距离地接近过长征。一次是在这被索尔兹伯里称为人类史上"前所未闻"的远征结束整整半个世纪之后，1986 年；另一次是此后又过了整整二十年的不久前，2006 年 6 月。

　　从红军将士浴血突围艰难跋涉的征途，到我等后辈寻踪觅迹钓史钩沉的旅途，这中间横亘着的，当然不只是七十年默默流逝的时间之河。一路走来，看到的、听到的、想到的，一切一切，都在随时随地提醒你，什么叫沧海桑田。

　　1986 年的长征路，沿途大部分地区依旧是贫穷的。其贫穷程度，足以让人遥想半个世纪前红军经过时的情形。那时，深圳特区还是个大工地，令世人震惊的"深圳速度"大多还体现在图纸上。"海南潮"的狂涌要等到整整两年后，而上海"浦东奇迹"更是规划者们的窃窃私语。那时，个体户还是投机倒把、不法商贩的代名词，万元户还是国人偷偷在心里艳羡的对象和梦想。全国尚如此，西南边陲，二万五千里长征的途经之地会是什么样，可想而知，甚至不想便知。

　　但对于重走长征路的我们，这却并非什么不幸，因为与五十年前相去不远的艰苦环境，可以使你不必太费心思就可以体验或是想象红军勇士们的艰辛。不像今天那些行进在"红色旅游线路"上的人们，面对遵义、红原、小金、延安这些圣地今日的繁荣，除了产生恍若隔世的感叹，很难唤起一种发自内心的遥远的感动。因为所到之地的风光实在太美，美到甚至可以断言，中国的自然景观有一多半都集中在了这二万五千里的长途中。如果排除前有堵截、后有追兵的浴血拼杀，排除雪山草地、凄风苦雨的艰难跋涉，排除草根果腹、皮带充饥的绝处求生，你简直无法想象行进在这等如诗如画的风光长廊里，还有什么艰苦卓绝可言！但真实的历史是不能排除任何元素的，因为它们合在一起，才构成了一部完整的前无古人、后无来者的伟大史诗。

对我们来说，更幸运的是，事隔半个世纪之久，不少当年经历过这次远征的幸存者多还健在。无论是那些功名显赫的老将军，还是沿途滞留的老红军，甚至在金沙江和大渡河为红军壮士们摆渡冲滩的老艄公，都还能以他们清晰的记忆，向我们讲述当年那一幕幕人生中只需一回便没齿难忘且足以回顾半生的经历。

因为那是不可重复的悲壮与光荣。

从这些幸存者的口中，我了解了真实的二万五千里长征。在雨雾如丝的湘江源头，我头一回听人讲起湘江战役，并且懂得了"湘江一战，损失过半"的确切含义。而那位在湘江战役中，为掩护中央机关突围重伤被俘的红 34 师师长，在被人们用担架抬到县城去邀功请赏的路上，气吞山河地把自己的肠子一节节从被子弹打穿的肚子里拽出来，用牙齿咬断，壮烈牺牲的故事，更让我在此后的长征路上，想起来就血流加快，心动过速。

现在，这不可重复的悲壮与光荣，已随着那些幸存者们的一一谢幕而渐渐远去。二十年后的今天，当我重访故地时，除了若尔盖草原上还健在着一位当年只有十三岁，而今也已是耄耋老人的流散红军外，时光之水已把大多数长征的亲历者连同他们刻骨铭心的记忆，一起卷回到了历史的暗河深处。覆盖其上的，则是一群接一群如乌云般在过度放牧且已开始沙化的草地上滚动的牦牛群，和像欧洲的许多地方一样色彩绚丽、街市繁华，让我无法把它们与二十年前的模样放在一起回忆和想象的小城。

我知道，这一切其实早在七十年前就已经注定了。七十年前那场中国共产党人的大迁徙，改变了他们自己，也改变了一个国家、一个民族的命运。尽管当时的他们在恋恋不舍地离开自己的红都瑞金时，并没有哪个人确切地知道他们将开始一次人类史上绝无仅有的史诗式远征，但这并不妨碍他们人人都怀揣起一个伟大愿望：改造中国。二万五千里长征，这个史诗式的命名是后来的事情。但史诗，艰苦、血腥、悲壮、惨烈、英勇、坚忍的史诗，毕竟发生了并且完成了。这是人的意志和体能所创造的最不可思议的巅峰艺术，三十万人开始，由不到三万人完成。

这是不可重复的悲壮与光荣。

在追寻和记录这份悲壮与光荣时，我不曾想过日后将有一小片荣耀，会投射到我身上。当我用我的第一部也是唯一一部描述湘江战役的中篇小说《灵旗》为那些死难的红军将士招魂时，先辈们的荣光在日落之前，照亮了我的前额：这篇小说在中国文学最繁荣的时刻，获得了全国优秀中篇小说奖。我知道，这也是被那次远征所注定的事情，因为没有长征，没有不到一半的红军在湘江之战中的成功突围，就不会有后来发生的一切，包括不会有投身抗战的我的父亲与母亲的结合，也就不会有我，不会有我对长征的追踪，当然也就不会有《灵旗》。这就是历史的宿命。

今天，当我忍着缺氧带来的头痛，眯起眼睛与梦笔山、夹金山这些庄严的雪山对视时，我想我开始明白"造化弄人"四个字的深层含义。那只看不见的手在冥冥中掌控着一切，它既冷酷又公正。它把那么多的苦难和艰辛，一股脑地压在头顶红五星的人身上，而让另一些聚集在青天白日旗下的人，安卧于烟榻和青楼之上，推杯换盏，吞烟吐雾，到头来，这些人怎么可能是那些从未被命运压垮的泥腿子们的对手？天下，怎么可能不落入那些指甲缝里有泥垢、胳肢窝下有虱子的人手中？这就是国共的命运。这命运早在湘江两岸的血雨腥风、雪山草地的死亡行进中，就已经不可避免地注定了。可惜当年蒋介石完全不明白这一点，所以才在这次由他的围追堵截造成的二万五千里长征之后，又跟他的老对手毛泽东整整斗了十三年，方知道大势尽去！

在我们的车队驶出最后一座雄立于高山之巅的羌寨，在红布飘飘的羌人的招手中结束这次"后来人的长征"时，一只鹰，不动声色地盘旋进我的视界。它一圈又一圈地盘着，旋着，高傲、自尊、沉着、威严，许久许久，才慢慢移出了我的视线。

让我不禁想起一行友人念给我听的诗句：

"光荣随鹰背远……"

而这时，高速公路正在我的眼前疾速展开。成都遥遥在望。我想，当代人的光荣结束时，属于另一代人的光荣，就应该开始了。

蓝天上没有鹰的痕迹

裘山山

2023 年 3 月，时隔近 15 年，再次踏上汶川这片土地，站在岷江边，望着对面巍峨的岷山，我的思绪翻滚着，历史与现实、虚幻与真实轮番上映。突然，一声鹰唳划破长空，湛蓝如洗的天空中留下飞过的"尾迹云"，那一天的点点滴滴就像约好了似的接踵而来。

飞进汶川

2008 年 5 月 31 日，5 月的最后一天，我终生都不会忘记。

这一天，我随总政艺术家采访团，搭乘某陆航团的直升机前往汶川。飞行前，我们从团长余志荣那里了解到：自 5 月 12 日地震发生后，陆航团就进入高速运转中，所有官兵每天都只能休息几小时，醒着的时间里分分钟都无法放松。到我们去的那天止，陆航团共出动直升机 1571 架次，飞行 1337 小时，运送救灾物资 575.2 吨，抢运伤员 1121 人，转运被困群众 1876 人，向灾区运送医疗人员、技术人员、救灾专家等总计 1912 人。

由于此次地震极重灾区都在山区，空中通道是高山峡谷地形，丛林密布，云雾缭绕，能见度极差，每一次起飞都面临着巨大的风险。但为了帮助受灾群众尽快脱离危险，"雄鹰"一次次地飞翔，为受灾群众带去了食品、水、药品和帐篷，带回了等待治疗的重伤员、孤儿和老人……在道路被毁、断电断水断通信的山区极重灾区，直升机所带去的，几乎是受灾群众唯一的希望了。

那些天，陆航团的直升机每降落到一处灾区，受灾群众就挥舞着双手，不顾一切地从四面八方跑来，有的抱住机组人员失声痛哭，有的对着直升机合掌感激。看着白发苍苍的老人们露出的惊喜，望着天真可爱的雀跃的孩子们，陆航团的官兵们既心情沉重又倍感责任重大，大家暗暗下定决心，要尽可能多飞几个架次，多运一些伤员，多装一点物资。汶川、北川、青川……只要是有生命需要拯救的地方，都有这些雄鹰的身影。从县城到边远村寨，到处都回荡着直升机起降的轰鸣声。

当时天气不错，起飞后，我一直趴在舷窗旁拍照。我估计飞行高度就是1000米左右，因为地面的房子看得挺清楚。我们的飞机在两山之间飞行，下面是岷江，我想这就是岷江大峡谷吧。曾经看过地震前的岷江河谷的照片，两条公路在河谷里逶迤交织在一起，仿佛仙女的两根飘带，当时觉得好漂亮，可现在，已断成了一截一截的，面目全非了。河两岸的群山伤痕累累，有的被削掉了山头，有的在山腰垮掉一大块，看上去触目惊心。山麓上的高压线塔被震倒了好几座，难怪震区断水断电。越到靠近汶川的地方，看到的情形越惨。有一处山洼，洼地里的几座房子几乎完全被掩埋了，房顶上都是土，看得人心惊肉跳。还有的地方，一半的山垮塌下来，推倒了下面的房屋。

半小时后我们顺利降落在汶川的一个临时直升机场。我们一下飞机，就有好多等待转移出去的灾区伤员和群众围上来，其中有武警战士抬着担架。直升机一直轰鸣着，我们迅速下，他们迅速上，几分钟后直升机就飞走了。仅此一瞬，我完全可以想象这些日子来飞行员们有多辛苦。

县城果然如我们听到的那样，房屋倒塌不算严重。据说自1976年松潘平武地震后，汶川有了抗震意识，所建的房屋大都比较结实。不过，一些看上去还站立着的房屋实际上已成了危房，细看可以看到很大的裂口。路过阿坝师范高等专科学校（现阿坝师范学院）——这是阿坝州唯一的一所高等学校。一眼望去，教学楼和宿舍都没有倒塌，但空无一人。

房子虽然没倒多少，但两旁的山却很可怕，每时每刻都在冒着尘土滚落的烟雾向人们昭示着，山还在不停地颤抖。据曾去过汶川的人说，这些山原来都是绿色的，可现在我们看到的都是土山了，黄黄的，没有一点绿色，好像被剥了一层皮。经过的一些路段，滑坡塌下来的大石块面目狰狞，把大半个公路都掩埋了。

毕竟是地震中心啊！

两个团长

汽车把我们带到汶川县城的一个宾馆，有几支救灾部队的指挥部将帐篷搭建在宾馆前的空地上。

"铁军"是5月13日凌晨接到的命令，摩托化加铁路运输，争分夺秒赶赴四川灾区。其中一个团于14日凌晨4时到达都江堰市紫坪铺水库，由此徒步向映秀进发。另一个团沿着当年红军长征的路线，迂回780公里，翻越海拔4300多米的夹金山、梦笔山，于16日上午到达汶川。

高炮团团长杨恩红告诉我们，他率团于13日晚上从洛阳飞到成都，14日早上到紫坪铺，然后进军映秀镇。15日，他们接到军部命令，从映秀向汶川县城进军。杨团长立即组织了一支55人的突击队，把全团仅剩的5瓶半水和6包方便面集中起来带上，朝汶川进发。一路惨状不断，余震频发，山顶常常滚落下大石头。他命令队伍，遇到危险就跑，到安全一点的地方再调整。

他们走的路线，就是我们今天在飞机上看到的岷江河谷，就是我们看到的那些震垮了的山路，走一段就会遇到一个村寨。受灾的老百姓看到他们都非常激动，觉得解放军来了就有依靠了。杨团长带领突击队官兵，一边帮助掩埋死者，一边把幸存的群众组织起来，把粮食集中到一起，让他们互相照顾，再教他们寻找直升机坪，等待救援。就这样，他们过一个村寨就救援一个村寨，一共经过了13个村寨。

当走到福堂坝水电站时，天色已晚，路也越来越危险了，河两岸全是悬崖峭壁，还有大面积滑坡。杨团长察看了一下地形，发现有一小块平地上聚集了很多逃出来的百姓，部队就地宿营。

这一整天，突击队基本上没吃饭，实在饿了，就吃几口地里的生莴笋。杨团长想到后面大部队还将沿着这条路跟进，马上给师里写了封信，报告他们这一路走过的情况，并画好详细的线路图，然后托一位往外走的老百姓带到映秀交给师长。那位老百姓坚决表示，就是死，也要把这封信送到。

第二天早上 6 点，突击队再次出发。他们把仅有的药品留给了聚集在这里的百姓，并让他们用白床单围出直升机坪，以便救援。在经过塌方形成的碎石路段时，杨团长特意下达命令，一律不准跳跃，以免崴脚或者扭伤。但有个小战士还是被滚落的石头砸断了腿，他的指导员把他背过碎石路段，杨团长察看了伤情后，立即采取措施，先用两个干净口罩盖住伤口，再撕一件汗衫进行简易包扎，然后找来竹片捆在腿上固定受伤的骨头，由战士们轮流背着，继续前进。

突击队终于在 16 日上午到达了汶川县城，整个过程徒步行军 29 个小时。到达汶川县城后，他们并没有忘记沿途村寨的老百姓，又 5 次返回峡谷，带着医疗队和粮食，去救援那里的受灾群众，并一次次地把里面的受灾群众带出来，转移到县城。

给我留下深刻印象的还有黄团长。这是个土家族汉子，叫黄长青。因为时间紧迫，他是在我们吃午饭时给我们介绍情况的。让我意外的是，他在给我们讲述的时候，一直哽咽着。原来，他是我们到汶川的头一天，刚从一个叫桃关的"孤岛"上出来的，他带着兵一直在里面救灾，已经半个月没和上级联系了。

那个地方虽然距县城只有 30 公里，但进入很困难，二三十公里的路他们走了 3 天。其中一个峡谷，他们是用钢丝绳吊过去的，每过一个兵需要六七分钟，过完 300 个兵就用了 2 天时间。道路的艰难，让每个战士的腿和胳膊都伤痕累累。正因为交通困难，里面的群众无法转移出来，只能就地救援。他们一方面搜救房屋倒塌中被掩埋的群众，一方面帮助受灾的群众搭建临时住房，最重要的是，及时稳定群众的情绪，安抚他们。

由于供给跟不上，他们一个星期只吃了两顿热饭，也没有任何蔬菜。空投来的粮食和药品有限，他们都先给了老百姓。水更是缺乏，不要说洗澡，洗脸都困难，完全回到了最原始的生活状态。后来老百姓看不下去了，解放军每天的劳动强度那么大，还吃不饱，那怎么行啊？就杀了头猪给他们送来。

我注意到黄团长在讲述他们的经历和遇到的危险时，有一句话说了好几遍："我只想把每一个兵都安安全全地带回去。"其神情，如同父亲对待自己受苦的儿子。他这样心疼兵，兵也很在乎他。他说，过一个塌方区时，有个兵在路上捡到一顶安全帽，马上扣到了他的头上，说："团长，你可不能受伤啊！"在那样的时刻，官兵之间，真的就是亲如兄弟了。

故乡成了灾区

在那里，我偶遇一位从汶川走出来的中校军官，原成都军区某特种侦察大队的冯旭东。他给我讲述了他的亲历，他亲爱的故乡成了灾区。

"地震发生时，我和我的部队正在阿坝地区执行外训任务，我当时坐在车上，所以自身并没有什么感觉。但很快我就接连接到电话和短信，都是问我是否安全的，我才知道地震了。马上给家人打电话，一个也打不通。说实话，我有点儿紧张，比其他人多一分担忧。我出生在汶川，成长在汶川，直到高中毕业考上军校，才离开那个地方。我姐姐在七盘沟小学教书，妹妹在映秀小学教书，父母退休前也一直在汶川教书，退休后在都江堰定居。现在看来，我们一家把重灾区都囊括了。

"虽然心慌，但又心存侥幸，我在心里默默祈求一家人平安。除了默默祈求，也没有任何办法。我们要执行救灾任务。

"在大队罗政委的带领下，我们全体官兵摩托化开进。起初还没什么，一过米亚罗，情形大变，车灯照耀下，路上一片惨状，山体崩塌，路面严重损毁，一望而知，绝不是一般的地震。由于下雨，损毁的路面满是泥浆，还有爆裂出来的光缆线，每隔一段便有大幅度的滑坡。许许多多的车被堵在路上，许许多多焦急慌张的人拥挤在路上。

"看到这些情况，我的心情越来越糟。地震灾害的严重性，远远超过我的想象。但在大家面前，我还是保持着镇静，只是一言不发。政委知道我家在汶川，小声安慰我说：'没事的，我们很快就到了，到了你就回去看看。'

"到了古尔沟，路完全断了。我看到夜色中武警水电九支队的官兵们正在千辛万苦奋力抢修，想在最短的时间内打通理县到汶川的道路。这时，上级下达了明确命令：命令我部立即前往汶川！也就是这个时候，我终于知道，这场大地震的震中，就在汶川。这个消息对我来说，无疑是雪上加霜。但同时我们也得知我们军长已率先遣队到了映秀镇。这让我得到不小的安慰。

"罗政委很快做出决定，由他率突击队徒步向汶川进发，让我负责车队随后跟进。那一刻，我真希望由我来带领突击队向汶川进发。但罗政委坚决要亲自率领，任务太艰巨！从古尔沟到汶川，90公里。这90公里在路面非常好的情况下徒步到达也不是件轻松的事，何况是那样的路！

"凌晨5点，罗政委挑选了96名身体强壮的战士出发了。每个战士都负重几十斤。告别时罗政委握住我的手说：'这26辆车就交给你了。'我说：'请政委放心，我一定把人员和车辆物资安全带到。'

"我在焦急不安中度过了12日那个难眠之夜。虽然知道电话不通，我也反复拨打；虽然知道焦虑无用，我也无法平静。13日晚上，武警水电九支队的官兵终于把路推通了，我们赶紧出发，刚一过那个滑坡，石头又滚了下来，我惊出一身冷汗，还好没有砸到车队。沿途看到很多被砸毁的车以及掉到河里的车，货车、小轿车、中巴，一边走一边听到路边的山坡上随时像滚黄豆一样往下滚碎石。与此同时，让我们深受感动的是沿途的群众，他们纷纷端着抱着一盆盆大樱桃往我们车上送，往我们怀里塞，我知道那些樱桃平时要卖几十元一斤。

"15日早上，我们终于进入汶川县城。我看到我从小熟悉的那些山峦完全变了样，我曾经骑车上学的那些路也面目全非，我从来不知道山峦也会变得狰狞，那些山在我的心中一直是亲切的啊。现在却剥了一层皮似的，裸露着，还腾着尘土。

"家乡的老百姓对我们真是非常好，当然他们并不知道我是汶川人，他们就是由衷感谢解放军进来帮助他们。我还记得刚到的那天晚上，汶川的一些学生就拿着冰激凌来慰问我们，我们不收，学生就把冰激凌拿进我们住的地方，所以到汶川的第一顿晚饭，我们吃的是冰激凌。在汶川县城，有位火锅店老板很让我们感动，他把自己开的火锅店打开，免费给受灾群众吃，给解放军吃。因为粮食不多，他在为我们熬稀饭时，特意放了很多火腿肠。老板叫王小平，他妻子叫代秀珍，真是善良厚道的生意人。我们大家都忘不了他们。

"第二天（16日），我抽空去汶川的七盘沟小学看姐姐，路上遇到校长，他说我姐姐没事，我心里的一块石头才落地，但姐姐一看到我就抱头痛哭。她告诉我，她给父母打通电话了，从父母那里得知，我们的妹妹遇难了，妹夫也遇难了。她悲痛万分，说因为那天没有课，妹妹就没去学校，是家里的房子垮了……还说14日是妹妹的生日，她原打算14日去映秀为她过生日的……我的心也如刀绞一般，我们的妹妹，尚未满29周岁的妹妹，就这样永远离开我们了。

"但我没有时间悲痛，我得马上回部队去。我让她自己多保重，就迅速离开了。

"后来我才知道，地震时，父母都在外面。母亲和几个老友在河边的绿化带打麻将，突然的剧烈震动把桌子都摇倒了，母亲连忙抱住身边的一棵树才没有摔倒。父亲那一刻正好到车站去取我姐姐从汶川带给家里的樱桃，大地突然摇晃起来，他马上反应过来是地震，赶快往家跑。家里的房子虽然没倒，却已经成了危房，父母两人就打着雨伞在外面坐了一夜。那时我们兄妹三人都没消息，他们心里也是焦虑万分。到14日，我妻子给我父母打通了电话，让他们知道我去救灾了。后来他们又给姐姐打通了电话，唯有在映秀的妹妹没有消息。父亲沉不住气了，要去映秀看。所有人都拦着他，都江堰到映秀的路根本不通，情况不明。他一个人从都江堰走到映秀，到映秀后才得知，女儿女婿都已经遇难，仅留下一个3岁的外孙女……

"我得知噩耗后，忍住悲痛，继续在汶川参加救灾。我什么也不想，只想尽自己最大的能力为灾区做事。"

中国军人是最好的！

冯旭东带领大车队到达汶川后，与罗政委的先遣队会合，他们编成三个支队，分别进入受灾比较严重的乡镇去救灾。当时救灾物资还没运到，战士们就把自己身上所剩不多的干粮给了受灾群众。最重要的是，他们的出现，让受灾群众感到有了依靠。

15日那天，他们意外发现了一个德国人，名叫巴库司·伯格丹，是个登山探险家。

原来地震那天下午，他们的车刚刚进入汶川境内，中午多喝了两杯啤酒的伯格丹，要求停车"方便"。就在这个时候，地动山摇，发生了特大地震。在可怕的大震动之后，伯格丹发现前面路上的车有的已经翻下山谷，惊出一身冷汗。

（事后他半开玩笑地告诉冯旭东他们："中国啤酒好，可以救命，我下次来还要喝。"）

伯格丹已来过中国 11 次了。这一次到中国也已经 4 个月了，他和同伴已一起登完四姑娘山，正准备去桃关村接另一个游客。没想到遇到这样大的灾难，他被困在山里，与外界失去了通信联系。他的同伴——奥地利登山人员爱森伯格·卡诺也与他失散了，下落不明，只有同行的中方翻译陪着他。看到中国军人出现在夜色中，伯格丹又惊又喜，简直不明白他们是怎么出现在这险象环生的深山里的。

当时天色已晚，余震又多，行走不安全，于是军队命令谢辉等人安顿好伯格丹后先返回，第二天再去接他。第二天，冯旭东率队去给桃关群众送粮食，同时肩负着找到伯格丹并将他带出来的任务。当冯旭东他们背着粮食走到沟里时，他一眼看到了在受灾群众中十分显眼的伯格丹。

冯旭东走上前握住他的手幽默地说："You are my mission.（你是我的任务。）"伯格丹激动地拥抱住了冯旭东，冯旭东拍着他的背安慰他道："You are safe.（你安全了。）"在和中国军人一起出山的路上，伯格丹一次又一次地竖起大拇指说："中国军人是最好的！"

伯格丹也是好样的。当他们到达绵虒镇的救助中心时，刚好有一架直升机降落，冯旭东让他先乘这架直升机去成都，但伯格丹看到还有那么多的伤员需要救治，坚决表示自己可以再等，先运送伤员。后来受天气原因影响，直升机无法再降落绵虒。冯旭东他们就护送伯格丹走到汶川县城。在汶川县城，伯格丹的另外三位同伴也被找到，于是 18 日上午，他们乘坐军用直升机从汶川飞回成都。

作为汶川地区第一个被营救出来的外国人，伯格丹接受了新华社连线采访。他激动的声音通过电波传遍了世界："我非常热爱中国，这次地震经历，让我看到了中国人的友好和善良。中国军队是世界上最伟大的军队，中国军人是世界上最可爱的人！"

的确，中国的军队有着许多既可爱又温暖的传统。在抗震救灾营救生命的同时，还"包揽"了许多其他事情：帮助受灾群众收割、搭房子、重建家园，甚至充当老师给小学生上课……中国军队，是一支人性化的军队。

与死神擦肩而过

31 日中午，我们转移到另一处部队驻扎点，边吃边采访。陪我们用餐的，是李晓星副军长，他瘦瘦的，脸色憔悴，说话声音嘶哑，一听就知道已经很长时间没休息好了。这个地点靠山比较近，在采访过程中，我一直听见石头砸落在帐篷上的声音，当然是小石头，噼里啪啦地响。远处则不时传来轰隆隆的声音。李副军长说，这样的声音，24 小时不间断。大震小震交替，他们已习惯了。

当你看到楼房后面那一座座随时腾着尘土的松垮垮的山峦时，就是人家告诉你那个楼能抗八级地震，你恐怕也不敢住。大自然仿佛在向人类示威。但救灾官兵们却没有选择，他们必须待在这里，与这样的大山相伴。遗憾的是，我们刚刚听了个大概情况，就接到通知赶紧返回成都。

我们到达时，直升机已经等了好一会儿了，螺旋桨还在转，随时准备起飞。我上了飞机，仍坐在来时飞机尾翼那个位置上。起飞后，我往舷窗外看，发现已经跟来的时候有很大不同了，来的时候，我可以拍照，可以看下面的景物，现在却雾蒙蒙的，什么也看不见。

我心里隐隐有些不安，我知道直升机很依赖好的天气，依赖清晰的能见度。这个时候，我感觉到机舱里在叽叽嘎嘎作响，我的耳膜开始发疼。我判断着，一定是飞机在拔高，拔高了才能钻出云团。我扭头看了一眼窗外，天，那么浓的雾，什么也看不到了，好像飞在牛奶里似的。（后来得知这种牛奶云是直升机飞行员最为忌讳的，不仅容易疲惫，还容易产生错觉。）不要说能见度多少米，大雾直接就裹着飞机。叽嘎叽嘎的响声持续着，好像飞机浑身酸疼似的。耳膜疼得更厉害了。到底拔到多高了呢?(后来采访多么秀机长时我才知道,一直拔到了 2600 米!对直升机来说,简直是飞行的最大高度了。)我感觉飞行时间比进去的时候要长很多。我再次闭上眼睛,祈祷这个时刻赶快过去。

也许是太疲劳了,我好像真的睡着了。等我忽然醒过来时,叽叽嘎嘎的响声消失了。我转头看舷窗外,竟然看到大地了,心里暗暗松了口气。

这次抗震救灾,多么秀机长作为团里的飞行骨干,飞行了 100 多个小时,最多的时候一天飞 6 趟!在如此高强度的工作状态下,依然保持着镇静沉着,真让人敬佩。

返回的路上天越发地阴了,似乎还洒了几点小雨。大家在车上议论说,下午返回时天气真是糟糕。又说,难怪多么秀机长催我们走,他肯定是感觉到天气的变化了。晚上我回到家,将自己在飞机上拍到的岷江峡谷受灾情况的照片,整理出来,准备写采访稿。却丝毫不知,当多么秀机长驾驶飞机拼命拔高、带领我们脱离险境时,我们后方的一架从理县返回的机组不幸失事!我们与死神擦肩而过,他们却遭遇了死神!

那天下午,一共有 4 架直升机起飞,执行完任务从灾区飞回成都,有 2 架因为气候突变,迫降到了映秀,有 1 架失事,唯有我们这架,安全飞回了成都。

几天后我再次到凤凰山采访时,多么秀机长告诉我,他当时不想让我们看出来,所以把飞机停在了比较远的地方,然后走到指挥塔去汇报。还在空中时,他就已经感觉到情况不好了——一直和他通话的邱光华机组突然失去了音讯。只不过那个时候,他,还有大家,都还抱着希望,希望邱光华机组迫降到了什么地方。

没有人愿意相信,那一刻,他们已经遇难。

蓝天上没有鹰的痕迹

第二天,我正在成都某军用机场采访空降兵时,惊闻噩耗:陆航团邱光华机组在执行运送第三军医大学防疫专家到理县的任务返回途中,在汶川县映秀镇附近因局部气候变化，突遇低云大雾和强气流，于 14 时 56 分失事，机上 5 名机组人员和因灾受伤转运的群众 10 人全部遇难。

5 月的最后一天啊，为何如此残忍！

我的亲友们在新闻上听到噩耗，纷纷打电话发短信询问我的情况，得知我安然无恙时，都为我感到庆幸。而我自己，心里的难过已远远超过庆幸……

几天后，我再次来到陆航团，心情无比沉重。面对采访，烈士的战友们都难以抑止他们的悲伤和泪水。

年过半百的邱光华机长，是 1974 年周恩来总理挑选的 8 名少数民族飞行员之一，一个耿直朴素的羌族汉子，也是陆航团资历最老、经验最丰富的特级飞行员之一。还有半年时间，他就该退下来了。这次救灾，团里本来安排他负责地面指挥，但他主动请战，坚决要求参加飞行。他跟团领导说："在这种大灾面前，我们老飞行员一定要稳住军心。"每天他都和年轻机长一样执行着高强度的任务，清晨 6 点就出发，工作到晚上八九点。他不是不知道这种紧急状态、复杂气候条件下飞行有着极大的危险性，但他依然一次又一次地飞上蓝天。

邱光华的家就在茂县，离震中汶川很近，直线距离也就五六十公里。他家里还有父母、弟弟等许多亲人，地震后失去联络。当团领导关心他家人情况时，他平静地说："我帮不了家里，家里只有靠当地政府。我能做的就是救灾。"直到他后来受命前往茂县侦察灾情，才从弟弟口中得知家里的房子垮了，好在人还平安。

飞机失事的当天上午，邱光华已飞行了 2 个架次。接到新的飞行任务后，他和机组人员匆匆吃了两口饭，就驾机起飞了，这是他执行的第 64 次救灾任务，却不想成了最后一次。

47 岁的王怀远，是陆航团最出色的资深机械师。与他同宿舍的战友岳光平告诉我，自地震后，他们每天都忙得无暇说话，白天执行了飞行任务，晚上还要开会搜集情况，没有一天不是深夜一两点入睡、早上四五点起床的。作为机械师，面对这么高强度的飞行压力很大，王怀远每天都顶着停机坪上的高温，带领大家严密排查各种故障，在外场连续工作 16 小时以上，严重超负荷。

岳光平回忆说，王怀远技术过硬，性格爽朗、热情幽默，团里老老少少没有不愿意和他交朋友的。逢年过节，他的家就成了单身汉的安乐窝。一个牛高马大的汉子，常常系着围裙亲自下厨为战友们包饺子烧菜做饭。其实他家里一直困难，全靠他在支撑。牺牲前他还承诺，等救灾任务完成后，就为腿有残疾的弟弟安装假肢；他还答应女儿，空了就陪她去买 U 盘。

生于 20 世纪 80 年代的副机长李月，是大队重点培养的优秀飞行员。从投入抗震救灾以来，这个年轻的 "80 后" 肩负起了沉甸甸的担子，每天最多要飞 10 个小时。拂晓飞，黄昏飞，白天飞，夜间也飞。为了不让母亲担心，他一直瞒着母亲，说自己没有飞，直到牺牲后母亲才知道他一直在飞……

与李月住同一宿舍的战友燕鹏哽咽着告诉我，30 日晚上，李月完成任务回来，洗了澡正准备休息时，妻子打来电话，大概意思是很多天没见到他了，很想见他。李月说："现在太晚了，明天还有飞行任务，我不能回去看你。"没想到妻子说她已经来了，就在他们营区的小门口，希望他出去见一面。李月便匆匆忙忙地跑了出去，大概 10 多分钟后就回来了。李月 2008 年 1 月领了结婚证，原本订在春天举办婚礼的，酒店都订好了，却因为部队连续执行抗击冰雪、军事演练等任务，无法举办，最后退掉了酒店。李月答应妻子，等部队任务没那么重了，就和她一起出去旅行结婚。

听到这里，我想，难道人真的有心灵感应吗？李月的妻子怎么会想到要在晚上 9 点赶到那么偏僻的营区，去匆匆见他最后一面呢？

让燕鹏悲伤的是，31 日那天，他是和李月一起出发去执行任务的，只是机组不同。他们一起吃了午饭，一起说着话往场站走，路上李月还告诉他，他上午拉回来很多灾区的学生。"这下孩子们可以安心过 '六一' 了。"李月当时很高兴，他先登机，跟燕鹏告别时，还叫燕鹏要注意安全。

6 月 10 日，当得知飞机残骸找到时，燕鹏忍不住号啕大哭。

机械师陈林也很年轻，生于 1979 年。31 日中午，他的妻子还抱着女儿到营区来看他，因为要过 "六一" 了，女儿嚷着要见爸爸。陈林买了几盒方便面，打算和妻子女儿一起吃。可那天他们队有4架飞机要飞，作为副队长，陈林要一一签字，很忙，方便面泡好了也没顾上吃，就上了飞机。

上飞机前，陈林答应女儿，执行完这次任务回来，就陪她过"六一"。女儿过1周岁生日时，他就因为执行任务没能和女儿一起度过。没想到这一次，他又食言了，永远食言了。

和他同住一个宿舍的三中队机械师褚先锋说，陈林平时话不多，只有说到女儿时才乐呵呵的。自女儿出生后，他一直不停地参加各种任务，很少有时间回家陪她，他只好把女儿的照片拷贝在电脑里，有空时就一张张地看。

担任机组安全员的士官张鹏，1984年出生，2002年入伍，还不到24岁。张鹏的指导员张雷跟我说，这个山东小伙儿很憨厚，很勤快，有点儿像许三多。这次地震发生后，张鹏更闲不住了，在完成好本职工作之外，他一有空就跑到外场去当志愿者：扶伤员，搬东西，卸货，装运物资。最让指导员感动的是，那天连里交纳特殊党费，张鹏找到他说："我可不可以也交一份？"张鹏还没有入党，只是作为培养对象。在此之前，团里捐款时他已经捐过100元了。在得到指导员同意后，张鹏掏出身上仅剩的80元钱，投入捐款箱。

6月13日，我再次来到陆航团，参加了隆重的迎灵仪式，734号机组的5位烈士，在庄严哀恸的乐曲声中，回到了他们曾生活和战斗过的地方。他们曾从这里一次次起飞，一次次返回，如今却永远融化在了蓝天里……哀乐低回，天地含悲。整齐的军礼，无声的呜咽，战友们以军人的方式，迎接英雄归来……

我站在迎灵的队列里，止不住热泪盈眶。从那天知道噩耗后我曾一次又一次地想，如果他们也能和我一样与死神擦肩而过该多好！可他们不幸撞上了死神。他们把生命，献给了人民。

我仰望蓝天，蓝天上没有鹰的痕迹，但我知道，他们已经飞过。

红 原

王 华

一些淡粉色、金黄色和淡紫色的小花朵恬静地生长在阳光下。一匹马，一个放牧女，在不远处悠悠然沐浴着阳光。一阵带着些凉意的微风走过，小花朵摇曳起来，放牧女的红色头巾如水波般荡漾。草原，平和而清纯。

突然就有了一份感动，想扑向草原，去吻那些清纯的小花朵，想把感动的泪水渗进草地，让心真切地去感受草原的这份简单和宁静。

小心翼翼，把唇靠近一朵小花，充满虔诚地去理解草原，眼窝热了，泪水滴落到小花朵上，它轻轻地摇晃。我不禁轻声问天，七十年前，这里也是这么美吗?

七十年前的那一个秋天离我们已经比较遥远，但历史却永远记住了那一段岁月。那是1935年8月，征服了雪山以后的中国工农红军，进入了这一片大草原。那个时候，草原上空笼罩着阴森迷蒙的浓雾，纵横数百里的水草地人烟稀少，神秘莫测。草丛里，黑色淤水泛滥，散发着腐臭的气味。他们的脚下，是广阔无边的千里泽国。眼前没有道路，脚下充满陷阱，一不留神就会陷入泥潭中拔不出腿，直到被沼泽吞没。

或许，红军在晨曦中醒来时，看到的是东方的一线曙光，可正当他们打起精神，一步一步探索着前进时，突然就刮起狂风，接踵而来的可能是暴风雨或者是暴风雪和冰雹。在那些时风时雨，忽而漫天大雪，忽而冰雹骤下的日子里，红军们，衣服被雨雪打湿了，只能靠体温暖干。夜晚露营时，更是寒冷难忍，大家只得挤在一起，背靠背取暖。草地里没有清水，他们只能喝草地上发臭的苦水。经过几天的行军后，粮食吃光了，战士们只好沿路找野菜充饥，找不到可吃的野菜就嚼草根，吃皮带。有一天，他们突然捡到了一只被牧民丢弃了的皮靴。这只皮靴被他们煮了，当一顿盛餐吃下。

队伍里，有一些小红军，他们被称作"红小鬼"。他们才十四岁或者十六岁，身体稚嫩而单薄。他们拄着根柳木棍，忍受着大自然对自己稚嫩身体的非人折磨，靠着一个坚强的信念支撑着，一步步紧跟着队伍。饥饿的时候，疼痛的时候，害怕的时候，他们也想哭，但是直到最后，他们那还不曾变得坚实的喉咙也没有发出一声哭泣。因为他们知道，他们必须咬着牙走下去，走向他们用生命追求的那个希望。

有一天，一双被冻伤了又被泡烂了的小脚实在迈不动了，柳木棍就这么支撑着一个跟自己一样瘦瘠的身体，永远地站在了这里。柳木棍从此在这片草原上扎了根，长成了一棵高原红柳。离它不远的地方，依稀长着它的同类。它们跟它一样，是"红小鬼"留下的。当"红小鬼"的身体一寸一寸被沼泽吞下以后，它们就永远守候在这里，用生命守护着"红小鬼"们赤色的灵魂，守护着一个个美丽而忧伤的传说。

七十年后的今天，我们踏上这片草原，草原往昔的狰狞面目已经被一派美丽祥和代替，只有用心去解读这一片草原上的每一棵小草，每一朵小花，才会明白它为什么叫红原，为什么这么美丽。

长征——无法复制

项小米

长征作为一个愿望，埋藏在心中已经几十年了。由于实现起来难度太大，以至于几乎不能把它称之为"愿望"。

它当然是令人向往的。不只是红军的精神，红军的勇气，红军向死而生的奇迹，就说那一路人迹罕至的风景，一定像是被雪藏或遭人偷盗而后隐匿起来的国宝，它明明在那里，你却无缘见到。有些东西，是赎买和努力加在一起也得不到的。

2006年初夏，接作协创联部电话问能不能参加长征，立刻应允。

想参加"名家看四川·聚焦新阿坝"活动，心中还有一个小小私念：没去过九寨沟。这次行动川西北的最后一站正是九寨沟。九寨沟的名气实在是太大，也很美。而长征一路的景色，从四姑娘山、小金（懋功）、梦笔山，到红原、马尔康，却一路美不胜收，那是一种凄美、壮美、大美！是否有移情作用在里面？仔细想了想，没有。确实美。也许最为至美的景色，只能留存于这人迹罕至之处，唯其人迹罕至，它才能始终保持初始本色，不被世人世风所污染？

当我们的车在通往四姑娘山的峡谷中穿行，我有一种重见落基山的震撼感觉。2002年我曾去过加拿大境内的落基山，和眼前的景致一模一样，高大的岩石山顶，被士兵一样的冷杉林层层包围，冷杉林下是亚热带树木和灌木林，再下面通常是大漫坡，上面丛生着野草野花，从这座山到那座山脚之间，是奔腾流淌的银灰色雪水，而在所有这些之上，是远处威严的雪峰，它在蓝天和阳光下熠熠生辉，如帝王一样君临天下，似乎所有这些景致，都是俯首于它的臣民。这样美的景致，几乎让人疑为仙境！可四姑娘山远没有落基山、黄山、峨眉山种种名山的名气，那实在是因为她"养在深闺人未识"。

在四姑娘山下，我们在一户藏族人家吃了"三吹三打"，实际上那就是锅盔的一种，藏家的锅盔是用青稞面经牦牛奶发酵做成，味道很像原味的面包，里面还有淡淡的奶香，壳子被火烘烤得又香又脆，那滋味真是一吃难忘！许多人被它诱惑不过，便像松鼠一样，暗藏了一些私货，在离开四姑娘山之后拿出来大嚼。不知红军可曾吃过这样甜美的锅盔？路过梦笔山的时候我再一次被震撼。

梦笔山也是长征路上红军翻过的雪山之一。可由于山太高，也没有通往梦笔山的汽车路，我们实际上是绕梦笔山而过。在翻越垭口的时候，海拔已经有四千多米，高原反应加重了旅途的困乏，同志们大多都在车上睡着了，我却没有睡。我有一个毛病，恐高和不相信司机。凡遇到危险的路，我就不敢入睡，死死地盯住窗外，并用手抓住一个自以为牢固的物体，以保护自己在意外到来的时候，能够自救。其实道理心里也明白，如此的高度，一旦掉下去，除了粉身碎骨，没有别的可能。即使明白也还要这样做，就是死也要死个明白，所以不睡。我一边看着我们翻越的那山，一边远远望着梦笔山。群山都在浓雾的笼罩下，云海翻滚。刚刚在山下还是阳光四射，鸟语花香，在这四千米的高度上，一切都变了。温度变了，周遭是沉积的和刚刚下过的雪，寒气逼人；植被变了，连不畏严寒的冷杉都不再生长，只剩下高山杜鹃和一些藏类苔藓，还有一些不知名的野花，红的和黄的，绽放着郁金香一样的花瓣，可爱而可敬；太阳隐藏起来了，四周都是雾，实际上我们看它是雾，在地下看山，它便是山上的云，云雾使得所有草木挂满了水滴，使满目景致变成……正看着，突然间，一道斜阳穿透头顶云海，东面的梦笔山骤然被镀上一层金色，就像是专门要在此时展示给人看那样，它在顷刻间被赋予灵气，在茫茫云海之上，露出它金色的雪顶。正看着，我们的车转过垭口去了。

车在拐过弯去的垭口停下，让大家下来活动一下手脚，大伙抽烟的、放水的、照相的，各自活动。拍照的主要背景，是悬挂在垭口一面旗上的"马尔康"三字。我却还惦记着刚才那惊鸿一瞥的梦笔山。从车门下来，一阵寒气袭来，幸亏从北京临出发的时候我买了一件风雨衣，仗着在车里残留的热气，抓紧时间提着相机向垭口那边走，但即使只是一会儿，仍能感到透过衣服的寒气。我走得急了点，加上走的是上坡，高原反应立刻施威，喘不上气，胸闷恶心。我停在垭口大口喘气。阳光还照耀着，梦笔山不是一座雪峰，而是一道群峰，整整十几座雪峰连成一线，远远望去，就像是在天空中飞奔的金色马群。当年红军曾经翻越过它吗？那根本是一群在天上的山啊！我们已经站得很高了，有四千米的高度了，面对梦笔山，却仍然需要仰视。

红军从南方一路鏖战过来，疲惫不堪，加上身上都是单衣，腹中饥饿，在海拔几千米的高度，风雪严寒，因此大多数牺牲在雪山上的红军战士都是被冻死的。老红军赵天明回忆："我是四川人，很少看见雪，没想到夹金山那么……我们没有厚衣服，也没什么东西准备。"赵天明用木棍拉着一个病号在山上走，"突然觉得木棍轻了，回头一看，那个生病的战士松了手站着不走了。我还以为是自己走快了，赶紧将棍子递了过去，那战士没有接，我就将棍子往战士手里一塞，那战士突然倒了下去，一只耳朵竟然掉了下来。这时班长带着人围了上来，发现那生病的战士已经停止了呼吸。"颜文斌回忆过雪山时："队伍中不断有人倒下，雪地上到处是一片片尸体，有的人只觉得力不从心，想坐下来歇口气，可是，一坐下就再也起不来了。"

草地无边无涯，只有远方黑色平行的山脊会为它暂时划定一个边际，但接着那些山脊又消失了。无数个山脊消失在草地之中。天上有鹰，但它们没有落脚的地方，无奈，只好落在路边的电线杆上。许多电线杆上都站了鹰。偶有灰鹤在草地走动，总是两个在一起的。仔细看，可以看到无数的鼹鼠从这个那个洞里迅疾地露出头来，打探一下路过的车辆，又迅疾地回到洞中。

草地今天有了另一个叫法：湿地。这叫法显得前卫和时尚。这样一叫，草地似乎远没有当年那么可怕了，许多人自驾车来到草地，就是想看一看湿地，这令草地热闹温馨了许多。但据当地人说，过去的草地不是这样子的，这几十年来，由于干旱和人为因素，草地变干了。

我们来到一个叫花湖的地方。

这里水草肥美，野花盛开，都是些叫不上名字的野花，蓝的黄的红的，开成茂密的一片。当地人说这还不是野花开得最美的季节，我们来得早了一些，高原上真正的春天在七月，那个时候你们再来，花湖的花就像天上的云霞一样，美艳无比。

当地人用木头修了栈道，沿着栈道可以一直走到花湖边，湖水微波荡漾，湖中还有芦苇，那情景，很有些像宁夏的沙湖。既然是旅游景点，有人就开始了娱乐，放着好好的栈道不走，试着将脚踩到栈道外的草地上去，结果大叫一声"哎呀!"旁边人手伸得快，一手抓住栈道旁的木扶手，一手去拽那人，那人的裤脚带鞋已经被烂泥噙住，好不容易才被拽了上来。

我问那人，什么感觉，那人说，像踩在棉花上一样，有弹性，但下面好像没底，很恐怖。我意识到，这才是真正的草地，七十年前的那个草地。

曾看过许多老红军的回忆录，都说雪山难过，可真正凶险的是在草地，没有粮食，没有御寒的衣服，加上草地自然环境险恶，泥沼遍布，被饥饿严寒折磨得濒死的红军战士，有上万人被草地吞噬。这其中包括许多红军战士在支撑着走出草地，到了有人烟的地方终于可以吃到食物后，被食物撑死。

老红军戴邵怀回忆，草地"茫茫一大片，望都望不到头，污水烂草混在一块，走在上面深一脚浅一脚的，比爬雪山累多了，不定什么时候，脚下会突然冒出个水坑来，很快就整个人都陷进去，越挣扎就陷得越深，其他同志想救都很难。"更要命的是饥饿，"脚是软的，走路轻飘飘的，甚至在休息时想小便都站不起来"，在这样的情况下，戴邵怀还救了一个小战士，他"看到路边有一个小战士一动不动，两手压着肚子，头垂到膝盖上，我摸摸他胸口，心脏还在扑扑地跳，使劲喊了两声，他睁了睁眼又合上了。我捏捏他的粮袋子，一粒粮食也没有，心里就明白了，我倒出自己米袋子的最后一小把青稞面，送到他的面前。小家伙接过来，像品尝山珍海味似的，一小口一小口吃起来，吃完这把青稞，才能睡着，才有精神……"

草地，是人类无法生存、无法滞留、无法征服的、上苍特意在川西北布下的一块死亡之地。当年蒋介石也正是把宝押在了这里，认为用武力征服不了的红军自然会败在这无人能够征服和翻越的雪山草地上。可红军翻越过去了，尽管他们衣衫褴褛，蓬头垢面，尸横遍野，被藏民称为"叫花子兵"。一支连这样的死亡之地都无法阻挡的军队，它怎么可能不得到天下？

在红原瓦切乡，我吃到了这辈子吃到的最好吃的黄河湟鱼。在若尔盖大草原上有黄河第一湾。这在我过去的知识储备里是零，我从来没想到在川西北居然有黄河流过，而且在这里留下了它的第一个巨湾！

湟鱼因为生活在高寒地带，所以长得都不大，无鳞，是用火锅慢慢炖的，放了许多的辣子，其味鲜美无比，我又爱吃辣，所以稀里呼噜吃了四大碗，仍意犹未尽。

在若尔盖县城，晚餐上了许多羊肉，有各种做法，烤羊排、炖羊肉汤、炒羊肉。羊肉有许多功用，又是在这样一个高寒湿冷的地区，这就使得那些男士们，边吃边叫好。我却是没什么胃口，因为去过新疆，自打吃过新疆的羊肉，天下羊肉就没什么吃头了。关键是我不饿。由于天气寒冷，我们又都穿得偏少，我是寒胃，吃了不可口的东西就不消化，一路吃的东西都滞纳在了胃里，很是难受。这时我就想，要是当年红军有这么多吃的，能多出多少人走出草地？

我们的长征，就是这样，一路看着景致，一路在心中换算，如果是红军，如果没有御寒的衣物，又没有吃的，仍然是这景致，仍然是这路，该是怎样走法？

长征是无法复制的，甚至无法模仿。

因为绝境和死亡无法复制。

长征，众所周知的故事

叶兆言

一

二十多年前，一个美国老人心血来潮，风尘仆仆跑到中国，沿当年红军长征走过的路，走马观花考察了一番。这一路很辛苦，历时三个多月，对于一个已经七十多岁的老人来说，实属不易。他此行的目的，是想再现长征的历史。这个愿望由来已久，但是直到 1984 年，压抑在心头的愿望才得以实现。很快，一本关于中国红军长征的书，在美国出版了，又在很短的时间内引起轰动，销量极好，上了排行榜。

这本书的名字叫《长征，前所未闻的故事》，写书的美国老人叫索尔兹伯里。20 世纪 80 年代中国开始改革开放，历史总是和现实紧密相连，凡事都讲究水到渠成，早了不行，晚了也不行。早在十二年前，中美刚刚恢复邦交之际，索尔兹伯里就向当时的总理周恩来提出申请，准备要写这样的一本书，结果却是没有下文。假如再晚十年八年，显然也不行，首先是索尔兹伯里自己已于 1993 年去世，而他采访过的许多老红军也都相继离开人间。

索尔兹伯里是美国著名的记者，在他的书里，我们看到了一名职业记者所特有的优秀素质。大多数中国人的心目中，长征众所周知，用不着再唠叨，小学中学大学课本一再提到。但这本书从新的角度出发，悄悄地改变了人的既定观念，引起了大家的重新思考，让众所周知的故事开始变得前所未闻起来。

我不得不佩服索尔兹伯里的写作效率，佩服他具有的独到眼光，对资料的把握，对第一手资料的看重，最后令人心服地写出这本好看的读物。事实上，我们从来就不缺少这方面的文字，在我的少年时代，读到了太多的长征故事。长征是出英雄传奇剧，红军是我崇拜的偶像，爬雪山过草地一直为我所向往。如果重新回到那个年代，我会毫不犹豫地加入红军的行列。

二

2005年初夏，接到中国作协电话，问我愿意不愿意爬雪山过草地，重走当年的长征路，我犹豫了一下，答应下来。犹豫的原因，是我知道在今天的背景下，爬雪山过草地，注定只能是象征性的。货真价实地进行，自己身体状况不允许，主办单位也不可能来冒这个险。

事实也是如此。一切都像预料的那样，蓝蓝的天，白白的云，青青的山，绿油油的大草原上点缀着黄色的小花。到处是一片美景，静静的柏油路伸向远方，鸟儿在天空上飞翔，牧民在草原上放牧，一只黑乎乎的大藏獒在驱赶羊群。时过境迁，雪山草地已完全没有了应有的狰狞。这完全不是我想象中的情景，跟记忆深处的那些往事画面丝毫不搭界。

英国作家德波顿去法国旅游，在普鲁旺斯寻找凡·高的踪迹，情不自禁地想起了前辈作家王尔德评论另一位画家的名言，"在惠斯勒画出伦敦的雾之前，伦敦并没有雾"。德波顿感慨地意识到，根据同样的道理，凡·高没有画出令人惊艳的美景之前，普鲁旺斯的美丽风光也不存在。美需要一双特殊的眼睛去引导，毫无疑问，红军经过的雪山草地，作为一个早已存在的自然景观，它们只有沾上了红军的足迹，才有了后来的特定意义。我琢磨着草地的威力，想象着它无言的巨大能量。据说对红军造成最惨重伤亡的，就是这看似温柔，却到处隐藏着陷阱的大草原。茫茫大草原对红军的消耗打击，既是肉体上的，也是精神上的。沼泽地软得像豆腐一样，随时随地会吞噬战士的生命，很多人就是在这里消失了，然而导致红军死亡的原因很多，远远地超出被沼泽地所吞噬。天阴雨湿声啾啾，事实上，在草地上冻死的、饿死的、绝望而死的要更多。万里长征接近尾声的时候，很多人已经彻底地失去了走出草地的信心，索尔兹伯里从一位幸存的医生那里探听到了当时对杳无人烟的恐怖：

没有人，一个也没有。我们从来没有过这样的经历：看不到人的影子，听不到人的声音，也没有可以谈话的人。没有人从这条路上走过，没有房室，只有我们自己。就好像我们是地球上最后一批人类幸存者。道理就在这里，这就是人们死亡的重要原因。

这是一个容易被忽视的史实。我们常常要提到的，是国民党几十万大军的围追堵截，是国军的无能，是地方军阀的钩心斗角。长征制造了中国的历史，完成了一段胜利者写就的神话。结果远远地大于了过程，死亡被神圣化了，被诗意了。

几年前的秋天，我曾经路过这片大草原，那次留下的记忆要深刻一些。突然变天了，转眼间大雪纷飞，天低云暗，绿色的大草原顿时改变了颜色。然而，即使是在这样恶劣的气候条件下，我仍然无法沉浸到过去的岁月中。坐在舒适的豪华大巴里，享受着空调，座位上放着一件可穿可不穿的羽绒袄，我知道自己纯粹是一个观光客。满车的惊叹声，男士和女士的说笑声，不时地在提醒着我自己只不过是一个旅游者。尽管手上拿着一张历史的门票，作为局外人，我永远也回不到过去。

三

夸大这次行程的收获是不真实的，虽然见到了雪山，见到了草地，看到了一些宣传材料，听了无数解说，我不得不承认，自己的这次行万里路，没有任何可夸耀之处，远不及读过的几本书。

我读过形形色色关于红军长征的书，由于阶段不同，作者身份不同，获得的信息也不完全一样，有时甚至是完全对立。我已经习惯了不同的文字，从全相信，到不再轻信。毕竟红军的故事在我成长过程中，起着一个不可忽视的作用。我们这一代，是在红色的教育下长大成人，最好的励志书，就是红军长征。苦不苦，想想红军二万五。在现实生活中，我们以长征为例，以红军为榜样，看重的不是那个漫长过程，而是强调它苦尽甘来的结果。

作为一个众所周知的故事，长征的意义更多的也是因为结果。现实中的长征十分残酷，回忆中的长征却永远激励向上。

忘不了少年时代对红军的入迷，一段时间内，我相信自己知道许许多多与长征有关的故事。我曾经是那样的投入，搜集着方方面面的史料，仔细比较鉴别，兴致勃勃地研究着地图，幻想着有朝一日，能像红军那样脚踏实地，把长征路重走一遍。

我终于如愿以偿，获得了这样的机会，可是这次旅行，只增加了不少新的感慨。

一支军队和一个国家

赵本夫

我最早知道二万五千里长征的故事，是在 20 世纪 50 年代初，距离长征结束的时间也就二十年。从此长征的故事成为我童年和少年时代最清晰的记忆。也就是从那时开始，梦想有天能到红军走过的路去走一走，看一看，当然，那时更多的是好奇和英雄崇拜，并不懂得红军长征的真正意义是什么。不知不觉又过去五十年，这个梦想并没有消解，只是时断时续，但对红军长征的意义自然已有了不同于少年时代的理解。这么多年过去，我本以为这个梦想只能永远是梦想了，没想到在红军长征七十年后，机会突然来临了。由中国作协、四川省委宣传部、四川作协联合主办的作家重走长征路活动邀我参加，内心真是十分激动。

2006 年 6 月 15 日，作家一行从成都出发，一路跋山涉水，翻雪山，过草地，每一天都在感动之中。在一、四方面军会师地达维，一群藏汉小学生有声有色地向我们讲解了当年红军会师的场景。孩子们显然为此骄傲，为他们向一群作家讲解，更为红军会师于他们的家乡。在两河口会议遗址，我们参观了毛主席曾经住过的一座小破庙，有七八平方米。在小庙斜后方的山上，有一尊毛主席的塑像，一直完好地保留至今。由此我们深切体会到当地百姓对毛主席的深厚感情。在翻越近五千米的大雪山梦笔山时，大家在山顶小路下车，立刻感到冷风刺骨，因为空气稀薄，喘气明显困难。我们是乘车上山的，可以想见当年红军一步步爬上去，会是多么艰难。事实上，当年不少红军战士就牺牲在雪山上。而这样的雪山又不止一座，对于饥寒交迫同时还要打仗的红军来说，那简直就是一次次绝境。6月18日，我们从马尔康出发，穿越若尔盖草原，这片茫茫无际的大草原，如今水草丰美，牛羊成群，是我在国内所见过的最好最美的草原。但在七十年前，这片大草原却是片望不见尽头的沼泽地，是一个地狱般的可怕的地方。人走进去，一不小心会陷进去不见人影。当时由于国民党的宣传，当地藏民实行坚壁清野，把粮食牛羊全都带走或者掩藏起来，人也躲藏起来，红军根本找不到吃的。饿极了只能以野菜野草和沼泽中富含细菌的脏水充饥解渴，许多人病倒了饿死了。大草地上死了多少人，至今无法精确统计。在一些草地上，现在还不断发现骸骨，他们是谁？没人知道，只能成为孤魂野鬼。当地党史办一位女同志向我们介绍这段历史时，几次哽咽无语，许多作家流出泪水。

我们这些作家重走长征路，是坐着汽车走的。虽然途中也遇到一些困难，但根本无法和当年红军所经历的艰辛相比。我们再也无法经历先辈们所经历过的一切，但走在这条当年最为艰难的长征路上，我们能想象到这样的景象：一支衣衫褴褛面黄肌瘦的队伍，为了信仰，为了民族，为了国家，爬冰卧雪，流血牺牲，最终走到延安，最终走向胜利。走在这条红军走过的路上，我们从来没有如此清晰地感受到，一支军队和一个新中国的关系是如此密切！

七十年前的那次长征，已成为中国人永远的记忆，也是人类历史上的一次奇迹。那几乎是一个谜，一个永远的谜，没有人能真正破解，即使是亲历者。历史是不能复述的，但我们还是能感受到一种令人震撼令人肃然的求道精神，它和夸父追日、精卫填海、愚公移山这些感动中国几千年的神话故事一样，构成民族精神的内核，这正是中华民族能穿越无数苦难不断获得新生的原因。

一支在浸满血迹的路上走过的军队，一个在苦难中经过洗礼的民族，是没有什么能挡得住的！

草地，草地

赵德发

我们翻过长江与黄河的分水岭，来到了草地。

那是白河的上流。月亮湾水草丰美，牛羊成群，让我目迷神醉。红原县城小巧规整，瓦切乡的牧民新居宽敞明亮，让我只顾欣赏，一时淡忘了此行的宗旨。

是侯德明老人的出现，让我走近了红军战士。这位当年随父母从湖南开始长征的小战士，因为只有八岁，走到这里实在不能再走，就被父母留在了当地。若干年之后，他娶藏族姑娘为妻，成为一个地地道道的藏人，已经讲不了汉话。我们一一上前和老人握手、合影，心中纵有千言万语却无法向他表达。

离老人住的地方不远，就是草地纪念碑。那是两块从别处运来的灰黑色巨石，一块刻着周恩来的题字"红军走过的大草原"，另一块刻着"日干乔大沼泽"。

在巨石的后面，长着三棵红柳。当地干部介绍，传说当年几个红军战士走到这里死去，插在地上的拐杖生根发芽，七十年后长成了现在的样子。

风动枝摇，红柳似向我们致意。我的眼睛一下子湿润了。我想，它们的主人遗骨何在？魂魄何在？

走啊，走啊，走出草地就是胜利！

我依稀听见远处有人呼喊。抬眼看去，只见草地茫无边际，有几缕云彩的影子正在那里缓慢地移动,恰似当年的红军队伍。

跟上,跟上,不要掉队啊!

我又隐隐约约听到了呼喊。

恍惚间,我跟上他们,进入了七十年前的草地。

那里野花成片,是世界上最美丽的地方。那里泥潭遍布,也是世界上最凶险的地方。红军将士小心翼翼,沿着先遣团走出的小路一步步前进。路被人踩得久了,就成了水沟,而旁边的草地上遍布陷阱,不时有人陷下去,再也爬不上来。战友们施以援手,也往往共赴黄泉。

草地没有夏天,只有延长了的冬天。雨雪说下就下,夜间冷得厉害。找不到干燥之处,衣着单薄的战士们只好背对背坐在一起,熬过那一个个长夜。

身上背的粮食很快吃光。大家吃野菜,吃草根,还将皮带和马具煮了。在前面走的还好,在后面走的,寻找食物更加艰难,于是就出现了这样的事情:看见前人留下的粪便里还有没消化掉的青稞粒,就捡来洗净,再次吃下。

死人就是必然的了。小路边,泥潭里,草丘上,随时都有人永远留下。每天早晨出发时,留下的人就更多,有些挤坐成堆的战士一动不动,没有人能够叫醒他们。

但红军还是走,还是走。

走在最前面的杨成武,他带领先遣团抬着一位藏族向导,寻寻觅觅,硬是闯出了一条通道。

毛泽东面容清癯,神色严峻,一边走一边思考中国革命的前途和红军的战略战术。

周恩来身患重病,由陈赓、杨立三等人抬着,一路发着高烧打着寒战。

那些女战士也在走。经过近一年的长征,尤其是在夹金山雪峰的艰难翻越,让她们中的许多人断了月经,但她们还是和男人一样在泥水里扑腾。那个蔡畅大姐,还唱《马赛曲》给大家鼓劲呢。

走啊,走啊!

跟上,跟上!

走出草地是班佑察,是巴西镇。那儿,肯定能找到吃的。

七天七夜，班佑到了。

但那是一座空寨，所有的粮食都被转移。有人瘫坐到街上，再也没有起来。

走到巴西，粮食有了。有人放开肚皮去吃，却被活活撑死。

然而，毕竟有一些人还活着。就是他们，走出草地，走进陕甘宁，让中国的政治棋局出现了突变。这些人最后走出陕北，走进北京，走到中国的各个地方，但还时常用双泪眼遥望川西北高原的这片草地……

"立正！"

是中国作家采风团团长高洪波在喊。

我们肃立。我们默哀。我们向红军敬献哈达。

在捧着哈达走向纪念碑时，我热泪滚滚。

中
卷

人文阿坝

Chapter
02

离开就是归来

阿　来

　　那是七八年前的事了，我从一座小寺庙里出来。住持让手下唯一的年轻喇嘛送我一程。他把我送到门口，然后把我寄放在门口的小口径步枪交还给我。

　　下午斜射的阳光照耀着苍黛的样山，蜿蜒的山脉把人的视线延伸到很远的地方。山下年涌不息的大渡河水也被阳光镀上了一层金光。

　　我对这个年轻的喇嘛说："请回去吧。"

　　他的脸上流露出依依不舍的表情，说："让我再送送你吧。"

　　我知道，这并不是说经过这四五个小时的访问，我们之间已经建立起了多么深厚的友谊，这是不可能。因为很多时候，我都在跟他的上师，这座山间小寺的喇嘛争论——因为宗教从诞生之初，就具有对日常生活的超越力。也许，但很难让人设想，什么宗教能够超越历史。于是，我们就开始争论起来。这个争论持续了一个多小时，而没有取得任何结果。

　　那时，这个年轻喇嘛就坐在一边，虽然他一直以一种恭敬的姿态为我们不断续上满碗的热茶，但他的眼睛却从二楼经堂狭小的窗口注视着外面的世界。

　　现在，我们来到了阳光下。强烈的阳光晃得人有些睁不开眼睛。我们踏入了一片刚刚收割了小麦的庄稼地。剩下的麦茬发出许多细密的声响。那个年轻喇嘛还跟在后面。我还看见，那个多少有些恼怒的住持正从二楼经堂的窗口注视着我。难道我在他的眼里，是一个异端吗？

我再一次对身后的年轻喇嘛说："请回去吧。"

他固执地说："我再送一送你。"

我在刚收割不久的麦地里坐了下来。麦子堆成一个个的小垛，四散在田野里。每一个小垛都是一幢房子的形状。在这一带地方，传统建筑样式都是碉楼式的平顶房子。而这种房子麦垛却有脊当分水，带着两边的坡顶。在这片辽阔山地里，还有一种小房子也是这么低矮，有门无窗，却有分水的脊带着两边的坡顶。那就是装满叫作"擦擦"的泥供的小房子。这些叫作擦擦的东西，一类是宝塔状，一类则像是四方的印版，都是从木模里模制出的泥坯。这些泥还陈列在不同山阿水湄，是对很多不同东西的供养。

麦地边的树林与草地边缘，就有一两座这种装满供养的小房子。

而地里则满是麦子堆成的这种小房子。

这时，坐在我身边的小喇嘛突然开口说："我知道你的话比师傅说的有道理。"

我也说："其实，我并不用跟他争论什么。"但问题是我已经跟别人争论了。

年轻喇嘛说："可是我们还是会相信下去的。"

我当然不必问他明知如此，还要这般的理由。很多事情我们都说不出理由。

这时，夕阳照亮了一川河水，也辉耀着列列远山，一座又一座青碧的山峰牵动着我的视线，直到很辽远的地方。

年轻喇嘛眯缝着双眼，那样看去，眼前的景象会显得飘浮不定，有些虚幻的感觉。

果然，他说："其实，我相信师傅讲的，还没有相信眼前山水中自己看见的多。"

我的眼里显出了疑问。

他脸上浮现出一丝犹疑的笑容："我看那些山，一层一层的，就像一个一个的梯级，我觉得有一天，我的灵魂踩着这些梯子会去到天上。"这个年轻喇嘛如果接受与我一样的教育，肯定会成为一个诗人。

我知道，这不是一个可以讨论的问题，而且，对方也只是说出自己的感受，而不是要与我讨论什么。这些山间冷清小寺里的喇嘛，早已深刻领受了落寞的意义，并不特别倾向于向你灌输什么。

但他却把这样一句话长久地留在了我的心上。

我站起身来与他道别："请向你师傅说得罪了，我不该跟他争论，每个人都该相信自己的东西。"

我走下山道回望时，他的师傅出来，与他并肩站在一起。这时，倒是那夕阳余晖里两个喇嘛高大的剪影，给人一种比一万年还要久远的印象。

一小时后，我下到山脚时，夜已经降临了。

坐上吉普车，发动起来的引擎把一种震颤传导到整部车子的每一个角落，也传导到我的身上。我从窗口回望山腰上那座小小的寺庙。看到的只是星光下一个黝黑的剪影。不知为什么，我期望看到一星半点的灯光，但是，灯火并未因为我有这种期望才会出现。

那座小庙的建立很有意思。数百年前的某一天，有一个犁地的农民突然发现一面小山崖上似乎有一尊佛像显现出来。到秋天收割的时候，这隐约的印迹已经清晰地现身为一尊坐佛了。于是，他们留下了一名游方僧人，依着这面不大的山崖建起了一座宝殿。石匠顺着那个显现的轮廓，把这尊自生佛从山崖里剥离出来。几百年来，人们慢慢为这座自生佛像妆金裹银，没有人再能看到一点石头的质地，当然也就无从想象原来的样子了。

在藏区，这不是一种偶然的现象。

在布达拉宫众多佛像中，最为信徒崇奉的是一尊观音像。这不但因为很多伟大人物，比如吐蕃国历史上有名的国王松赞干布就被看成是观世音的化身。更因为这尊观音像也是从一段檀香木中自然生成的。只是在布达拉宫我们看到的这尊自生观音，也不是原本的样子了。这尊自生观音包裹在了一尊更大的佛像里，里面到底是什么样子，我们只能自己进行判断或猜想了。

从此以后，我在群山中各个角落进进出出，每当登临比较高的地方，极目远望时，看见列列的群山拔地而起，逶迤着向西而去，最终失去陡峻与峭拔，融入青藏高原的壮阔与辽远时，我就会想到这个有关阶梯的比喻。

我一直认为，这是一个好的比喻。

一本有关藏语诗歌修辞的书中说，好的比喻犹如一串珠饰中的上等宝石。而在百姓日常而口头的表达中，很少打捞到这样的宝石。我有幸找到了一颗，所以，经常会在自己再次面对同样自然美景时像抚摸一颗宝石一样抚摸它。而这种抚摸，只会让真正的宝石焕发出更令人迷醉的光芒。

当然，如果说我仅凭这么一点来由，就有了一部书名，也太弱化了自己的创造。

我希望自己的书名里有足够真切的自我体验。

大概两年之后，我为拍摄一部电视片，在深秋十月去攀登过号称蜀山皇后的四姑娘山。这座海拔六千多米的高山，就耸立在距四川盆地不过百余公里直线距离的邛崃山脉。我们前去的时候，已经是水冷草枯的时节。雪线正一天天下降到河谷，探险的游客已断了踪迹。

只在山下的小镇日隆的旅馆墙上留下了"四姑娘山花之旅"一类的浪漫词句。

上山的第四天，我们的双脚已经站在了所有森林植被生存线以上的地方。巨大岩石的阴影里都是经年不化的冰雪。往上，是陡峭的冰川和蓝天，回望，是一株株金黄的落叶松，纯净得明亮。此行，我们不是刻意登顶，只是尽量攀到高点的地方。当天晚上，我们退回去一些，宿在那些美丽的落叶松树下。那天晚上下了一场大雪。早上醒来，雪遮蔽了一切，树、岩石，甚至草甸上狭长的高山海子。

我又一次看到被雪覆盖的山脉一列列走向辽远，一直走到与天际模糊交接的地方。这时，太阳出来了。

不是先看到的太阳。而是遽然而起的鸟类的清脆欢快的鸣叫一下就打破了那仿佛亘古如此的宁静。然后，眼前猛地一亮，太阳在跳出山脊的遮挡后，陡然放出了万道金光。起先，是感觉全世界的寂静都汇聚到这个雪后的早晨了。现在，又觉得这个水晶世界汇聚了全世界的光芒与欢唱。

"太阳攀响群山的音阶。"

我试图用诗概括当时的感受时，用了上面这样一个句子作为开头。从此，我就把这一片从成都平原开始一级级走向青藏高原顶端的一列列山脉看成大地的阶梯。

从纯粹地理的眼光看，这种把低海拔的小桥流水最终抬升为世界最高处的旷野长风。而地理从来与文化相关，复杂多变的地理往往预示着别样的生存方式别样的人生所构成的多姿多态的文化。

不一样的地理与文化对于个人来说，又往往意味着一种新的精神启示与引领。

我出生在这片构成大地阶梯的群山中间，并在那里生活、成长，直到三十六岁时，方才离开。所以选择这个时候离开，无非是两个原因。首先，对于一个时刻都试图扩展自己眼界的人来说，这个群山环抱的地方时时会显出一种不太宽广的固守。但更为重要的是，我相信，只有在这个时候，这片大地所赋予我的一切最重要的地方，不会因为将来纷纭多变的生活而有所改变。

有时候，离开是一种更本质意义上的切进与归来。

我的归来方式肯定不是发了财回去捐助一座寺庙或一间学校，我的方式就是用我的书，其中我要告诉的是我的独立的思考与判断。我的情感就蕴藏在全部的叙述中间。我的情感就在这每一个章节里不断离开，又不断归来。

作为一个漫游者，从成都平原上升到青藏高原，在感觉到地理阶梯抬升的同时，也会感觉到某种精神境界的提升。但是，当你进入那些深深陷落在河谷中的村落，那些种植小麦、玉米、青稞、苹果与犁的村庄，走近那些山间分属于藏传佛教不同流派的或大或小的庙宇，又会感觉到历史，感觉到时代前进之时，某处曾有时间的陷落。

问题的关键是，我能同时写出这种上升与陷落吗？

当我成人之后，我常常四处漫游。有一首献给自己的诗就叫作《三十周岁时漫游若尔盖大草原》。

记得其中有这样的句子：

我们嘴唇是泥，

牙齿是石头，

舌头是水，

我们尚未口吐莲花。

苍天啊，何时赐我最精美的语言。

今天，当我期望自己写出深刻生动表达的时候，又感到自己必须仰仗某种非我的力量。在历史上，每一个有学识的僧人在开始其著述时，都会向四方的许多神明顶礼。比如藏族历史上最具批判性的更敦群培在《智游佛国漫记》中，开篇就"虔诚地向正等觉世尊之足莲甲拜"，所谓足莲是藏语里一种修辞格，就是把世尊的足喻为莲花，这样叩拜的目的，也无非"敬祈赐予保佑"，保佑著作者能够：

保深邃智慧之光轮驱除世间迷惑，

恬静解脱之定足镇压三界顶部，

具有未染戏论浮云净空之胸怀，

众生之祥瑞太阳赐汝圆满之雨露！

历史上最为位高权重的五世达赖在其巨著《西藏王臣记》的开篇也是这样祝颂：

那整齐的花蕊，似青年智慧，锐如铁钩，刺入美女的心房。

自在地洞见诸法的法性，显现在大圆镜上。

明效大验，显示出一幅梵净歌舞的景象。

能作这样的加被者文殊师利，原我庄严的喉舌成为语自在王。

然后，他转而向诗歌与文艺女神继续祝颂：

乍见美妙喜悦的尊颜，疑是皎洁的月轮出现。

你那表示消除一切颠倒与惶惑的标帜——

是你那如蓝吠琉璃色彩般长悬而下垂的发辫。

妙音天女啊！愿我速成语自在王那样的智慧无边！

"语自在"，从古到今，对于一个操持语言的人来说，都是一种时刻理想着的，却又深恐自己难于企及的境界。

现在，虽然世界的人都会把藏族人看成是一个诚信教义、崇奉着众多偶像的民族，但是，作为一个藏族人如我，却看到教义正失去活力，看到了偶像的黄昏。

那么，我为什么又要向非我和力量发出祈愿的？因为，对于一个漫游者，即或我们为将要描写的土地给定个明晰的边界，但无论是对一本书，还是对一个人的智慧来说，这片土地都过于深广了。江河日夜奔流，四季白在更替，人民生生不息，所以这一切，都会使一个力图有所表现的人感到胆怯甚至是绝望。第二个问题，如果不是神佛，那这非我力量所指又是什么？那就是永远静默着走向高远阶梯一般的列列群山，那就是创造过、辉煌过，也沉沦过、悲怆过的民众，以及民众在苦乐之间延续不已的生活。

听，你听那白马人的歌喉

鲍尔吉·原野

　　近来有课，周一和周二赴两所高校讲课，持续了几个月。有一天，我看台下的学生，忽然怔住了：他们是谁？除了回答他们是人类，是学生，别的说不出什么来。看不出他们的民族，也看不出他们的文化背景。他们被全球化概括了（不止他们，好多人被全球化熏陶得面目模糊）。全球化下面的人没有个性，只有脾气与嗜好。几年前我在新疆见过一位塔吉克农民，他有消瘦紫红的面颊和坚挺的鼻子。他笑起来不止牙齿白，眼白也像雪山一样耀眼。那么，他的相貌刚好贴合他正在讲述的雪山、鹰、野蜜蜂和冰冷刺骨的河流的内容。一眼看去他和别的人完全不一样，塔吉克语言和信仰的模具翻砂了独一无二的他。人的样貌与其说来自父母亲，不如说来自专有的文化。这很好，但这样的人越来越少了。他们的背景被教育抹杀，原本如飞鸟般的孩子们（后来变成了学生们）的思维从幼儿园开始就被教材统一成为凝重的观众。整齐划一是他们最高的美学标准和道德标准，一人等同于全体，全体就是一人，如我所面对的学生。

　　话说得有点远了，但这不是评说，是惋惜，是在九寨沟的高山深谷里见到白马人之后的感触。

　　白马人是藏民族的一个支系，他们是生活在藏彝走廊文化融合花园里的五彩斑斓的鸟群，具有鲜明的文化印记。我喜欢少数民族的理由之一是喜欢他们的服饰。每个民族的服饰像语言一样隐藏着他们的历史和气质。白马人的服饰充满想象力。这样的服饰是女性的、活泼的，以及山林的。正如他们相邻的安多藏人与彝族人的服装是男性的、粗砾的，以及土地的。从大的样式说，白马人的服饰是一个池塘，倒映出氐、藏、羌、彝这些莽莽群山的色彩，而后又吸收了移民此地的甘陕汉回民族的刺绣工艺，使他们服装的艳丽超出了需要，增加了许多华美与童稚的格调。他们多着短衣，这是由游牧转为农耕的标志之一。男性服装以白色为基调，女性服饰用黑色打底。而这样的服装上有大量鲜艳的装饰物，成为刺绣作品的堆积。以女性为例：内衣上覆一件短袖紧身衣，再套一件开襟坎肩，她们层层叠叠的袖子与胸衣上色彩泛滥，横幅的刺绣衣片与竖置的绲边令人目不暇接。红色、绿色、蓝色、金色、白色、粉色，她们在色彩使用上没有禁忌，就像我们在热带密林中所看到的色彩缤纷的鸟儿。生物学认为鸟儿绚丽的羽毛是为了生殖的需要。从社会学说，华丽的服饰也是为了吸引异性以及传达财富与门第信息，而白马人用鲜艳服饰赞赏自己的民族，同样在期待爱情。

在多民族杂居的地带，服饰是区别一己与异族的标识。所有民族的服饰（尤其饰物）都寄寓着穿着者对自己民族强烈的爱。服饰上有什么？有这个民族的图腾、信仰与传说，你可以说，他们正穿着自己民族的百科全书。社会的长治久安是从文化的多样化开始的，越丰富越健康，越多样越稳定。白马人的穿戴还表明他们在没有战乱的环境中幸运地生活了几百年。他们生活在深山老林的边缘地带，躲避了几大民族的刀锋。他们的服饰几乎没有争斗的气息。没有和平，诞生不出这么多服饰上的喜悦。同样，这样的服饰还映射出爱情在他们生活中的重要位置，民族人口越少，越有增加人口的强烈愿望。这种愿望会由个体的情感生活上升为族群的崇高愿望。那么，爱情在白马人的村寨里比篝火燃烧得更高更旺，虚伪在这里比落叶更为低下。这方面的印证还有白马人的涂墨节与荡秋千游戏。在节日里把脸庞涂黑后载歌载舞，是许多民族的习俗。这必定在夜里，在篝火边，在树林旁，这是缺一不可的三个条件。把脸抹黑，是男女之间隐去身份的匿名的恋爱方式，西方万圣节的化装舞会与此同源。"你"消失了，"我"也消失了，但爱在。如同夜色在，树林也在。而男女一同荡秋千的游戏代表着这个民族的健康心态，被礼教束缚的民族绝不会有这样的嬉戏，连看一眼都不要，因为它会催生而不是抑制爱情。

白马人是一个温和尚美的族群，但这不等于他们懦弱。当年伏尔加河流域的保加尔人何其强悍，而他们的后人（保加利亚人）葆有爱美的天性，以大霍拉舞和玫瑰节把自己装饰成一个童话民族。白马人不独服饰，从他们的舞蹈里也可看出这个民族的心迹。白马人独有一种登嘎（熊猫）舞。舞者戴熊猫面具，在锣鼓的伴奏下，模仿熊猫吃竹子、喝水、爬树和打滚等动作。一般说面具舞蹈大多用于驱鬼，面具形象多是猛兽，如龙。而熊猫作为静如处子、动如脱兔的象征，它的憨厚和勇猛切合了白马人和平的天性，这是民族的集体无意识的展露。

在青藏高原的大山深谷里，白马人如同飞翔在林间水边的鸟儿，展示着美丽的羽毛和动听的歌喉，歌唱神明与良善。几乎所有的游客都喜欢白马人，可见有根基的文化即使单纯，也有魅力。可爱的白马人，你们被自己的文化所护佑，又得到外来人羡慕的目光，这不就是你们在歌中反复咏唱的幸福吗？舒伯特曾把莎士比亚的一首诗谱成歌曲，歌名叫《听，你听那云雀的鸣啭》，借用这个句式说一下我接触白马人的感受：听，你听那云雀的鸣啭，那是白马人的歌喉——

雪落大藏　情归无痕

杜阳林

一

叩访大藏寺，是在秋末冬初，马尔康下了第一场雪。我们行至大藏乡春口村，在观景台眺望四周，群山白头，松披雪衣，屋顶纯净，晒台铺冰。前方的一片佛堂禅院，正是大藏寺，那金色的佛塔，衬着洁白霜雪，显得更加肃穆庄严。

大藏寺近在咫尺，真正要叩访拜谒，却不是一件容易事。汽车翻越大山，山路呈之字形，仅容一车行驶，每隔百米，折返一个三十度的斜坡。车辆像一头矫健的豹子，在崎岖的路上奔跑，吼叫着向上攀援。目光落向窗外，沟底的路越来越远，我们如同悬在半空，伸手能摘枝梢的积雪，抬头可望雪山的白云。

朝圣的路，原本就不会轻松。来时路上的风马旗，在河谷山坡，迎风摇曳。印着密密麻麻的藏文咒语，以及那些经文佛像和吉祥物的经幡，在大地与苍穹之间飘荡，构成了连地接天的浩瀚景象。这些经幡和飘过的风，知晓这里人们的幸福和幸福的来处，红幡插草坪，如鹿角光芒耀眼；红幡插屋顶，如红火永远兴旺，于是幡旗成为自然的点缀，自然又成为幡旗的怀抱。铺天盖地的风马旗，猎猎舞动，慰藉着此刻的路陡途险，心跳目眩。

汽车在大藏寺外戛然停下。我的双腿有些虚软，也许是因为高海拔地区缺氧的反应，也许是离开空调的车厢倍感寒冷，身体还未适应这里的温度。

继而感知，古人将寺庙修在山高林深，或者气候苦寒之处，其实也有其用心和妙处。修行者只有真正隔绝红尘，与喧嚣和繁华断了往来，才能真正地静神潜心，专注于修炼；朝圣者倘若不经历一番艰难跋涉，轻而易举就能礼佛问道，哪里会因肉身的磨难，反而受到精神的洗礼呢？那么灵魂的升华，就更加遥不可及了。

大藏寺的牌匾高悬庙门，藏南底子鎏金大字。题字落款者是"爱新觉罗恒懿"，她是中国末代王朝的皇室直系后裔，端王载漪的曾孙女，也是宫廷画派的重要传人。这块牌匾，是大藏寺20世纪90年代重修后邀请她题写的。明清时代，大藏寺倍受历代帝皇及朝廷尊崇，长期得到皇室的供养，由末代皇族恒懿书写寺名，可谓传统使然，遵循了历史之规。

风风雨雨六百年，时间在大藏寺面前，缩成一道亮光。从过去到现在，此岸到彼岸，法螺沉沉，诵经声声，循着光，辨着音，不觉沧海桑田，大梦初醒。

二

雪层覆盖了大藏寺的屋瓦，檐下结成了冰凌，触手可寒，难挡我们一行访客的心念热切。一颗红尘中跌宕辗转的心，带着一丝好奇，一种求真，靠近传说中的寺庙，去寻找也去叩访，去顶礼也去仰望。

大藏寺位于曲科尔山腰，山形状如一头巨象，寺院建在"象颈"的位置。附近山势环绕中央，自然形成了一座十三尊威德金刚坛城之排列。在寺院中心，极目远眺，东南西北各有一峰，肖似坛城的四方护法。

初雪浸染山头，远处云遮雾罩，峰峦尖顶如同落下了盐末子。大雪还未邂逅封山，仁慈地留下小道野径，供人行走。一只苍鹰，从远处飞来，在天空盘旋一圈，又如箭矢般射向陡峭的岩壁。白的山巅，黑的鹰翅，像是一幅稍纵即逝的画面，在天空中荡下恣意豪迈的一笔。寺外不远处，矗立一棵大树，许是受了苍鹰飞行轨迹的触动，梢顶摇晃，竟"爆"出几十只雀鸟，拍打翅膀，像一匹流动的黑绸，朝着河谷方向倾泻流动。

一只短尾黄狗，四蹄落在雪上，印出朵朵梅花。它从门里台阶一跃而下，仿佛辨出我们不过是朝圣的旅客，于是心怀慈悲善意，很快闪到门边，友好地摇动短尾，迎接远道而来的我们。

迈入寺门，经过约二十米宽的广场，拾级而上，是雄浑庄重的大经堂。大经堂正面悬挂着黑底白纹的八宝图，屋顶镀金。从灰白云层中，透出几缕顽强的阳光，追光灯一般投射到人间，让白雪擦洗过的翘檐闪闪发亮。四下空寂，人们的脚步声响也像一种惊扰，房顶雪团纷纷坠落。飞溅的雪粉钻进脖颈，带来清凉触觉，精神为之一振，同时屏气凝神，持一颗虔诚清静之心，敛眉垂目，脱鞋缓步走进经堂。

经堂内饰繁丽，墙壁上层，是精致的唐卡，栩栩如生的画面，传递着佛经故事。殿堂中间，用供曼扎供奉着佛像与活佛画像，左侧耳殿，石墙供奉了千尊佛像；右侧耳殿，供奉的则是千尊度母像。

黄缎包裹的一根"神柱"，被誉为"大藏寺第一柱"，相传是由寺庙的创建祖师阿旺札巴选定，迄今已有六百年历史。曾经的苦难和辉煌，被时间澄净的河水无数次淘洗，似乎洗旧了模样，但只要将额头轻触神柱，双手轻抚方方正正的柱体，一股来自六百年前的风，拂动前额，吹散迷雾，沿着一条神奇的时光隧道，神思辗转，溯游到最初之地。

那时，世上还没有大藏寺，但有了一位名叫阿旺札巴的佛家弟子，小小年纪，因为资质聪敏，才学过人，从而颇负盛名。

三

十四世纪中叶，阿旺札巴在嘉绒地区呱呱诞生，于 1381 年赴西藏中部，跟随格律派初祖宗喀巴大师学法。

远离故土，是为觅得真理，学成归来，是为报效家乡。去和来之间，数年光阴，如水流逝。时间在空间之外，安静地行走。

1409 年的一个清晨，阿旺札巴向宗喀巴大师描述昨夜的梦境：天上降下一双白螺，二螺合一，跌入他的怀中。他信手取来，朝着东方一吹，螺声清越响亮，即刻震动了整个东方。

圣洁的法螺，有着深刻寓意，召显了阿旺札巴的弘法因缘是在他的家乡，即西藏东部。螺声洪亮，启示了弘法事业十分广大。

世上的因果之间，总有千丝万缕的关系，有些事回头望去，可能觉得无比庞杂和艰难，它的成功让人难以置信，但若顺着一线过往倒捋曾经，会发现让我们起心动念的，也许只是一个小小的契机。谁说一个梦，不会衍生成一段悠长而艰辛的佛缘？就像高山白雪融水，化涓涓细流，最终流向长江黄河，涌向蔚蓝大海。伟大的背后，也许注定是无数细微的"平凡"；要想结出怎样的果实，就看泥土中曾种下怎样的种子。

阿旺札巴依依辞别恩师，临行时宗喀巴解下自己的念珠，赠给心爱的弟子。阿旺札巴手持念珠，发下大愿："这串念珠有多少颗珠子，我便建立相同数目的寺院以报师恩！"

大藏寺诞生之前，阿旺札巴已经在嘉绒地区建造了107座寺庙。佛的慈悲，让阿旺札巴忘记了疲累，对于恩师的盟誓，是阿旺札巴不倦行走的坚强动力。他纯真的信念，如同皑皑白雪，不染俗世纤尘。

为了自己的承诺，阿旺札巴宁愿付出一生所有，仿若磕着长头的藏民信徒，不远千里万里，历数经年，不计风餐露宿，朝行夕止，匍匐于沙石冰雪，依然无怨无憾。每一次叩首触额、触口触胸，是让身体语言、意愿与佛相融，也是凡体与神佛的一次庄重交流。已经建造完工的107座寺庙，耗费了阿旺札巴大量精力和心血，但他仍旧跋山涉水，对于最后一座寺庙认真选址。

到达曲科尔山附近，阿旺札巴难以抉择哪一处最好。犹豫不决时，一只乌鸦飞来，衔去他的哈达，飞到了一棵高高的柏树，将哈达挂在树枝上。阿旺札巴发现树下有许多蚂蚁，忙忙碌碌来来去去。他心中大喜，这是寓意将来寺院僧人众多的预兆，决定将柏树的枝节修去，以树干为宝殿之其中一柱，围绕此柱，建立了寺庙的主殿。这根树干修成的殿柱，即是至今屹立殿内，黄缎缠裹的"神柱"。

漫漫的生命长河，总会遇到难以选择的事，举棋不定，思绪芜杂，难做的决定背后，是一颗郑重的心，往往这样的纯真和虔诚，能感应天地，得到意外启迪。其实，哪里是"意外"呢，是一路不改的执着，一场坚韧的求索，一种庄严的思考，只有真正付出过，才会有灵光闪现的收获。

神柱从此年年岁岁，守护着大藏寺，并以自己的血肉筋骨，融入大藏寺牢固的一部分。它用如钢似铁的脊梁，撑起了一座寺庙，撑起了六百年的雪雨风霜。

靠近神柱，让静静的空灵，放轻手脚，舒缓呼吸，用虔诚与它交流，以心神与之共振，无需恳求功名利禄，只要掌心贴着它就好，就像贴着历史的余温，也就贴着心灵的一份懂得。懂得的，必将懂得，就像归返游子的故里，触目都是熟稔，随手就能采撷曾经。原来人世的轮回，封存了过往的秘密，时光已经凝成了木头的纹理。

神仙和凡人，神树和信徒，在时空的漩涡中，交汇有时，分别有时，就像大藏寺中著名的六臂玛哈嘎拉护法塑像，在不朽的传说中熠熠生辉。

四

大藏寺快要建成时，阿旺札巴一时找不到塑造佛像的巧匠善工而心中苦恼。有一天，三个自称来自印度的黑人前来寺庙求宿，并说自己是造像师。阿旺札巴十分欢喜，邀请他们为大藏寺塑造佛像，最终只有一位黑人应允留下。

寺院就快举行落成大典，黑人已造好了其他佛像，唯独一尊六臂玛哈嘎拉护法像，只造好了上半身，未能及时完工。无奈之下，阿旺札巴还是决定，如期举行竣工典礼。

"山重水复疑无路，柳暗花明又一村。"我们将这句话视为真理，因为人间真的曾经上演过无数奇迹。不过，所谓奇迹，其实是信念的坚持，倘若行至半途，眼见终点遥遥无期，松了心神，懈了信念，就此放弃，也就再无"又一村"的"欢喜邂逅"。

就在庆典的尾声，黑人造像师戴上了一个巨大的护法面具，旁若无人地表演舞蹈。众人看着他，他却浑然不觉人们惊诧的目光，仿佛被一股强大的力量驱使，越舞越快，身姿灵敏，如风如电。眨眼之间，黑人造像师消失得无影无踪，就像被风刮走一般。大家擦擦眼睛，视线落到地上——地面只剩下一个面具，还因着惯性，微微颤动。

这是一次完美的遁身，如同光亮隐入天空，如同水滴渗入大地。造物主早已将神奇演示给我们，万物从来相通，世事写满变幻。人间的障眼法，更像自然漫不经心地挥了一下手中画笔，于是有了色彩，有了图案，也有了相逢与辞别。

一位僧人指着六臂玛哈嘎拉护法塑像，忽然惊呼起来。人们纷纷转过头，这尊原本未完成的护法塑像，不知何时已经造好，色彩鲜艳，栩栩如生。阿旺札巴明白，黑人工匠乃六臂玛哈嘎拉的人间化现，以自身融入护法身像的方式，完成了自己的神佛塑像。

神与人原来并无天堑相阻。阿旺札巴想起黑人工匠曾说："我不需索要特别的谢仪，只需寺僧所得的供养，我也要一份相同的。"从此，大藏寺便有了一个雷打不动的传统，凡是有施主来寺庙分发供养，领诵师都会朗声提醒："请勿忘记给'黑人'一份供养！"在大藏寺中，僧人将六臂玛哈嘎拉视为活生生的僧众成员，即使是在计算寺僧人口时，也会郑重地把他纳入其中。

神以人的形貌出现，又与神的塑像合一，留在人间的叮咛，却是"与寺僧无异"。看似一次曲折的神人交融，也许表达了大藏寺的普法精神，潜心修法，但不要将神佛想得高不可及。他们就在身边，在每个行善之人的心中，你我皆是凡人，却都可能具有慧根，都能修得佛性。

六臂玛哈嘎拉的洒脱与率性，在众僧面前显露了一出"肉身的藏迹"，皮囊只是我们生存的一个依持，假如不注入生动的灵魂，它只会如同空空如也的容器，毫无意义。人生在世，有时难免陷入欲望的纠缠，为了肉身安享富贵荣华，不惜蝇营狗苟，甚至遗忘良心。神佛是否带着一点嘲讽与悲悯，俯身看着地上奔走的人们，再用一次显身与隐归，一次无痕无迹的离去，将无言的点化，传授给真正懂得的人呢？

寺院终于圆满竣工，阿旺札巴大师如释重负地喊了一声"大藏"，藏语就是"完成了"的意思，大藏也就成为寺院的名称。大藏寺，意为"圆满的信心"，它是念珠上的第108颗珠子，是阿旺札巴对恩师的铮铮承诺，是马尔康的一束灼灼火光。

马尔康在藏语中意为"火苗旺盛的地方"。依偎雪山而生的马尔康，纯然剔透，宛如一颗浑圆的珍珠，也是贝壳中的一粒泪，呼吸着远古的呼吸，宁静着今夕的宁静。1414年，大藏寺的落成，这里有了燃烧得格外蓬勃的一簇火苗，雪山相围，星月朗照，与天很近，与太阳很近。法螺声响，穿过迷雾，撕开阴云，懂得的人莫不含泪低头，为天上的神，也为了人间的慈悲。

五

倘若没有悲悯，世界将是一片寒冷。而雪野一缕吉光，已翩然降临，它也许不能融化当时的冰雪，却能温暖后世，传颂至今。

在大藏寺的右方，有一座小石碑，上面刻着观音大士的形象。这是纪念六世达赖喇嘛仓央嘉措到访而立的石碑。

仓央嘉措如同一个永恒之谜，也是世间不老不朽的传奇，在漫漫历史的所有僧人喇嘛之中，他也许是最受民众倾心的那一位。他曾在诗中写道："住进布达拉宫，我是雪域最大的王。流浪在拉萨街头，我是世间最美的情郎。"

虽有达赖喇嘛之名，但仓央嘉措的生活遭到禁锢，他不甘受人摆布，内心抑郁，更加激发了对于自由和爱情的向往，这也是他对强加戒律与黑暗权谋的故意反叛。

仓央嘉措的一生，只在世间度过了23个年头。在有限的光阴中，能有一段隐姓埋名于大藏寺修行的时光，于他，也许是上天极其仁慈的安排。

深山中的大藏寺，在静寂的呼吸中，迎来了雪域最大的王。

仓央嘉措将内心的苦闷，化作"放浪形骸的举止"，他喜欢扮作普通僧人，云游四方。到达深山中的大藏寺，他感受到了内心难得的平和安宁，像是一只飞过千万里征途的鸟儿，找到一处丰美温暖之地，能暂时休憩疲累的翅膀，安放动荡不安的灵魂。

仓央嘉措巧妙地装扮自己，躲藏于护法殿中，混杂在一群喇嘛里修持，冷静旁观，对于大藏寺的规模以及僧人修学的勤奋甚为嘉许。如同一滴水，隐藏在整个大海中，仓央嘉措的心是澄澈的，波澜不惊，拥有身边这群修行的同伴，他感到欣慰和温暖。他们纯粹到了简净，将自己放得很低，低到无影无痕，这让仓央嘉措生起奇妙的悸动。他过去在拉萨街头，扮成乞丐，是为了抹去显贵的身份，这身份是纯金的冠，沉重不堪，压得他快要喘不过气来。

仓央嘉措的隐藏，被一位到过拉萨，曾经晋见过他的老僧发现。老僧瞅着他这般眼熟，心中狐疑，遂恭敬相询。

老僧到底认出了仓央嘉措。他嘱咐老僧为自己保密，但老僧恳求他留下一些驻足大藏寺的纪念。仓央嘉措便说："待我走后，你在我俩见面之处，立一个观音大士石碑，见碑者如见我本人！"

老僧郑重允诺，后来果真在该地立了石碑。

一生难逃羁绊的活佛，虽已离去两百多年，他美丽的诗歌仍在随风流传。"世间安得双全法，不负如来不负卿。"

仓央嘉措的心，一半是献给神佛的，一半却是献给心爱的姑娘。他终其一生，努力追寻一点自由和快乐，求索人性的本真之美，这却成为他的罪证——"沉溺酒色，不理教务，不是真正的达赖"。康熙下旨废黜他，相传他在被押解进京的途中，于湖滨打坐圆寂。一代达赖，一代诗僧，终成政治斗争的牺牲品。

那一刻，仓央嘉措会想起马尔康白雪山头的大藏寺吗？他曾在寺中，离罪恶很远，离神佛很近。

凝望仓央嘉措昔日打坐修行的地方，靠着山的心房，铺了薄薄一层雪，像是温润的絮语，像是绵绵的佛号。佛的弟子，还在念着古老的经文，可叹世间已无仓央嘉措，他走得无挂无碍，无泪无怨。

当日的我缓步大藏寺，所体验到的从容平和，欣然而喜悦。也许，这正是仓央嘉措所感受过的，在瑰丽的群山之中，环抱静寂禅寺，在如洗的蓝天之下，涤荡喧嚣，安然静思。世间万物，莫不都是因循自然，让善吸引善，美黏合美，在莲花盛开的心湖，开出更加纯净的莲花来。

"纵使相逢应不识，尘满面，鬓如霜。"我想我不能再去打扰仓央嘉措安静的魂灵，也别苦苦追问大藏寺是否还记得他的清俊身影。所有发生过的，都是命运最好的安排，世间原本是一场空，空莫旷阔，才会生长雪山巍峨，泉水叮咚，才会呈现世间百态，爱恨情仇。一段传奇，一次路过，一回遇见，已足够我们久久咀嚼，长长回味。

六

擦擦的出现，不知是不是藏地"泛神"的理论推演与人间再现呢？

在雪域藏民的心中，世间一切物质，都能制成佛像佛塔。他们打水擦、打火擦、打风擦，是奇特而真实的情景，内心深信不疑的，是温润的水、热烈的火、飘散的风，已化作无量功德，护佑苍生。万物皆有灵，无私地给予人类繁衍生息之地、果腹强身之食、安居乐业之所，人对自然，却往往索取多过感恩。藏民以无形的擦擦，幻化满天神佛，也是向自然表达一种感谢和馈赠，只有世间最纯洁的眼睛，才会看清最高深的真理，只有最柔善的心灵，才能体悟信仰的可贵。

信念是一株苗，纵使外面的世界风狂雨骤，有爱相护，有善为伴，它都能安然度过一重又一重的劫，一道又一道的难。

往昔岁月峥嵘，大藏寺享过众多皇家荣光。寺内保存有乾隆皇帝所赠象牙印章、所供织锦布料、御赐天衣、五佛冠散件、历代圣旨等物。除历代帝皇以及西藏中部的无数珍贵供品极至高尊外，大藏寺在历史上，亦得当地十八土司的支持及供养，成为当时嘉绒地区格鲁派的佛法权威与中枢。历史上的大藏寺颇有名气，在拉萨布达拉宫，有一幅"西藏重要寺院"壁画，其中就包括这座大藏寺。

大藏寺原有弥勒殿、宗喀巴大师殿、大雄宝殿以及护法殿等六座佛殿，又有祈竹楼及堪康楼各一座，作为两位法台历代住锡之处。寺院后山有一座闭关院，供寺僧禅修闭关之用。寺院前方有一座佛塔，足有三十米高，巍巍挺立，内有无数珍贵圣物。

如此壮美的大藏寺，在历史上也曾被无情损坏。为了毁灭它，有人甚至动用了炸弹，整个寺院，除了护法殿被当时征用为村民仓库，幸免于难，其余房舍均被夷为平地。

一场浩劫，让大藏寺成为一片焦土废墟。人们不知大藏寺是否就此陨灭于残垣断壁，星落于冰凉黑夜，悲叹绵绵，无可奈何。

寺院的一个老喇嘛，不能说会道，却做出了一件淡看生死的大事。他将大藏寺的护法像装进一个糌粑口袋，不管去哪里，都背在身上。别人讥讽他惜命如金，生怕被人偷了他的口粮，须臾不得分离。殊不知他是用生命，让寺庙护法像不被损害。

这位老喇嘛也是肉体凡胎，当时各种声音震破苍穹，诉说自己的正确和荣光，喧嚣粗暴篡改了静默，恐惧与惊栗如同阴云笼罩头顶。老喇嘛却能在纷纷扰扰的嘈杂吵嚷中，保留一片初心，不改昔日信念。他用这份信念守着护法像，护法像也默默守护着他。

也许世上本没有什么可以永恒，壮丽如大藏寺，也难逃这一定律。它曾是人们用心供养的一座佛寺，甘愿放出心头的血，织就牢固的愿，搭一座桥，到修为深厚的国度，看佛祖的拈花一笑，听清心的暮鼓晨钟。可它和善慈悲的胸怀，终究未能抵御命运的无常。

也许世间没有真正坚固的东西，纵是坚如钢铁，也能将之轻易切割。人心，却是比钢铁更加坚硬的东西，从人心生长出的正信，历九死而不悔，总有一天，正信会再放光明。

当所有的挣扎都归于宁静，当所有的哀乐都化为无嗔，当所有的来去都成为永恒，一片犹如黄鹂嫩羽的雪，在心头开成了斑斓盛景。情在情的河流中沉浮，悟在悟的镜像里显形。

无痕的信念，终有一天，会让已成旧忆的大藏寺，再露真身，再现荣光。

七

祈竹仁宝哲将"智慧与慈悲"视为心灵的良药，认为这才是能治愈世间一切病苦的途径。当他1993年重回家乡马尔康，去往他四十年前亲眼见识过盛况的大藏寺讲经说法。他虽早已得知寺院被毁，但眼前所见，仍让他"呼吸困难，一时之间很难适应"。出现在祈竹仁宝哲面前的大藏寺，只剩下几道破墙。

没有殿堂可用，祈竹仁宝哲只好坐在露天泥地上讲法。现场几万信众，席地而坐，凹凸不平的地面，砖石树根，挡不住人们热切的向往，大部分人激动得泪雨纷纷，泣不成声。人与人之间，因为信仰结成一道桥梁，心和心一起跳动，同频共振，一起感受着幸福和悲伤，落泪便是理所当然的事。

祈竹仁宝哲无法忘记这次回乡所见的情景，发愿重修大藏寺。此后二十年，他数次返乡，与当地政府和村民商量重建寺院事宜。整个修建过程犹如朝圣之旅，每推进一步，都需付出全身心的努力。但祈竹仁宝哲没有轻易放弃，家乡的人民，以及他在全世界的信众都没有放弃。众人拾柴，熊熊火焰，耀亮了天空，一座崭新的大藏寺，在添加的一块砖一片瓦中，慢慢矗立起来。

重建后的大藏寺，有金顶大雄宝殿、弥勒殿、供有八米高的宗喀巴像的祖师殿、大悲殿、不动殿等，还建有寺史文物馆、辩经学院、佛学院、大型僧舍及集体用餐所用的食堂。在弥勒像及宗喀巴祖师像中，供奉多套《大藏经》、佛陀舍利、阿底峡祖师遗灰、宗喀巴舍利发及历代大师的圣物。在寺院的外围，又建造了一千个转经轮的围墙及供朝圣者绕寺转经的小径。

大藏寺的鼎盛时期，曾有上百间建筑物，如同一座小城，寺僧超过八百人之多，文献上一般记载为五百之数，是取自佛教史上五百罗汉之意。1993年，祈竹仁宝哲归乡讲法时，他亲历的僧众仅四五个，随着寺院的修建重振，僧团的建设也日渐恢复，修学体系重新建立，寺中又有了暮鼓晨钟，诵经念佛。

喇嘛诵念的经文，我一个字也听不懂，不过这并不妨碍内心的澄净。走进大藏寺，间或听见雪从松塔和屋檐落下的声音，人们自觉放轻了脚步，压低了嗓门，不去打扰清修的人，更不打扰圣土的安宁。身在滚滚红尘，千丝万缕相绕，"宁静"是难得的心态，就如甘冽泉水出尘的罕有，浮躁倒像令人沮丧的黑影，步步相随。行走大藏寺，我仿佛听懂了佛经，懂得蕴含的静和善、美和暖。僧人们所念与所求的，是天下所有生灵的平安，万物和谐，彼此有爱。

脚下的冰雪，发出轻微破裂的声音，如同过往太过执着而形成的"障"。破了障，明了目，静了心，让这次的行走和造访，充实而欣悦。邂逅大藏寺，就是对我的温暖仁念。

接近黄昏，太阳收敛了一些阳光，躲在云层隐去半张脸。我顺手从灌木上握一把白雪，捏成球形，它渐渐光滑而瓷实，又渐渐崩析与融化。雪水沿着手指淌流，透过指缝的阳光，似有五彩光线，随着晶莹的雪水闪烁跳跃。

雪落无声，但能积下一地的白；踏雪有痕，却能让我们放下纷繁俗世。恰如有形又无形的佛，只要心中拥有，内心都会安定平和。大雪纷坠，情之浮躁归于清净无痕，再无流离，荣辱两忘。以雪之纯净，洗出一个清凉天地，以大藏寺的风云变幻，垒出一个心的憩园。

阿来的故乡马尔康

葛水平

马尔康的秋天是植物撒欢的季节，人们在这个季节变得明亮，或许是因为阳光，或许是无数原始神灵，走近马尔康，需要有身体之外的东西，比如对文学的崇敬。

因为，马尔康是长篇小说《尘埃落定》作者阿来的故乡。

阿来说："我出生在这片构成大地阶梯的群山中间，并在这里生活、成长，直到36岁时，方才离开。所以选择这个时候离开，无非是两个原因。首先，对于一个时刻都试图扩展自己眼界的人来说，这个群山环抱的地方时时会显出一种不太宽广的固守。但更为重要的是，我相信，只有在这个时候，这片大地所赋予我的一切重要的地方，不会因为将来纷纭多变的生活而有所改变。有时候，离开是一种更本质意义上的切近与归来。我的情感就蕴藏在全部的叙述中间不断离开，又不断归来。"

在这个流年似水的世界上，故乡是一个最具生活实感和象征意味的词，是成长中温饱袅袅的炊烟，是遥望下抚慰至性的满天秋风，同时也是一座巨大的故事粮仓。生命本质意义上是一个流浪到皈依的过程，当一个人在流雨飞风的世界走远，世间精彩都需要亮相，不然，从种子出发，再回到种子本身，一个在旷野上独立向远，清楚地迷茫，却不屈不挠的人，谁知道谁认为那是游子与故乡独知独享的绚烂？

我站在"梭磨"藏语含义为"岗哨多"，又有"帝王之梳篦"的河水东岸，身后是高高在上的直波古城，与直波古城相对应的是藏地最高的八角碉，陪伴在我身边的是马尔康羌族女子杨素筠，她给我讲梭磨河带走了最后一位女土司。

高处，稀疏的林木和脱落为凄凉的土司官寨，像一个传说，那些至今存活在人们心里的故事，像她的讲述，偶尔的停顿包含了对悲剧的认同。

时间带走和带不走的，存活于世的人，那是一些无以历数的令人痛楚的关于时间和空间的印记，生命是为众多，岁月却是如此脆弱和无情。

阅读阿来的《尘埃落定》，大约是在 1989 年春天，我当时正在中国艺术研究院读书，忘记了是哪位同学拿着这本书在课堂上炫耀，当我们相伴从新华书店各自买下，兴冲冲回到地下室宿舍借着灰暗的灯光阅读时，读进去，也许是对一本书最高的奖赏。那是一个我陌生的世界，遥远而神秘，他的语言、叙述、奇异的故事，如同什么样的语言，必须匹配什么样的环境，如同经过了上苍的手那样，凝合为一，只有那样的地方才能栽种出这样的理想根芽。

那个"傻子"，他的灵魂一直在衍生着高原。他必须是显赫的康巴藏族土司，在酒后和汉族太太生下的一个傻瓜。他在高远的天空下看着皱褶的土地，他把自己的理由种下。如此，琐碎的生活，在他眼里，成为他辨识方向的标示，这个人人都认定的傻子与现实生活格格不入，却有着超时代的预感和举止，成为土司制度兴衰的见证人。因为，他是傻子，他可以看到本质。

一个旧的腐朽的世界终于尘埃落定。"傻子少爷"说："我看见麦其家的精灵，已变成一股旋风飞到了天上，剩下的尘埃落下来，融入大地，我的时候就要到了，我当了一辈子的傻子，现在，我知道自己不是傻子也不是聪明人，不过是在土司制度将要完结的时候到这片奇异的土地上来走了一遭似的，上天叫我看见，听见，叫我置身事外，又叫我超然物外，上天是为了这个目的才让我看起来像傻子。"

我一直觉得高原是有着于历史交换话语权的地方，它储藏了激情、梦想、愿望。太阳投着花和树的影子，岁月所放的蛊和魔法，那个寻花捉月的傻子，他看见聪明人把眼皮都晒薄了，他在马尔康的集市上迎风行走，快意满怀，他终于完结了一个上天的愿望。

细思，我脚踩的地方，有多少聪明人走过。

阿来在柯盘天街，穿着藏族服装。服装是与外界交接的另一种语言。汉人说，人是衣服马是鞍，作家素素说：阿来这身服装更像藏地文学"土司"。

尘世旧梦，"柯盘天街"因松岗土司繁华。

金钱是上苍在柯盘天街栽种安置的一地玫瑰，美丽、妖娆，充满魅惑的力量。一只黑鸟飞过，不可言说的神秘投影在雨中。正午时分，时间转换成现在，"阿来书屋"在柯盘天街拐角处开业。书让时间更短，或者说，只有书可以让金钱丢盔卸甲。

我希望老死在时间中的柯盘天街曾经的土司和头人们潜入这间小屋看看，古章典籍扑鼻的书香，或者就地让他们托生成一本静默无言的书。

如果说那个"傻子"总结了柯盘天街的繁华，那么现在的阿来书屋是超度他们灵魂的地方。

藏族女子巴桑给我讲马尔康的历史。

在二十世纪三四十年代，马尔康最早为一寺庙，在寺庙前宽广平坦的白杨萧萧成林的河滩上，形成了一个季节性的市场。商人们来自嘉绒各个土司的领地，还有很多商人是来自四川的汉族和甘肃的回民，夏天各路商人络绎不绝，人们把这个繁荣一时的季节性街市叫作"马尔康"。

马尔康过去属于嘉绒十八土司的梭磨土司、卓克基土司、松岗土司、党坝土司辖地。嘉绒藏族有自己的语言服饰和风俗，曾被认为是一个独立民族。在新中国成立初期进行的民族识别中，确认嘉绒是由古藏人而来，属于藏民族的一个分支，并由此归入藏族。马尔康是土司政权最后的遗留地区之一，新中国成立初期，中央政府在原嘉绒十八土司中卓克基、松岗、党坝、梭摩四个土司属地中进行新时代的"改土归流"，归并四土地区，纳入政府管理，并重新取名为"马尔康"。

马尔康的藏语含义为"火苗旺盛的地方"。

过几日，马尔康的红叶要红了，满山遍野火苗一样灿烂。

杨素筠带我们去茶堡山里看房子名叫"克萨"的碉房。马尔康茶堡河流域的山谷，保留着上百座藏式邛笼石碉房。暗古色的面容，跟涌起皱褶的土地一样。有多少故事在里面就有多少理由在里面，如果今天已经成为过去，我庆幸杨素筠带我们去了一个好去处。

《后汉书·南蛮西南夷传》记载："垒石为屋，高十余丈，为邛笼。"这些碉房带着明显的象雄文化烙印。站在碉房最高处，这里是主人与上天与辽阔久远的历史交换话语的地方，同时，也是一个驿站。碉房把一代又一代人送往远方，碉房里故去的人，曾经踩踏到屋顶，双手合十，煨桑的青烟，小巧的借助风力自行转动的转经筒，晴空万里，那样的风和阳光和幸福，因为渗透了藏族人的劳苦功高，我突然有一种说不出的悲怆滋味漫到我头顶。

碉房中所承载的温情，正在被外界令人眼花缭乱的奢华一点一点消解着，人的命运像时间流走般带着某些神秘和不可预知性，也许，建筑是对历史最稳定最真实的记录，能完成人类对高原想象力最夸张的表情。碉楼墙壁上挂着一些生活照片，它是唯一能够换留住时光步履的一方光阴。许多许多年以后，再寻觅这些丝缕的痕迹时，在茫茫的时间之海中才得以找到消弭了的历史回声，我希望碉楼永在，神永在。

那个叫卓玛的女孩，打开车窗吆喝着田里劳作的兄长，银铃一样的声音吸蚀了我的言语，泪水充盈。黄昏在无边地淹没和覆盖，视觉的无形中，我感到了一种强大的存在。时间倒流，相信永恒，相信在此生的时间之外，有一个永恒，那就是文学。

这样的地方不出一部《尘埃落定》真是说不过去呀。

梭磨河流过马尔康时

侯志明

因为"马尔康阿来诗歌节"的举办，近两年我几乎每年要在马尔康待上几天的时间。这使我有机会从容地行走穿梭于蜿蜒激荡、风光迷人的梭磨河谷，并探幽马尔康这块充满神奇、生长美丽、出土特产的土地。

不，更准确地说是拜读。

梭磨河，大渡河的一条小支流，发源于阿坝州红原县壤口乡的羊拱山北麓，壤口以上称壤口尔曲河。过壤口，便进入梭磨乡。历史上嘉绒地区最显赫、级别最高的梭磨土司于康熙六十年就置长官司于此，并修筑了辉煌的官寨，使梭磨名声大震。因此，壤口以下改称梭磨河。它由东向西横贯马尔康全境。

马尔康市是阿坝州府所在地，下辖三个镇十个乡，是一个以嘉绒藏族人为主的聚居地，藏语含义是火苗旺盛的地方。梭磨河就在这火苗旺盛的地方日夜流淌。它是这座城市的动脉，也是嘉绒人的母亲河。

今年去时，已是十月下旬，比去年大概晚了一个多月。从成都出发，沿都汶高速、汶马高速行驶，过桃坪羌寨不久，便进入马尔康地界。昨夜下过的雪，白得像云像哈达，从山顶向下流淌，渐次笼罩了山的上半部，墨绿被白色覆盖。我过去一直以为看雪必须在北方，其实是错的，北方只是冬天有雪，而马尔康一年四季都有。

当白色流泄到山腰时，温度阻止了它的继续下行，白色变淡，绿色又成了主宰。不少粗壮的树枝依然挂着零星的雪，这雪因温度的升高变得有点黏，风一吹便会一片一片"啪嗒、啪嗒"掉下来，也不像北方的雪是飞飞扬扬飘下来。再往下，接近河谷时便见各种各样盛开的花。村寨建在山脚下、河流边，河流绕着村寨走。寨子和河流总是交织在一起缠绕在一起，人就在村寨里和河流间生产生活。

秋天正是收获的季节，沿途可见，有人在菜地里弯腰干活，薅草翻地；有人在树下面搭个梯子采摘果实；有人在路边摆个摊摊，出售山里的特产和自家的花椒、水果、核桃、大南瓜、牦牛肉、各种民族特色的手工制作。看着这些，我在想，如果有人能把这些画成画儿，肯定比《清明上河图》还要美。

我过去一直以为马尔康只是一个普普通通的少数民族地区，风光如画、天高地远、纯朴自然、步态懒散。这样的环境又赋予人们特殊的禀赋，能歌善舞、豪放不羁、阳光简单、酒酣胸祖。偶尔也可见一些深深的历史印记和依然流淌在生活中的古老习俗。而这两年的行走，改变了我的认知，一些蕴涵在这个民族血脉里的细腻、执着深深打动了我！

21日，一个风和日丽的上午，我们有幸在当地作家巴桑、杨素筠的陪同下，从马尔康市沿梭磨河峡谷出发，驱车前往沙尔宗镇米亚足村，参观一个名为"吉岗擦擦"的博物馆。大约一小时后，到达目的地。当有人告诉我这就是要参观的博物馆时，我第一反应是，如果这能叫博物馆，它一定是世界上最小的。

博物馆位于吉岗山半山腰，总共有四间石木结构的矮小房子，面积加起来也不足两百平方米，颜色是藏红色的，是藏区常见的红。它的创办者是幸饶巴兰卡师父。

"擦擦"藏语的意思是"复制"。擦擦博物馆收藏展示的全是"擦擦"。那么，究竟什么是"擦擦"呢？《无垢庄严经》记录了仓巴祖普和佛陀的一段对话，这段对话有助我们理解什么是"擦擦"。仓巴祖普问善男信女们："若想学精进菩萨纯正善行之业，应如何做？"佛陀回答："凡想进入居士乘法门学修菩萨纯正之善行，应制作善逝灵塔和擦擦，如是修持。"从这句对话里，我们可以把"擦擦"理解为是对佛塔的复制。

2016年3月，修路的挖掘机揭开了吉岗擦擦的面目。这里出土的擦擦，有圆形、八方形、七方形、四方形、三角形等，大多是由泥土制作而成，大的也就五六厘米见方。

幸饶巴兰卡师傅介绍，吉岗擦擦已有一千多年的历史，真实记录了嘉绒信众在这神奇的土地上，生生世世积的祈愿智慧和实修精髓，具有重大的文化价值，也被称为佛教造像艺术的"活化石"。

从四年前发现了这些擦擦起，幸饶巴兰卡就致力于它的保护、研究、展示和传承，倾其所有修建了这个博物馆，展出了上千件大小不等、形态各异、五颜六色的擦擦。在这偏远荒凉的山谷，有这样一个处所，无论如何是令人感动的。

博物馆的旁边有一间接待室，室内虽然简陋，但摆满了各种书籍，也就充盈了足够的书香味道。幸饶巴兰卡师傅告诉我，他还要修几间房，让那些有文化有修养的作家，随时能住下了。在他看来，传承文化是多么的重要和神圣。

乘车离去，车在山路上颠簸着前行，我蓦然回首，隔河相望，看到在天上的云、山顶的雪、风中的幡、地上的绿树映衬下的红色博物馆和依然在风中站立的幸饶巴兰卡。那一刻，我觉得看到了一帧无比动人的风景。

三郎热单，是另一位感动了我的藏族小青年。他身材高挑匀称，脸型轮廓分明，肤色黑里透红。四年来，他把打工挣来的将近一百万元钱，投进了他的博物馆。这个博物馆其实就是他的老宅子。22日上午，我和作家葛水平，共同把一块红绸子从刻着"阿尔莫克莎民居博物馆"的木匾上拉下来，算是为他的博物馆揭了幕。我很愿意做这件事，因为我为他的这样一种举动，这样一种情怀感动着。

这是一个七层的石雕建筑，上大下小、形似碉堡，前临河，背靠山，高耸挺拔。据史书记载，在马尔康茶堡，早在五千多年前就有人居住，《后汉书·南蛮西南夷传》有文："垒石为屋，高十余丈，为邛笼。"据专家考证，阿尔莫克莎民居站在山谷里，至少有六百多年的历史了，但保存完好，是嘉绒古建筑的活化石，对研究人类学建筑具有重大价值。三郎若丹2017年注册了"阿尔莫克莎民居博物馆"。

小主人带领我们一边参观一边作了详细介绍，使我们对这栋建筑的过去和这个博物馆的现在有了一个全面了解。

这栋房子使用面积大约一千平方米，完全是按照人的身体结构建造的。一楼过去是关养猪牛羊的圈舍，对应着人的肠子，也是排泄系统。现在主要展示马具、牛具、原始的木石农具等。二楼对应的是人的腹部，过去用于堆放草料，现在陈列各类藏茶，可以欣赏藏族音乐，品尝藏茶，也可喝咖啡。三楼是厨房和火塘，曾是一家人吃饭议事的场所，相当于人的心脏和胃，现在主要收藏农耕时代的酒具、陶锅、陶壶、桦树木勺、酥油桶、馍馍木板、铜茶锅、铜水罐以及各种木碗、陶碗等生活用品。

在四楼和五楼，我们分别来到环绕三面的回廊。主人指着左右各一的木头房子告诉我们，那是粮仓，用于储藏麦子、青稞、大豆等粮食。他说："民间有个很形象的比喻，四楼五楼是母亲的胸脯，左右的粮仓就相当于母亲的乳房。如今也是存储了赋予生命的食物，人也主要住在四五层。六层主要是经堂，相当于人的大脑，是决定重大事情和平常诵经的。"

来到七层楼，看到楼顶插着那么多的经幡，小主人风趣地说："这是最高层，离天最近，插上经幡，所有的心愿都可以对上天诉说。你们看，嘉绒人在建筑美学和生活上的领悟，是不是充满了诗意？"

不得不承认，古老智慧的精美建筑加上他深刻形象的独特解说，使参观者大为震惊，久久不愿离去。

临别时，他告诉我们，博物馆计划今年底免费开放。他希望通过博物馆留住一段记忆，留住一段情感，记住自己的来路。

他说：人活着总得有根呀！

我无论如何也想不到，这位读书不多的青年人有着这样的梦想和情怀。

在马尔康市梭磨乡毛木初村也有一个馆，大约一百平方米，它的名字叫村史馆。在我有限的知识范围内，这应该是我国第一个乡村历史博物馆。馆内通过图片、文字、老物件等，展示了毛木初村半个多世纪的变迁。

村支部书记叫马永莲，藏族，高原的阳光和农村的劳动把她塑造成一位古铜色的女汉子，敦实、慈祥、快言快语。我称她马书记，她手一摆："别叫马书记，叫马二姐，十里八村的人都这么叫，都知道我。"她向我介绍说："我们村最开始只有十几个人，原居民只有两户藏族，"她用手指了指，"这头一户那头一户。六十年代，知青下乡，森工进山采木头，毛木初村来了两批移民，从一个纯藏族居民的小村庄变成了一个藏、羌、汉和谐共处的示范村。现在有六十四户一百五十人，大多数都是汉族。"

在村史馆的墙上，详细记录了自 1957 年以来，村里发生的重大改变：1968 年，修建第一条土路；1986 年，开始通电；2017 年，全村脱贫⋯⋯

"建个村史馆，就是让小一辈记住自己的来路，记住曾经的艰辛，感恩今天的好日子。"马二姐粗中有细。

从吉岗擦擦到阿尔莫克莎民居再到毛木初村史馆，马尔康到底拥有多少类似的博物馆，我没有统计过。但作为一个县级市，它拥有的数量一定是最多的，虽然并不宏大气派——为什么要宏大气派呢？这其中的深意是值得人们探究和深思的。

如果说马尔康的卓克基土司官寨、松岗天街、大藏寺，因积淀了独特而深厚的文化而成为地标性文物已经家喻户晓，那么这些正在成长中的博物馆，有谁敢否认它几年甚至几十年几百年后的价值呢？没有一种深植于这个民族骨髓的情缘和执着，谁会把大量的财物和精力花在此处呢？

阿坝州和马尔康的确是个令人感动的地方。他们打造了阿来旧居，如今已成为马尔康旅游的必去之地。他们在很多景区建了阿来书屋，真正把文旅融合生动付诸实践。他们设立的每年一届的阿来诗歌节，如一朵格桑花，一扎到这块土地上，就显示了对土壤和气候的无比适应，仅仅办了两年就受到广泛赞誉。

美，在我看来只有两种，一种是自然孕育的，一种是人类孕育的。在流淌着梭磨河的这块神奇土地上，这两种美鲜艳而茂盛地绽放着。我忽然觉得，所谓看得见山水、忘不了乡愁，应该就是这个样子！

不息的梭磨河啊，当你汩汩滔滔一往情深地流过马尔康时，我终于看到了不只是晶莹飞溅的美丽浪花，还有托举着你的静默深沉的河床卵石。

在马尔康

胡竹峰

雪是昨天下的。

昨天在山上，迎头一场大雪。轻轻的，微微寒意。雪花落在人身上，瞬间就化了。几个人在村落游荡，石房子坍塌了。这里原来是一个土司府，他和众人在荒废的院子里说陈年旧事。

一个女土司和一群人的故事，权力、疆域、生死、情感，此时此刻在大雪纷飞中复活，往事喧腾欢笑。旧照片中，一切都是鲜活的，眼前那些村寨早已经烟消云散，昔日的繁华在短短的一百多年间颓废衰老。如今，一切都是破败的，破败得像从来没有发生过，只有雪片与花草冒着新气。

看看他，这位六十岁开外的藏民，黧黑，硬挺，鬓角整洁，戴着帽子，声音嘶哑，消瘦得像是牛肉干。只是口音听不大明白，我也不想知道那么多往年的事，悄悄退出，一个人在村子里看看。不知道那个衣着简朴、脸色黝黑的老人最终讲了些什么。

沿路徐行，一个老妇人出门收拾杂物，除她之外，看不到一个人，也没有任何声音。农家院子种满了大丽花，很大的花冠，粉红色，据说这种花寓意大吉大利，见者有福。当地人说，每年春日，各种野花次第开放，红色、粉色、白色、黄色……花香漫遍草野。

风自遥远的地方吹来，自我未知的山那边。人在民居外墙边，俯瞰来路，水似乎安静了，看不见流势，静静摊在地上。微风拂过，脸颊清凉，想起

"仙人抚我顶，结发授长生"的句子。眼前一切，是人间境，又近于仙家。山坡上几朵野花盛开，木质曲栏自上而下蜿蜒远去，尽头是隐隐倾斜的碉楼，以石块垒就，密匝匝的石缝填满岁月的尘埃。

天然，破落，微小，陈旧，像是被远古之人遗落的一个村庄，如今晾在山坡野地上。倘或在远处回望这个村落，或许只是个荒地，只有半截碉楼的辉煌，让人凝神，让人幻想，思绪悠远。

碉楼脚下潮湿一些，有些地方起了一层细细的青苔，现在当然有些干枯了。兀自透着一抹青碧，细小安静像一个持重自守的人。举目四望，角落里亦生着一丛一叠的苔绿。青苔喜幽静，不惯被人扰，静静养着清气。据说人的气息与体温会影响青苔生长，人愈多，青苔愈少。青石路旁，砖角边，青苔隐隐若现，不近人，亦不扰人，是被人遗忘后的萧条与苍凉，有一丝青绿感伤。李白《长干行》云："苔深不能扫，落叶秋风早。"一从远别后，小径无人扫，青苔深且厚，思君令人老。独对青苔，忽起人世伤感，物不欺人。

《红楼梦》中贾宝玉为大观园题匾额，第一处写"曲径通幽"，幽，是孤独，是持守安静，譬如空谷幽兰，是藏而不见人的，造物深有意，故遣幽人在空谷。大观园内必是有青苔的，苍苔露冷，花径风寒。怡红院与潇湘馆尤甚，所谓物与人齐。隐幽、含蓄是东方人亘古不变的美。这个官寨遗址里看见白花如米小的青苔，像茜纱窗下的解人。世间微小的事物，选择了寂静自守。小小的土司官寨，安静，不扰人，不炫人，在淡淡的光阴里静默着，寂静了上百年。

远山开始泛白，去那雪山里走一走滋味如何，一个人暗暗思忖。

一只野鸟从人家屋顶掠过，嘎嘎叫着，冲天而去。

此刻，二〇二〇年十月二十一日午后，我就在昨天向往的雪山上。昨天的雪让峰峦一白，入了老杜"窗含西岭千秋雪"的诗意，只是门口没有停泊东吴的万里船。一时忘记天地间其他存在，唯余呼吸与心跳。

站在大藏寺最高的庙宇前，向远处眺望，一带碧山苍翠绵延，山上羊肠细路蜿蜒垂悬，藏人的白塔、金顶、蓝天烈日，焕发耀人的金光。有一刻的恍惚，即如庄周梦蝶，是庄周而为蝴蝶，抑或蝴蝶即为庄周？我不知道。在另一片土地上，我会否还是我，还是我亦有了别样的真身？我更不知道。

山下一条河，水流日夜不息，岸边的藏人畔水而居，日出日落，烧烟煮菜，放牧牛羊。

在寺里，并未相逢僧人，只见来来回回几个香客，小心呵护着它的安静。偶尔有人轻声细语说几句话，也是淡淡地，如落花轻浮水面，淡月微悬青天，温旭和暖，又清爽安然。奇怪的是，我耳畔隐隐有嗡嗡嗡的诵经声，仿佛有震动屋宇的强劲之力。那些声音，是祈福、祝祷，亦是无我、无常，是传向神灵、天国的一种无可解释的密语。

昙秀和尚曾说过一句偈语：来时一，去时八万四千，这也许是僧伽的生死观，来时一颗清净心，去时八万四千烦恼虫。一个俗人欲解说僧伽偈语，多数时候是徒然的。凡人都害怕死亡的，儒家索性避而不谈，偷懒地说"未知生，焉知死"，较庄子齐生死的观念，灵性差别去去又几里。佛家教义像是在另一个世界向此世洒着圣水，度我又度他人。

进大藏寺的大殿时，想起宋人的那句诗：叶随流水归何处？牛带寒鸦过别村。既是醒世语，亦是悟道词。于万千红尘中，人皆是来无踪、去无迹的过客，在佛家世界中希冀做个明心见性人。山下寺外，熙来攘往之众生，几人能知。

大殿有香味，缓缓走一会儿，觉得一股股香缓缓向自己飘来，深吸了一口气，让香气为自己祈福，佛自在我心。《红楼梦》中，一僧一道指点要来尘世的顽石说，凡间之事，美中不足，好事多磨，乐极生悲，人非物换，到头一梦，万境归空。

天似晴又阴，他们去看仓央嘉措的修行地去了。忍不住也尾随其后，众人唱歌念经，那小小的一处居室。想起苏轼初到杭州，往寺中寻世外友人，曾作诗一首："七尺顽躯走世尘，十围便腹铸天真，此中空洞浑无物，何止容君数百人。"不过方寸之地，日复一日，也不知道仓央嘉措在这里修行了多久。一室之微，仅能容身，又能容者，天真而不居，老子说，功成而弗居，夫唯不居是以不去。人要万丈红尘，也要三炷心香生发出善意，清静自守。寂静微小、和谐容纳，才是人的真身吧，像某些得道的人，自带一种隔世的自在安然。

衣食住行，吃喝玩乐，离不开头上日月与脚底的大地。日月是天理，大地是人情，遵循天理与人情，便是佛心灿烂。

藏区的秋天来得早一些，丛林早已染红了。高山虽已染白，山下到底是秋景。天还未大寒，花未落，叶子渐渐黄了，所见一片寂静。连路上亦静静的，少有人影，少有车迹，一带老石头房子，笼在蓝天碧日下，日光遥远，气息清和，一切从容而温良。

那日路过一眼水井，探头看看，清凉的井水细细流淌。有井水的地方，就是人烟所在。水是一切生灵的源头，山川、草地、牛羊、人家，无一不仰赖于它。无论有无人烟，它的存在，皆是活泼的生命延续。偶尔走过几个藏民，大多有一张谦和笑意的脸，让我有一刻的恍惚，似在哪一部电影中见过，或许是油画里，或许是照片上，也或许是我的错觉。

藏民大多平静而温和，有梅兰竹菊的秉性，自然纯朴，不求高贵，这是一方水土一方人物的秉性志气。那些人惜物，用过的酒瓶也都被善待，没有随意丢弃，点染在屋间壁角，台案窗几，是一道美目的景致。

往马尔康的几个晚上，总是与几个友人喝茶饮酒。这个川西高地的子民修炼得一身和气，无论困难还是荣耀，不变不惧，清和如杯中白酒，味似盏内清茶。偶尔在客舍闲坐闲读，梭磨河自窗外流过，人被笼罩在一片流水轰然声中。橘色灯光下，读王维过香积寺的诗："不知香积寺，数里入云峰。古木无人径，深山何处钟。"王维在诗中描绘安静无人的深山氛围。古刹、深山、寂静、清幽，是他喜欢的，亦是我喜欢的。一千多年前香积寺的寂静，很像安静的马尔康夜晚。身在闹市，深在河畔，感觉却极安静，有天地自然的安静。

说来也怪，车过了理县，来到马尔康，就觉得人间邈远，尘世两隔，万般皆可放下。在马尔康的日子，总有一股清凉扑面，与季节无关。

在飞沙关眺望历史的路向

蒋　蓝

一片无论多么优美的景致，没有探路者、劳作者的身影，那只是风景。一旦他们出现了，就赋予了自然景致灵魂，那才是别有洞天的汶川山水。

蜿蜒曲折的松茂古道

松茂古道从都江堰西街出发，经过玉垒关、蚕崖关、寿星垴、娘子岭，然后进入汶川境内，经西瓜垴、映秀湾、豆芽坪、东界垴、兴文坪、银杏坪、罗圈湾、彻底关、桃关、大邑坪、飞沙关、新保关、雁门关，再进入茂县境内，绵延至松潘古城，全程700余里，沿线分布着几个重要的古代关隘：板桥关、飞沙关、镇夷关、彻底关、桃关等等，号称"十八关"。古道始于何时无从考证，但无数事实说明，最迟在三国时期松茂古道就已开通。古道与西南丝绸之路相衔接，成为以长安为中心的中华交通网络的重要组成部分。

飞沙关、板桥关等是汶川通达都江堰官道上的著名关口，也是新中国成立后修筑的成阿公路的瓶颈。我站在雁门关处，看见石壁上镌刻的"人鸿"二字，展开了昔日古道上行人犹如鸿雁长空飞翔的那般苍凉与豪迈。石板路上那些被马蹄、负重的双足磨出的印痕盛满雨水，就像历史的眼泪，显得悲壮而苍凉。古道关口中以飞沙关名头最响。飞沙关又名风头关，是晚清诗人董湘琴《松游小唱》中所述"三垴九坪十八关，一锣一鼓上松潘"中的"十八关"之一，地处汶川县绵虒镇大禹村。相传唐时杨贵妃进京途中，因天晚宿于该地，见月色皎洁，星光灿烂，江水清清，花香袭人，一时兴起，决定乘夜色去岷江沐浴，洗去一路风尘。不想被人偷窥，杨贵妃怒而扬沙，从此这里不再月明风清，而是狂风大作，飞沙迷人眼目，飞沙关由此得名。这一传说也利用杨贵妃附会了本地美女，因为这一带有"羊店一地出美女"的说法，遂有"威州包子板桥面，要找美女到羊店"的俗谚。但在美女传说之外，关口何至于飞沙漫天呢？

晚清时节，四川总督丁宝桢曾巡边到此，突然遭遇一阵飞沙，轿顶竟然被掀翻！他想起了一首与杨贵妃有关的诗："巍巍高岭挂斜晖，渊下何年浴贵妃……回首秦陵遗事在，可怜风扑乱沙飞。"丁宝桢认为，这是贵妃阴魂不散，便到山中察看，看到山中有一庙，就下令当即拆除。丁宝桢后来询问当地人后，大叫一声："哎呀，我错了！"他赶紧面山叩头谢罪，并命令当地官吏，恢复庙宇，并加修三塔予以补过。原来，这飞沙关地处石纽山，山上有一地名叫刳儿坪，西羌大禹就诞生于此。丁宝桢误拆之庙恰是"禹庙"。

据《汶川县志》载：县治20余公里处有飞沙关，山上有一平坝，这就是著名的石纽山刳儿坪。《禹志》云："禹生于石纽。"《益州记》述："石纽山者，今其地名刳儿坪，坪上原有禹王庙，圣母祠，社稷，今已毁，尚有遗志。"飞沙关口绝壁上刻有"石纽山"三个大字，古朴而遒劲，传为诗仙李白所书，一直被视为书法艺术之精品。

阿坝州大禹文化研究会会长王永安对我讲，每年农历六月初六，传为大禹生日，当地羌民均要在飞沙关一侧举行祭大禹仪式，清代以来祭大禹就成为汶川最重要的民俗活动。当地流传的一首民谣很有说服力：

禹王庙，圣母祠，
朝拜香火很是旺。
飞沙关，高店子，
烂稀饭卖大价钱。

杨贵妃是否出生在导江县，史学界早有争议。一个说法是出生在导江县

（今都江堰市聚源镇），其祖辈杨令本曾出任维州太守，在维州守城之役中殉职，被朝廷褒奖，葬于导江县杨氏墓地。杨贵妃之父杨玄琰，早年任蜀州（今崇州市）司户参军，其母随夫入籍导江，在导江生下杨玉环……这样的附会不免显得怪力乱神。当然了，在 200 年后人们才认识到此地的一个独特气象：此地地处高原峡谷，阳光辐射强烈。一夜寒冻的河谷空气，第二天一到太阳当空，便如着火一般，被迅速加热。接近中午之时，来自北方的高空冷气随河谷的热量而蒸发，自然而然地增加了压力，两种气流在河谷上空冲撞，冷空气只好从高山之巅沿坡下沉，而停留在河谷上空的干热空气一直顽强抵抗。直到正午，终于抗御不住冷空气的强压，于是决堤一般溃散，形成了河谷中每天定时的"午时风"。午时风横扫千军，河谷中的干沙漫天飞舞，正好在飞沙关处形成一个大斗，白沙可以飞天蔽日。过去在此处形成了一片不大不小的沙漠，河谷中风力搬运的白沙曾经由山脚爬上山坡，覆盖了石纽山。

为了考察成阿公路修筑史，我多次来汶川县。飞沙关四周灌木零星，蒿草遍布。此关为刳儿坪向下延伸的一根山脊，直抵岷江江心。百米悬崖，岷江雪浪击石，轰然飞溅千堆雪，复又跌落成漩。1952 年之前，这里悬崖绝壁，山路仅能通一人一马。关上建有一道券门，门上有一长方形石匾，刻有"飞沙关"三大字。而在 20 世纪三四十年代，崖上尚有一座圣母祠，侧壁有诗刻，为清人孟维聪所作。

飞沙关的石头

2019 年，在成都市西北街社区营门口路的熙城国际大厦门口一团小黄菊簇拥的绿化带上，一个红圈小地标不十分显眼。来来往往路过的市民们，可曾留意过它？它就是历史的地标：成阿公路零公里界碑。

界碑高 1.3 米、宽 1.2 米，由汉白玉大理石材加工而成。界碑正面雕刻着"成阿公路零公里记"：

动工时间：1951.3.21.

建成时间：1955.11.10.

公路全长：506 公里

随着新中国的成立、四川地区的解放，成都通往藏区的第一条公路应运而生，这不仅是跨越千难险阻的天路，更是连接各民族友谊的纽带，五百零六公里的长路，由四年零八个月的时间凝聚，三万筑路英雄的奋斗铺就，一百九十一条的生命奠基，几十年风霜依旧，天堑通衢漫漫，老成阿公路零公里由此起步，旧路变新颜在此印证。

界碑背面雕刻着成阿公路纪念徽章以及藏语版"成阿公路零公里记"。界碑的四周由一个大红圈围绕而成，凸显零公里——界碑中"零"起点的意义。界碑在 2019 年 12 月安装，如果不留意界碑上的文字，很容易把它当成一座迎节日的彩灯装置。界碑不大，也不十分显眼，但界碑标识的成阿公路却意义非凡。

我站在飞沙关口的老公路上，想象着那些筑路大军的劳动场面……成阿公路越过岷山山脉的高山深谷，穿过草原泥沼地带，地势平均海拔 3500 米到4140 多米。参加筑路的数万名解放军、技术人员和各族民工，为了发展祖国的交通运输事业，为阿坝州各族人民铺筑"幸福之路"付出了青春与热血。

1952 年，成阿公路筑路一支队一大队在大队长刘德明率领下，除了使用少量黑色炸药炸石，主要依靠錾子、手锤，硬是从崖中凿出了一条 100 多米长的弧形隧洞，成阿公路由此穿洞而去。当年参与隧洞建设的工人陈光明，后来在川交二处工作，曾经对人谈起："飞沙关的石头特别硬，经常錾子要打出火星……"隧洞尽管只能单向放行，却是成阿公路出了都江堰灵岩山"老母孔"隧道之外又一条重要的隧道。由于无人值守，司机一到隧洞口，必须长按喇叭，提醒对面过来的车辆等候，这也成了飞沙关隧道的一景。

1952 年 8 月 25 日出版的《川西日报》，还特别报道了"飞沙关隧道完工，灌汶段通车"的重大消息。

老红军、时任成阿公路副总指挥的苏新回忆说："当成阿公路推进到飞沙关修建隧道进行爆破时，由于对爆破开山威力估计不足，一块飞石把在附近疏散群众的汶川县人民政府第一任县长李安逸击中，李县长不幸当场牺牲。"

2020 年 7 月 26 日上午，我在当地作家的陪同下，从都汶高速公路飞沙关二号桥下，攀缘几十米而上，大汗淋漓，终于到达隐匿在灌木、杂树、荒草下的"飞沙关隧道"东面洞口。此处海拔 1000 米，洞口上镶嵌有一块汉白玉的牌匾，标明隧道竣工于 1952 年 9 月。飞沙关隧道一直通行到 2008 年 5 月 12 日汶川特大地震发生之际。奇怪的是，不通车长达十几年的隧道深处，我发现竟然还有一盏路灯亮着！如果不是亲眼所见，简直难以相信。

大地上的灯光，不一定都是为路人而亮。

灯火有时就是为了昭示一种存在，一种让黑暗退让、驱赶黑暗的信心的存在。正如我身旁的烂漫山花，也不是为了取悦路人而盛开。世界上很多事情，可能只有谜面，无须一定要有谜底。

成阿公路逐段通车地带，沿线相继建立了学校、邮局、贸易公司、银行等，出现了不少的新兴市镇。一幢幢新房子在威州镇等地建立起来了，各种小型的工厂如发电厂、木材厂、骨粉厂、砖瓦厂等，以及民族贸易公司、新华书店、人民医院等都一一建立，汶川县城已成为川西北高原上的新兴城镇。

"无忧"之路连接天际

几十年弹指一挥间，恰如李白所言："却顾所来径，苍苍横翠微。"

无忧的汶川，交通项目建设大潮伴随岷江的浪花而奔涌不息。举目所望，汶川交通发展的新画卷正在松茂古道、老公路之间穿山越岭，擘画明天。汶川新建公路东联西接，南通北达；桥似飞虹，路如蛛网。经历汶川特大地震之后，汶川人栉风沐雨，砥砺奋进，用心血和智慧描绘了一幅幅绚丽多彩的时代画卷，奏响了一曲曲大气磅礴的发展乐章。县内交通四通八达，渐次开拓了汶川交通的康庄大道。

灾后重建，恢复交通最为关键。在恢复国、省干道的同时，作为汶川特大地震灾区恢复重建的标志性工程，全长 48.27 公里的映汶高速公路于 2009 年 5 月 10 日开工建设，到 2012 年 11 月 29 日映汶高速顺利通车，实现了成都到汶川县城高速公路零的突破。在县城从事藏茶生意的王胜利就对我感叹："从汶川到成都市区以前要走三四个小时，遇上堵车半天也到不了，现在走高速公路 90 分钟就到了，时间节省了一大半。生意好时，我一天跑过两个来回！这在以前，想都不敢想……"

我来到威州镇的水果市场，刚巧本地特色水果车厘子大量上市，汶川的各条乡村道路也迎来了水果货流高峰。一辆辆运输水果的汽车在此卸货、装货，形成一道亮丽的风景。几个小时之内，带着汶川灵气与阳光的水果，就从山野来到了成都、重庆……

2020年初，汶川县委、县政府立足县情，再次精准发力，提出锁定南部生态颐养内环线（即漩三路旅游公路和水刘环线、漩三新环线）和北部运动康养内环线（即龙溪阿尔沟旅游公路和威州镇万村至萝卜寨环线道路、威克环线、绵草环线）"两大内环线"建设，加快推进高速公路、国省干线、农村公路建设，可以说是举全县之力进行了一场场交通建设大会战。正在努力建设的"东西南北"四向拓展高速路网立体交通，已经成型。

2022年底至2023年4月，汶川县交通运输局深入学习贯彻党的二十大精神，凝"新"聚力，坚持党建引领聚合力推动重点项目建设高质量发展，结合习近平总书记关于"四好农村路"建设指示精神，按照"建设好、管理好、养护好、营运好"总体要求，持续加强农村公路建设。2022年完成交通项目建设共计16个，汶彭、川汶2个重点项目完成前期工作。2023年牵头实施交通项目26个，目前已完工24个，剩余2个为跨年项目；成汶、川汶高速和通用机场前期工作按时间节点有序推进；新建农村公路4条26.647公里，新安装波形护栏8.5公里，整治完成农村公路51处较大安全隐患。

……

眼观巍峨岷山，胸怀天下忧乐。

阵阵山风吹拂，打开了我的思绪。古蜀的历史，就是与江河较量的历史。

水泽遍布、雾气弥漫的成都平原，自古以来就是"造梦"的工厂，是诗意盎然之地。水固然可以造梦，但也潜藏着跌宕的灾祸。3000年前，开明九世离开梦郭——位置较低、易为洪水淹没的地方。当他们励精图治把成都平原的积水排出去后，大片陆地出现了，开明王决定举国迁居成都。

治水者，必须懂水，懂得如何与水达成和解。如果说他们的可为之处首先是从"上善若水"里获得启示，那么他们的有为，则是把"洪水猛兽"降伏为一派清流。在给予水的出路之余，人的出路也出现了；人的出路越来多，水的出路又为人们昭示了逐梦的方向。这是治水与治城的辩证法，它更强调在生命力的导引下独立摸索和独立施为，人道与天道的共荣共生。我以为，像大禹、鳖灵、李冰这样的拓荒者，用坎坷、清廉的一生，昭示了另外一种伟力的存在：可谓是希望凌空的愿景，有为才是把愿景变成富饶的天府之国。寻找水的出路与探寻人的出路，成了古蜀时代给我们的无尽启迪。

即便是一望无际的田野，大河奔流还是会受到某些束缚。而山岭伸延到秦岭的潼关，就不懂得什么叫平原的温良恭俭让了。谭嗣同《潼关》诗云："河流大野犹嫌束，出入潼关不解平。"诗歌回荡着气吞山河之势，也为谭嗣同后来为国捐躯做了某种铺垫。戊戌变法失败后，谭嗣同在菜市口壮烈捐躯。实际上，他从来没有希望前路是平坦的大道，一直都为艰苦斗争做好了准备。

法国作家格拉克说："对于那些可以让我的心灵得到安宁的作家来说，把心灵闲置，慢慢去感悟，才是必要的，这将会在精神的田野上开启一扇更大的门——正如德加所说的，带着美好回忆的幸福感觉，时刻在路上。"从无路到小路，从小路到大路，从大路再通达茫茫天际……抵达无人之处的探路者，可能会洗去一身征尘，再寻找一条朝向大光明的路径。一个探路者的一生也许寂寞，但他脚下有力，心中有路，头上有光。

他们也许有迂回，也许会走错方向，但有时的退步是为了更快地前进。其实，一开始谁也不知道，自己选择的是大路抑或窄门，就像诗人弗罗斯特的《林中路》所昭示的两种选择。但探路者从不停止，他们在不断试错的过程里，一定会找到正确的方向。

永不言弃，千磨万击，无怨无悔，敢于让想象落地开花，把可为彻底铺展为有为，唯有这样的人，才是强大的立世者。

在那些探路者的内心深处，未必有什么高深的言辞，只有一种让灵魂自身与道路一同生长、一起延伸的道德准则，而不一定是灵魂渴望得到拯救。因为灵魂遵循着拓荒之路的原则，灵魂拥有与道路相互保管、相互赠予的秘密。

那是一个夏季的黄昏，我站在飞沙关隧道洞口仅剩的一小段柏油马路上，白云苍狗，往事历历在目，四周都是盛开的胡枝子花。我不禁想起清代诗人董湘琴在此的吟唱："飞沙岭连飞沙关，岩刊石纽山，相传夏后诞此间。(《蜀王本纪》：禹生广柔，隋改汶川县。) 凭指点，刳儿坪地望可参。今古茫茫，考据任人言，我来访古费盘桓。总算是尽力沟洫称圣贤，有功在民千秋荐。"反过来想想，70 年前那些各民族劳动者组成的筑路大军，就与大禹一样，大禹是在为水寻求出路，筑路者则是在为民众铺筑道路。前者有名，后者无名，但都是披荆斩棘，一往无前。而在新时期奋力开拓道路的建设者，把昔日"蜀道难"变成如今的"蜀道通"，汶川的一座座交通里程碑，宛若岷山飘拂的五彩祥云，在我眼前立体呈现。

迎着温暖的夕光，我从飞沙关隧道口往前走，再回头时，已看不到隧道深处的那盏灯了。

真正的天堂不是香巴拉，是壤塘！

李 舫

东经 100°，北纬 30°。

——海拔 3500 米。

壤塘，离天堂最近的地方。

冈底斯、喜马拉雅构造裹挟青藏高原一路向东、向南，在龙门山古老大陆、古老海湾骤然止步，高高隆起成藏民族的香拉东吉神山。四条发源自雪域的河流——梭磨河、杜柯河、则曲河、脚木足河，一路翻越高原，穿过峡谷，集扎成束，将纯净的雪山之水汇聚为闻名遐迩的大渡河。

在壤塘，才明白秋天原来是彩色的。

深秋时节，壤塘像走进了画家的调色盘，一场秋雨之后，全世界的色彩都汇聚在这里。千树万木姹紫嫣红，千山万水五彩缤纷，千林万壑争奇斗艳，绿野、蓝天、白云、青山，沃野、林海、丘壑、溪涧，构成了醉人的金秋画卷。

二十五岁的戈登特静静地坐在绣榻前，聚精会神地绣着一幅宋代花鸟。他穿着朴素的"勒规"（劳动服），露出里面整洁干净的白茧绸短衬衫，红绿青紫四色间隔的"加差朵拉"长带子，将宽袖长袍利落地系在腰间。时光静静地从他的手中流逝，从他的眼底流逝，他却波澜不惊，几乎一动不动。

高原的阳光透过雨后的玻璃窗，映照在空旷的房间里，澄澈、清冽、宁静。玻璃窗上未及蒸发的雨滴，恍若晶莹的宝石，在戈登特的脸上投下五彩斑斓的光影，空气中细小的尘埃，在阳光中时而微微颤抖，时而欢快跳动。高挺的鼻子、明亮的双眸、饱满的脸颊、卷曲的头发——这一刻，戈登特不是一个人，而是一尊雕塑，是米开朗基罗刻刀下健美伟岸、果敢勇毅的大卫，是阿历山德罗斯的高贵典雅、神秘莫测的维纳斯，是罗丹的沉稳深邃、遥望未来的思想者。

戈登特俯身在硕大的绣架上，穿针引线，飞针走线。远远望去，他像是用银针舞蹈，顷刻之间，一枝散发着千年古韵的鸢尾兰从空旷之中，渐渐地开枝散叶，又渐渐地开出紫色的花朵。这种鸢尾兰，传说源自南美洲的植物，花期极短，刹那间盛开，刹那间谢幕，为便于沙漠中的昆虫在极短的时间授粉，鸢尾兰娇嫩的花朵仅仅在夜幕四合之后得以怒放，因此世人很难一窥其真容。此时，戈登特用他的绣针，将美丽凝固在他的绣架上。

很多时候，绣针下的人物、花朵、树木、飞虫常常走进戈登特的梦里，他好像就生活在他们和它们中间，生活在那个遥远的世界。

那个世界真的遥远吗？

昨天的喧嚣和今天的安静总是让戈登特感慨万端。谁能想到，十年前的戈登特还是一个顶着一头红发、桀骜不驯的男孩。十五岁的少年初中毕业，找不到高中的大门，更不知道人生的路究竟在何方。他像一匹难以驯服的烈马，没有目的地东奔西跑，用各种无聊填满时间的空谷，抽烟、酗酒、打架、斗殴，在街上横着膀子闲逛，偷鸡摸狗，顺手牵羊，缺钱了就骑着摩托车到山上挖几株虫草、雪莲卖掉，有钱了就聚集一群同样年纪、同样迷茫的年轻人赌博。有一天，他甚至一次就输掉了几万元。还不起赌债，戈登特悄悄从家里牵出两头牦牛顶替。家人没有办法，只能把他锁在家里，他撬开锁头像午后的晨雾般消失得无影无踪。村里人没有办法，一次又一次把他送进公安局，可是又能怎样？上午刚走出公安局的大门，下午说不定他又摇头晃脑出现了。

从公安局到传习所，仅仅数百米之遥，可是，戈登特走了整整十年。

十年前，谁能想到，戈登特竟然会有今天。十年前的那一天，他被人从公安局领进传习所，从此戒掉了烟酒、赌博，不再出去招猫逗狗、滋事生非。

立志，立德，立身，立业——今天的戈登特已经成为传习所里最优秀的非遗传承人，传习所组织传承演艺大赛，戈登特被选作演员，饰演俊美儒雅的"格萨尔王"，观众们为他的高贵沉静所打动，一潮又一潮涌向后台，向他献上哈达，为他送上祝福。

只要戈登特拿起他那枚精巧的绣针，各大博物馆、拍卖行便会竞相发来订单，期待他的刺绣作品远渡重洋，成为他们精心收藏的珍品。可是，戈登特不愿将自己和自己的作品变成流水线，他拂开纷至沓来的诱惑，努力将自己的每一件作品都打造为传世之作。

一针，一线，针针线线，绵绵密密，全世界的色彩都汇聚在戈登特的绣针里。

戈登特全神贯注，沉浸在他的色彩世界，漂亮的眼眸盛满了虔诚、敬畏、慈悲。

天空高远，云蒸霞蔚，染了秋霜的斜阳，将云朵在大地上神秘的影子拉得又细又长，这是阳光在大地上抒写的经卷、吟唱的颂歌。

在壤塘，才明白秋天原来是喧阗的松涛阵阵，经幡猎猎，溪水潺潺。雁阵呼啦啦向南飞去，在斜阳和云朵间啾啾长鸣。雪域高原清冽的泉水，从山涧喷薄而出，击打着寂寞的石窟，像九曲柔肠，如隐秘心事。成群结队的牦牛悠闲地漫步，在低伏的草窠里寻觅嫩叶。星星点点的马队纵横驰骋，追寻着牧人的哨音。

"叮叮当当，叮叮当当……"墨吉俯身在工作台上，握着刻刀，聚气凝神，布满老茧和伤疤的双手灵活地飞舞，每一刀下去，石头的碎屑便从他的手中飞溅。一块坚硬如铁的顽石，在他的刻刀之下，转瞬之间便拥有了灵魂——结跏趺坐的壤巴拉法相庄严，拈花微笑，袈裟斜披在他的肩头，蝉翼一般轻薄，衣服的皱褶清晰可见。

墨吉身后的木架上，摆满了他的作品，大大小小石头上刻满的六字真言，这是他深情的礼敬、满满的虔诚。

不远处，是香雾缭绕的棒托寺。远处，壤巴拉山像一尊神佛巍峨耸立，传说公元前四世纪印度的一位圣人跋山涉水来到这里，修行成佛，坐化为山。

五彩缤纷的风马旗猎猎飘扬，潺潺的溪水奔涌不息，古老的梵音如泉水般流淌，动人心魄，响彻云霄，这是来自古老民族灵魂深处的歌唱。

"叮叮当当"的声音，叫醒了墨吉的耳朵，也叫醒了很多很多个墨吉们的心。墨吉一家是壤塘的建档立卡贫困户，家里有年老的双亲，还有未及成年的三个孩子。家庭负担重，加上没有稳定的收入来源，除了起早贪黑在贫瘠的地里种点青稞，墨吉一家人的生活就这么简单。很多很多年里，"穷得叮当响"，是他所知道的世界的全部含义。他怎么也没有想到会有这样一天，他在传习所里免费学到了雕刻时刻作品的手艺，靠着这种"叮叮当当"石刻技艺走进小康。

2016 年，墨吉与附近村里的一些贫困户的伙伴一道，走进了石刻传习所，从选石、勾画、雕刻、上色等工序学起。过够了贫穷日子墨吉很珍惜在这里的每一分每一秒，他很快就熟悉了石刻作品的制作工艺，从学员变成了正式员工。这些石刻，小的能卖几十元，大的能卖上千元，有的甚至可以卖到数万元。每次看到自己的作品换回了实实在在的粮食、五花八门的生活用品，墨吉的脸上笑开了花。像墨吉这样的建档立卡贫困户，在壤塘还有很多，他们正与墨吉一道，通过一门扎实的手艺改变了自身的命运，让一家老小走上了小康之路。

石刻，其实是祖先留给壤塘的福泽。

明末清初，仁青达尔基精心挑选了六十多名经验丰富的石匠弟子，牵了二十多头牦牛，驮着酥油、人生果和银圆，翻过六十六座大山，渡过六十六条河流才到达了康区文明古城——德格印经院，迎请朱砂版的藏文大藏经《甘珠尔》，此后又翻山越岭、千辛万苦抵达茸木达，从而开始了规模宏大的雕刻工程。当时壤塘的茸木达则茸百户为中心，来自四川甘孜和青海果洛的信众和弟子纷至沓来，他们有的挖掘石片，有的搬运石板，有的捐铁捐刻刀。历时九年，他们终于将三万多页的《甘珠尔》一字不漏地雕刻在五十多万块大小不一的石片上。

藏文大藏经是由《甘珠尔》和《丹珠尔》两大部分组成。"甘珠尔"的意思是佛祖释迦牟尼语录，是佛教两大派别密宗和显宗经律部分的总和；"丹珠尔"的意思是论部，主要是佛经的解说和注释，以及密宗仪式的叙述等内容。

藏民族用自己的虔诚和笃定，雕刻了世界最完整的石刻大藏经，又将这些大藏经完整地保存在古老的棒托寺。

据《棒托寺志》记载，棒托石刻大藏经周围有 39 座佛塔，其中有藏传佛教后弘期噶陀智擦冈巴尊哲让波的弟子喇嘛阿珠·诺吾桑木周改建为藏式房积塔的阿育王塔，有确尔基杰瓦尚波修建的降妖塔，有斋戒喇嘛仁钦达尔基修建的吉祥多门巨塔，有藏区少见的噶当塔，以及其他大小不一的各类佛塔，塔中有寺，寺中有塔。

棒托寺，就像是一面历史的镜子，映照着古远的过去、丰富的今天、神秘的未来。它经历千秋风雨，之所以屹立到今天，是因为它承载着一个民族的历史重负、未来期盼，凝固了过去时代的人们对精神家园的殷殷眷恋。

然而，仅仅有祖先的福泽是不够的，精准扶贫、精准脱贫的治贫方式，将祖先的传承变成了今天的财富。而今，棒托寺内，卷秩浩荡的大藏经石刻被分类码叠，俨然是一堵气势磅礴、高耸入云的石经高墙；传习所里，聚精会神的传承者屏气凝神，努力将祖先的文化遗产的星星之火传给后世，让壤塘的文化密码为世界所洞悉。

"突突突，突突突"……远方的河谷中传来微耕机的声音，那是村民在蔬菜基地里耕地，成熟的青稞翻落在黑褐色的土地上，散发着新鲜的草木和泥土的香气。"突突突"的发动机声伴随着"叮叮当当"的雕刻声，构成了壤塘晚秋的声音奏鸣曲。"我喜欢微耕机'突突突'的声音，也喜欢'叮叮当当'的声音，感觉前方有数不清的牦牛和骏马在奔跑，有数不清的幸福日子在前面等待着我。"墨吉遥望着远方，开心地说。

逐水草而居的民族在高原牧场放牧牦牛，也放牧自己的人生。在藏民族聚集的地方，总能闻到类似炊烟的牛奶清香，这是酥油灯的味道。

卓玛弯着腰，虔诚地将酥油灯供奉于神案上。

一盏，一盏，一盏……奶黄色的酥油慢慢融化，奶香悠然四散，明亮的灯芯愈燃愈烈，温暖的火焰欢快地跳动。

卓玛出生于南木达乡夏炎村，这是壤塘一座偏僻的村庄。壤塘有一座古老的寺庙，叫作夏炎寺，全称夏炎扎西赞拉贡巴寺，是觉囊派的圣寺。夏炎寺曾经一度遭遇破坏，所幸后来不断被修复，重现往日的辉煌。

卓玛今年整整六十岁了，从记事的时候起，她就开始重复这个动作，离开黄泥垒成的家，将酥油灯运送到夏炎寺，敬奉给至高无上的神明。长明不灭的酥油灯里藏着她的前世、今生、来世，也藏着藏民族的前世、今生、来世。

经书上说，点酥油灯可以将世间变为火把，使火的慧光永不受阻，肉眼变得极为清亮，懂明善与非善之法，排除障视和愚昧之黑暗，获得智慧之心，使在世间永不迷茫于黑暗，转生高界，迅速全面脱离悲悯。

在壤塘，成百上千年来，无论是家中举行念经法事，还是为逝者举行祭祀活动，都要点上几盏或上百盏酥油灯，这些酥油灯大都出自卓玛之手。

历史上，这里非常封闭，曾经有僧人沿着古道走出大山。他们身着袈裟，口诵时轮金刚经。他们披星戴月、风餐露宿。他们离开壤塘，走出四川，走进西藏、云南、贵州，走到泰国、越南、缅甸，甚至卓玛记不住名字的更远的地方。然而，无论他们走得有多远，他们都要带一盏卓玛的心灯。

藏区需要酥油灯的，村民有喜丧之事，都要找卓玛定做酥油灯，村里接了酥油灯活计的，也大多交给她——原来是交给她的父亲，现在是交给她。

卓玛制作酥油灯所用的酥油，是从牦牛奶中提炼出来的。卓玛是壤塘的牧民，从小就跟着父母在冬牧场和夏牧场之间奔波，放牧牦牛。哪块草地有新鲜的水草，哪块草地有莫测的风险，她比牦牛的嗅觉还灵。

高原夏季短暂，冬日漫长苦寒，牦牛是藏牧民寒冷冬日里的伙伴，更是他们的依靠，朝朝暮暮伴随着牧人的脚步。一盘香喷喷的牦牛肉、一碗热腾腾的牦牛奶，是藏牧民早中晚的餐食，伴随他们从夏到冬，又从冬到夏。卓玛家里有五十多头牦牛，每一头都有名字，卓玛常常叫着它们的名字，与它们交流、诉说，或者倾听它们每日的心绪。每天清晨，卓玛会喊着它们的名字赶它们到水草肥美的山坡，傍晚又喊着它们的名字，与它们一起走向炊烟袅袅的家。

卓玛的父母心灵手巧，可以用牦牛毛、牦牛绒织成美丽又实用的勒规（劳动服）、赘规（礼服）、扎规（武士服），还能织成硕大结实的帐篷。小卓玛就是穿着这样的衣服在这样的帐篷里长成了大卓玛。千百年来，黑色的牦牛毛帐篷就是逐水草而居的藏牧民的家。用牦牛毛编织的帐篷，天晴时毛线会收缩，露出密密麻麻的小孔，投进阳光和空气；暴雨大雪之时，毛线还会膨胀，风霜雪雨自然都被挡在外面。卓玛还从父母那里学会了用牦牛皮制作皮具，用牦牛角、牦牛骨制作生产生活的器皿，雕刻成祭祀神明的法器。

卓玛每天还要花费很多时间捡拾牛粪。在外面许多人的心目中，牦牛粪形象丑陋，又黑又脏，是无用之物，而在卓玛眼中，牦牛粪却是藏牧民世世代代以此为生的珍宝。在青藏高原，木柴很容易受潮，又很难点燃，牦牛粪的燃点很低，即使在含氧量较低的地方也很容易被引燃，更容易把火生起来。

牛粪大都是草料构成，烧起来不但没有臭气和烟雾，还有一股淡淡的牧草清香。牦牛只取食长出地表的植被，对植被根系秋毫无犯；而牦牛的排泄物，又是高寒植被最珍贵的养料。卓玛与壤塘的妇女一样，每天清早起来要做的第一件事就是走出帐篷捡拾牛粪。群山绵延起伏，河流沟谷纵横，挡不住藏牧民追逐水草的脚步，挡不住牦牛悠闲的身影。他们四处游牧，无论冬牧场还是夏牧场，草场上总会到处留下一团团牦牛粪。一个藏牧民家里，牦牛粪越多，说明他们越富足。在他们的生活里，牦牛粪的地位不亚于高原的虫草。

牦牛是卓玛和许许多多藏牧民家庭的"高原之舟"。一部牦牛进化史，就是藏民族的生活进化史，更是青藏高原的生态变迁史，居住在高原上的藏人同这牦牛一样，极少欲望地向自然索取，最大努力地回报自然。作为喜马拉雅沧海桑田造山运动的孑遗动物，牦牛身上所具有的丰富生态学研究课题，引发了生态保护学者的关注。数千年来，牦牛与藏族人民相伴相随，倾尽其所有，成就了高原人民的衣、食、住、行、运、烧、耕，这些涉及青藏高原的政、教、商、战、娱、医、用，并且深刻影响了高原民族的精神气质。

天光渐渐老去，夜幕四合。

卓玛直起身来，酥油灯在她身后热烈地燃烧，送她离去。几十年来，经卓玛之手制作的酥油灯，大大小小超过了两万盏。一盏盏白银灯、一盏盏红铜灯、一盏盏细瓷灯，载满了卓玛的诚心正意，孕育着她流光溢彩的喜乐、黯然神伤的忧愁；而卓玛，也将她的喜怒哀乐、阴晴雨雪，她的悠悠岁月、无尽祝福，都融进了灯里。

卓玛走出寺庙，繁星已然满天。她也许并不知道，在菩提树黢黑的阴影里，还有一个高大的身影，手捧着酥油灯，目送她远去。

给人温暖，予人光明。

在壤塘，你永远不会知道什么叫作单调。

走进这里，就仿佛就走进了动植物乐园，红豆杉、紫果云杉、冰川茶藨子、紫茎小芹，白唇鹿、黑颈鹤、白马鸡、林麝……壤塘，拥有生物繁多的生物圈，孕育着种类丰富的植被。

华尔丹驾驶着他小巧的电动车，从县城出发，追逐着太阳的光芒，向东方的海子山驶去。

海子山位于壤塘县、阿坝县、马尔康市三地的交界处，据说是有大海儿子的山的意思。海子山有很多海子，老藏民曾经徒步数过，一共三十五个。这几年，从外面回到山里的年轻人带来了新技术，他们用无人机全方位地勘探了海子山的山形地貌，发现海子山的海子原来不是三十五个，而是三十六个，有一个小小的海子一度被一个大大的海子遮蔽，还好，他们及时为它正了名。

尊玛不墨千秋画，海子无弦万古琴。

这也是走出大山的年轻人吟诵的新诗，多么优美，多么贴切，华尔丹暗暗记在心里。他知道，尊玛是阿尼玛卿山神的王后，她身着银色披风，骑着白色骏马，手捧如意宝，护佑一方生灵。海子山里这些大大小小的海子，是阿尼玛山神送给尊玛王后的礼物。这些海子，有的形单影只，有的群海相连，嘎乌措有三个湖，更嘎措苟有九个湖，措梦措赣的群海则多达二十余个。海子山翠绿茂盛，芳草萋萋，海子群烟波浩渺，接连天地。在这里，华尔丹深切体会到"天苍苍，野茫茫，风吹草低见牛羊"的美景和意境。

海子山的湖泊，是藏民族的圣湖，是他们实证实修的理想之所。湖水由山间雪水融化供给，湖水碧绿沉凝，鱼儿畅游其间。在阳光、蓝天、雪山的映衬下，湖水不时由浅蓝转为深蓝，由浅绿转为深绿，瞬间又变成墨绿，五彩斑斓，变幻莫测。

海子山里，还有一块神奇的土地——南莫且湿地。华尔丹对这片土地的每一种动物、每一种植物，都如数家珍。湿地位于中壤塘镇查托村境内，湿地面积为 183.3 平方千米，由三十六个大小湖泊构成，主要分布在海拔 4200 米以上。最大的湖泊是位于保护区东北的安纳尔措，海拔 4539 米。整个湿地像一只巨大无比的脚印，冬季不枯不溢，含多种矿物质。在这里，拥有高等植物 76 科 300 属 722 种，野生脊椎动物 5 纲 22 目 63 科 217 种，有着丰富的生物多样性和生态多样性，以湖泊、沼泽等高原湿地生态系统为主要保护对象。这些大小不一的湖泊各具风格，湖光潋滟。静静观赏，你会被它那气势磅礴不事雕琢的自然美深深打动，它的原始、纯净、苍茫与悠远，有一种大美不言的深沉韵味。湖泊是许多特有鱼类及湿地鸟类良好的栖息地，如大渡裸裂尻鱼、麻柯河高原鳅、普通燕鸥、凤头䴙䴘、普通鸬鹚，等等。

南莫且湿地是黑颈鹤、白唇鹿、林麝、绿尾虹雉、斑尾榛鸡、川陕哲罗鲑等珍稀野生动物，以及四十余种国家一二级重点保护野生动植物栖息繁衍的乐园，种类繁多的珍贵物种在这里生长，在这里欢歌，它们优雅的身姿为南莫且增添了无限的盎然生机和魅力。

南莫且湿地还是大渡河一级支流——则曲河发源地，拥有沼泽、河流、湖泊、库塘、人工等多种类型湿地，是长江、黄河上游重要的水源涵养地和补给区，对调节长江流域河川径流、控制洪水、保持水土、涵养水源、降解环境污染等起着重要作用。四川共有湿地 174 万公顷，是长江经济带最大的内陆湿地省份，而像南莫且湿地这样独特的自然形态却是绝无仅有。

这个世界上独一无二的青藏高原湿地，是上天赐给壤塘的礼物。绿水青山就是金山银山，是的，这话说得太对了，华尔丹想，南莫且湿地和海子山何尝不是我们藏人的金山银山？

华尔丹小心翼翼地绕过危险四伏的湿地，走到海子湖畔。极目远眺，天地无止无境，砾石穿空，铺天盖地，摄人心魄，达尔吉的灵魂顷刻间被这里的清净所洗涤，他不由自主地跪下来，亲吻着这片他无比熟悉的土地。

四十六岁的华尔丹是这里的生态养护员。小时候，父亲给他起名华尔丹，藏语的意思就是"胜利幢"，希望他吉祥如意，今天，他很庆幸自己的人生让父亲欣慰。早些年，他的任务是清理游牧藏民留下的可疑烟火，防止星星之火在高原蔓延。这些年，越来越多对高原雪域充满好奇的人走进壤塘，他们随手丢弃的日常垃圾在天然环境很难降解，对这里的水土造成了极大的破坏，华尔丹的身份便由山火防护员变成了生态养护员。

不管山火防护员，还是生态养护员，华尔丹的工作从来没有轻松过。他要用他的肉眼看到这里每一处遗弃的垃圾，将它们带回去，在专门的地方焚化。

翻越重重大山，穿行茫茫草原，华尔丹在这里转了快三十年，见到无数转山、转水、转塔、转庙、转经的善信。他们终其一生都在朝佛，磕大头朝拜，转山插神箭，挂经幡喂桑，垒砌玛尼堆，抑或不停转动着转经筒默念时轮金刚。

——行走在尘世间，他们的眼神是慈祥的，脸色是和睦的，腰身是谦恭的。

他们也无数次遇到华尔丹，见证着他数十年如一日的坚守，见证他用最简单、最执着的守护表达对于自然、宇宙、宗教的深刻理解，他在用生命行走。

——行走在大路上，行走在天地间，他的心底是平和的，灵魂是宁静的，目光是坚定的。

不走进壤塘，你永远不会知道什么是永恒和须臾。

风化的水积石、火积石留下了岁月的印迹，250万年的历史辽阔、空灵，却恍如一瞬。在这里，生命是最渺小也是最伟大的存在。踏进壤塘，顷刻之间便可以抛却浮华，融入自然，回归本真。

传说中，壤塘是一个法螺自鸣、毛驴不前的地方。

公元前310年，壤塘已称牦牛徼外。秦汉时期，壤天已是藏人羌人的生息之地。悬天净土壤巴拉，有着尘世独缺的宁静与悠然。日斯满巴碉楼静默而巍峨地耸立在石坡寨的山水之间，在棒托寺里的五十万张石刻大藏经，向世人展示着壤巴拉信仰的坚韧，每一张石刻背后都有一段长长的故事，在这里眼之所见皆是心之所念，心与灵魂的距离越近，眼睛所能领悟的就越多。

在壤塘，精准扶贫、精准脱贫是一个响亮的口号。2009 年一个偶然的机缘，桀骜不驯的少年戈尔登，以及很多像戈尔登一样，在明亮耀眼的青春韶华里踟蹰不前的年轻人——被带出了暗夜。

平均海拔近 4000 米、地势落差达到 1500 米的壤塘，是集安多、嘉绒、康巴为一体的藏民族聚居区，文化多元，特色鲜明。然而，美则美矣，地处偏远，山峦陡峭，交通闭塞。壤塘自然生态资源丰富，传统农牧业尚可形成自我循环，故而在近两百年来，这里受到外界的影响非常少。四川省有四十五个深度贫困县，壤塘是其中生产条件最差、经济最弱小、脱贫最艰难、脱贫任务最艰巨的一个。工业化、信息化和全球化等带来的社会快速变革，让壤塘本来正常、古老的社会运行方式，逐步被边缘化，逐步呈现为各种社会问题：经济贫困、教育落后、医疗匮乏、社会发展缺乏内源性动力。

这些问题的突出表现，则是当地青少年，他们就处于这个鸿沟之中，缺少发展机会和希望，也让地方社会发展存在更多不确定因素。青少年难以融入社会发展的进程，也难以真正构建可持续发展的社会机制。

心中无光明，何以消永夜？

其实，2009 年那次偶然更是一次必然，那是一宗善缘的发端。此后十余年的时间里，壤塘的有识之士走遍壤塘的山川和乡镇，用脚步丈量了 6800 平方公里的山山水水，寻找更多的戈尔登。

于是，在壤塘，一个宏大的计划诞生了。为什么不将这些贫困的人聚集到一起，教给他们一门生存的技能？授人以鱼，不如授人以渔。2010 年，阿坝州、壤塘县联合当地国家级非遗传承人，开办了第一个公益性的非遗传习机构——壤塘非遗传习所，将具有千年历史传承的绘画艺术开放给当地的青少年。戈尔登，是第一批走进传习所的学员中的一个。

十余年过去了，壤塘非遗传习所不仅以文化事业助力脱贫攻坚、乡村振兴，也将其影响力以几何级数扩增，壤巴拉非物质文化遗产，已经发展为包含绘画、藏医药、音乐、金铜造像、木雕、银器、陶瓷、雕塑、草木染、纺织、缂丝、刺绣、服装服饰、乡土烘焙、藏纸、藏香、藏戏等丰富文化艺术门类的传习体系，一千两百多个如戈尔登一般贫困家庭的农牧民子女，在这里走上了社会，走出了贫困，走上了世界。

反贫困，自古都是全世界为之牵挂的一件大事。建设一个远离贫困、共同繁荣的世界，是藏民族，更是世界上不同国家、不同民族面临的共同课题。就在不同肤色、不同民族、不同信仰的人们为反贫困事业艰苦奋斗、多方探索之时，在壤塘，一种新的致富方式渐渐成熟。在壤塘，深植于藏民族心底的种子正在破土而出，他们的信仰是坚定的，有如灿烂的阳光，犹如暗夜里的启明星。

须弥藏芥子，芥子纳须弥。时光在辽阔的天地间流逝，横无际涯，浩浩汤汤。千万载倏忽而逝，刹那间已是永恒。仿佛触手可及的天空，是那样的悲悯和亲切。壤巴拉神秘地微笑着，将花海、牛羊、经幡、棒托石刻，都汇聚在这片无尽的高原上、无尽的草场里。

藏民族更愿意亲切地将壤塘称为"壤巴拉塘"，更愿意在这里——

品一种千年传承，悟一段如烟往事；
赏一曲千年古乐，享一段天籁梵音；
听一桩千年往事，续一段万世因缘。

苍天无言，高原为证。壤巴拉，像一位睿智的老人，见证着世世代代半牧半农耕的藏民族的寥廓幽静，见证着土司部落从富裕、繁华、精致到贫穷、衰落、土崩瓦解的整个过程，见证着具有魔幻色彩的高原缓缓降临的浩大宿命，见证着那些暗香浮动、自然流淌的生机勃勃，那些随着寒风而枯萎的花朵、随着年轮而老去的巨柏、随着岁月而风化的古老文明……壤巴拉，像一道迅疾的闪电，掠过高原，掠过天空，掠过河流，掠过冰封的大地，掠过鲜花怒放的田野，然后——抵达不朽。

壤塘，壤巴拉居住之所，离天堂最近的地方。

而今，这就是天堂。

阿坝九寨散记

梁 平

在我最早印象中的阿坝是一片草原，那里牛羊成群，酥油飘香。我知道阿坝还有九寨沟是以后的事了，而且，以后已是 20 世纪的 90 年代。我说的知道，一是那时热血澎湃地读到了成就诗人杨炼的那首著名诗歌《诺日朗》，二是因为一个摄影家在九寨沟的定格记录，使我被九寨沟的神奇和美丽所感动，我决定了要去九寨沟看看。

在这之前，我为那位摄影家的"九寨风光"摄影展的全部照片配写了诗歌，可是没有人知道，我的那些诗歌的全部灵感仅仅来自照片。当时看到很多人在摄影展前拿着小本抄录那些小诗，我心里总觉得欠了人家什么似的，只好偷偷溜走。后来，在我原来的那个城市，连续有两年的挂历都是我和那位摄影家的合作，"九寨风光"居然疯卖，取代了当时琳琅满目的美人、影星的种种挂历，几乎走进了家家户户。

这就应该是我和九寨沟的缘。然而这个缘，却成了我近二十年的一个梦。直到 2003 年的仲秋时节，"九寨天堂"落成，应四川作协"九寨天堂笔会"之邀，才得以和邓友梅、彭见明、熊召政、穆涛、尹汉胤等一行进了九寨。从成都到九寨本来已经通航，由于航班没有挤上，我们一路浩荡风尘，抵达"九寨天堂"的时候已经夜了，尽管什么也看不清晰，但是一路看得见车窗外隐约闪烁的灯火和灯火中迷离的海子，居然分不清在天上还是在地面。从这个时候开始，我便有了"巡天遥看一千河"的感觉。

　　"九寨天堂"是这里新建的五星级国际会议度假中心。老实说，在风景区里修建豪华的饭店我是心存疑虑的，甚至还多少有些敌意，这也恐怕不是我一个人的感觉，只是大家把自己的感觉各自揣在心里罢了。没有想到的是，这种感觉在我们住进以后，很快就开始消解。无论在大堂、饭厅，或者是房间里，所到之处，无不被强烈的藏、羌文化氛围所包围、所浸淫。渐渐地，我在享受豪华的同时，享受着这里独有的、几近神秘的文化，而这些文化的真实和感性，是所有风景都不能抵达的。饭店是在一个偌大的玻璃罩子里的神奇的宫殿，却又藏味十足，羌味十足。饭店的整体是羌族寨子的碉楼造型，石砌的四壁神秘的通风、自然的调温、迷宫一样的过道走廊以及炭火燃烧的壁炉，让我一落脚就开始全方位地领略和感受到了羌寨的风情。饭店大厅一反传统概念，而是一派大自然的生机，树木成林、草长莺飞、鱼翔浅底、天鹅戏池……这边跳锅庄的人在整夜释放激情，那边藏吧和羌吧各领风骚，烛火摇曳到天边发白。而这一切，该静的静，该动的动，互不干扰；室内和室外，简直就是浑然一体。我的疑虑和敌意在顷刻之间荡然无存，油然而生的是一种发自心底的崇敬之情。在我眼里，整个饭店就是一件具有鲜明民族特色和现代理念、富有文化内涵和科技含量的艺术珍品，我在这里感受到了"九寨天堂"在大自然里真切的呼吸，在我眼里，它已经不是一个建筑，而是九寨沟风景区里生长出来的又一道具有生命力的风景。

　　对于九寨沟来说，神仙池也是刚刚生长出来的风景，是传说中神仙居住的地方，那里有神水、有神女沐浴的池子。其实这样的传说已经是没有多少新意的了，而且俗。不过，说这里集中了黄龙和九寨最好的景致，这是真的。从"九寨天堂"出发，我们往上攀登了一座海拔3000多米的山岭，然后又下到低地原始森林带，神仙池就到了。除了神仙池，其间的风景也是美不胜收。一路走来，给我留下最深印象的是"三绝"。一是原始生态让你叫绝。由于神仙池位于川北秦巴山地的群山之中，又是刚刚开发出来，植被、珍禽保护完好，墨柏蔚然成林，阳光下举起亿万支金箭；红桦妖艳难敌，浑身挂满山盟海誓的情书，没准你会悄悄撕下一张带回去送给你的爱人。只要有心，低地原始森林和高山寒冷草甸的各种生态系统任你一一清点。二是神奇钙化让你叫绝。已经无法追溯年代了，被钙化了的树干和树枝在清澈见底的水里长成了白色的珊瑚，一根根笔直如初，一丛丛灿烂如花；更有那些被钙化了的水，已经永远定格在飞流的形态中，坚硬的瀑布借山势的落差挂起白色的帐幔。挂起了人们对这里永远的遐思。三是水的少女蓝让你叫绝。九寨沟的水蓝已经闻名于世了，然而神仙池的水蓝，又是其他的蓝无法比拟的。这里的水，蓝得纯洁，蓝得羞涩，蓝得情窦初开，那是一种少女蓝。使人时有想入非非之念，而又平添怜惜和监护之心。神仙池有了这三绝是福，我所祈愿的是，这应当永远是福。

大九寨是天堂，在四川的阿坝。那里还有很多的海子和草场，有很多美丽的传说，而每一天，这里的传说在更新，来这里的人都可以成为传说中的主人公；就像这里在不停地生长风景，生长自然，也生长文化，我们在这里的每一个发现，都将把天堂装扮得更加神奇和美好。

九寨重重

刘醒龙

有些地方，离开自己的生活无论有多远，从这里到那里又是何等的水复山重不惊也险，其中十分清晰明了的艰难仿佛都是某种虚拟，只要机遇来了，手头上再重要的事情也会暂时丢在一边不顾不管，任它三七二十一地要了一张机票便扑过去。重回九寨沟便是这样。那天从成都上了飞往九寨沟的飞机后，突然发现左舷窗外就是雪山，一时间忍不住扭头告诉靠右边坐着的同行者，想不到他们也在右边舷窗外看到了高高的雪山，原来我们搭乘的飞机正在一条长长的雪山峡谷中飞行。结束此次行程返回的那天，在那座建在深山峡谷中的机场里等待时，来接我们的波音客机，只要再飞十分钟就可以着陆了，大约就在这座山谷里遇上大风，而被生生地吹回成都双流机场。有太多冰雪堆积得比这条航线还高，有太多原始森林生长在这条航线之上，有太多无法攀援的旷岭绝壁将这条航线挤压得如此容不得半点闪失。也只有在明白这些以壮观面目出现，其实是万般险恶的东西之后，才会有那种叹为观止的长长一吁。

几年前，曾经有过对九寨山地一天一夜的短暂接触。那次，从江油古城出发，长途汽车从山尖微亮一直跑到路上漆黑才到达目的地。本以为五月花虽然在成都平原上开得正艳，遥远得都快成为天堂的九寨之上充其量不过是早春。到了之后才发现，在平原与丘陵上开谢了的满山杜鹃，到了深山也是只留下一些残余，没肝没肺地混迹在千百年前的原始森林和次生林中。我看见五月六月的九寨山地里，更为别致的一种花名为裙袂飘飘。我相信七月八月的九寨山地，最为耀眼的种草会被名曰为衣冠楚楚。而到了九月十月，九寨山地中长得最为茂密的一定会是男男女女逶迤而成的人的密林。

我明白，这些怪不得谁，就像我也要来一样。天造地设的这一段情景，简直就是对有限生命的一种抚慰。无论是谁，无论用何种方式来使自身显得貌似强大，甚至是伟大，可死亡总是铁面无私地贫贱如一，从不肯使用哪怕仅仅是半点因人而异的小动作。所以，一旦听信了宛如仙境的传闻，谁不会在心中生出用有生之年莅临此地的念头？每一个人对九寨沟生出的每一个渴望，莫不是其对真真切切仙境的退而求其次。谁能证明他人心中的不是呢？这是一个自问问天仍然无法求证的难题。千万里风尘仆仆，用尽满身的惊恐劳累疲惫不堪，只是换来几眼风光，领略几番风情，显然不是这个时代的普遍价值观，以及各种价值之间的换算习惯。以仙境而闻名的九寨山地，有太多难以言说的美妙。九寨山地之所以成为仙境，是因为有着与其实实在在的美妙，数量相同质量相等的理想之虚和渴望之幻。

九寨沟最大的与众不同，是在你还没有离开它，心里就会生出一种牵挂。这种名为牵挂的感觉，甚至明显比最初希望直抵仙境秘密深处的念头强烈许多。从我行将起程开始，到再次踏上这片曾经让人难以言说的山地，我就在想，有那么多的好去处在等待着自己初探，却要在这么短的时间里重上九寨山地，似这样需要改变自己性情和习惯行为，仅仅因为牵挂是不够的。人生一世，几乎全靠着各种各样的牵挂来维系。其中最为惊心动魄的当数人们最不想见到，又最想见到的命运。明明晓得它有一定之规，总也把握不住。正如明明晓得在命运运行过程中，绝对真实地存在炼狱，却要学那对九寨山地的想象，一定要做到步步生花寸寸祥云滴滴甘露才合乎心意。

牵挂是一种普遍的命运，命运是一项重要的牵挂。与命运这类牵挂相比，牵挂这片山地的理由在哪里？直到由浅至深从淡到浓，用亲手制作的酥油茶杯子，才能让脸上生出那份金属颜色的酡红，与玉一样的冰雪同辉时，于心里才有了关于这块山地的与美丽最为接近的概念。

再来时已是冬季。严冬将人们亲近仙境的念头冰封起来，而使九寨沟以最大限度的造化，让一向只在心中了然的仙境接近真实。冬季的九寨沟，让人心生一种并非错觉的感觉：一切的美妙，都已达到离极致只有半步之遥的程度。极目去望，找不见的山地奇花异草，透过尘世最纯洁的冰雪开满心扉。穷尽心机，享不了的空谷天籁灵性，穿越如凝脂的彩池通遍脉络。此时此地与彼时此地，相差之大足以使人瞠目。从前见过的山地风景，一下子变渺小了，小小的，丁点儿，不必双手，有两个指头就够了，欠一欠身子从凝固的山崖上摘下一支长长的冰吊儿，再借来一缕雪地阳光，便足以装入早先所见到的全部灿烂。

人生在世所做的一切，后果是什么，会因其过程不同而变化万千，唯有其出发点从来都是由自身来做准备，并且是一心只想留给自己细细享受的。正是捧着这很小很小，却灿烂得极大极大的一只冰，我才恍然悟出原来天地万物，坚不可摧的一座大山也好，以无形作有形的性情之水也好，也是要听风听雨问寒问暖的。从春到夏再到秋，一片山地无论何等著名，全都与己无关。山地也有山地的命运，只是人所不知罢了。前一次，所见所闻是九寨沟的青春浮华。不管有多少人潮在欢呼涌动，也不管这样的欢呼涌动，会激起多少以数学方式或者几何方式增长的新的人潮。在这里，山地仍然按照既有的轨迹，譬如说，要用冬季的严厉与冷酷，打造梦幻中的仙境，只有一滴水不同、只有一棵草不同、只有一片羽毛不同的人迹可至的真实仙境。

人与绝美的远离，是因为人类在其进行过程中越来越亲近平庸。能不能这样想，那些所谓最好的季节，其实就是平庸日子的另一种说法。不见洪流滚滚激荡山川的气概，就将可以嬉戏的涓涓细流当成时尚生活的惊喜。不见冰瀑横空万山空绝的气质，便把使人滋润的习习野风当成茶余饭后的欣然。当然，这些不全是选择之误。天地之分，本来就是太多太多的偶然造成的。正如有人觅得机会，进到了众人以为不宜进去的山地，这才从生命的冬季正是生命最美时刻这一道理中，深深地领悟到，山有绝美，水有绝美，树有绝美，风有绝美，在山地的九寨沟，拥有这种种极致的时刻已经属于了冬季。

去作家的故乡

卢一萍

　　一路满眼秋色，有一种难得的绚烂之美。到马尔康的第一夜，就下了一场难得的初冬细雨。它是在我们酒后飘落的，然后在醉梦里变得细密。可以感知雨的轻柔，它滋润着即将封冻的高原——它们在高处已化为飞雪，积累下来。在眼目所及的场域里，雪线的高度一致，让人能够感受到自然的秩序，感受到一种神奇的力量。

　　那只画眉依然在鸣叫，它和麦琪土司以及二少爷，还有那些原本无名的人一起，安住在了作家的文字里，必将不朽。

　　小说是虚构的，那些人原本就不存在，那里的一切，如果没有作家的描绘，就是沉寂的，无人知晓它们的形态和风情，作家的笔让他们复活。也让作家笔触所及之物复活，这也是作家的伟大和神圣所在——让必将流逝的一切永驻，让已经死去的万物复活，无疑也是写作的意义所在。

　　作家故乡的一草一木，一缕风、一滴水、一片瓦、一线光明都是真实的。但你如果不到作家的故乡去，作家的故乡和整个世界一样，都有一种虚幻感。并会因为作家诗意的描述显得更为邈远。

　　带着作家的书到他的故乡，可以看到书中定格了的那些思绪的瞬间像雕塑一样存在于字里行间。天色、云朵的形状、流水的咏叹、风吹过森林的声音、河水的喧嚣——我一直在确定梭磨河的走向、河水的颜色、水流的缓急、两岸景物和山势的变化——在一个偏远之地，流水永远是鲜活的，它开山劈石，也更能带来遐想和希望。

也许一溪流水就足以养成一个作家。

因为流水与生命是对应的。

在嘉绒大地行走，这种感觉似乎更为明显。深切的河谷，河谷间翻着白浪的激流，河谷两岸一直延展到山脊、雪峰，到明净无边或阴霾密布的长空，以及更高处大大小小的神灵的脚下……河流中的每滴水都与大地上的某个生命对应——这个生命可能是某个人、某匹藏马、天上飞鸟、水中游鱼……

鹧鸪山顶积着绒毛般的新雪。给作家的故乡平添了一种诗意。金碧辉煌的昌列寺高居俗世之上，在各色树叶点缀的五彩缤纷的初冬里，显得格外庄严、肃穆，煨桑炉里柏枝、香草、糌粑、茶叶、青稞燃烧后升起的桑烟，弥漫天地之间，驱逐魔鬼，消除不净和秽气，同时也把信众的供养放置到了诸神的殿堂。金色的屋顶和飞檐把富贵之气倒映到天空，同时接纳着天上的甘霖。这座距今已有八百多年的藏传佛教宁玛派寺院坐落在海拔 3400 米的英波洛山上，从这里俯瞰马尔康县城，一沟富有现代气息的楼宇似乎是古老的嘉绒大地的一个幻影，从县城的婆陵甲萨公园倾斜的山坡仰望，可见云雾中昌列寺的一片白墙和一角金色飞檐，它如凌霄宝殿般缥缈神秘。

到了昌列寺的跟前，才发现有老殿也有新修的。无形的风带来寒意，拍打着寺院的白墙和雕花的窗棂。作家一定点亮过大殿里的酥油灯，一定听过这里僧侣的诵经声，看过这里佛事活动的热闹场景。在这里俯瞰过马尔康，看着它在梭磨河谷里变大、变长、变新，最后终于长成巨蟒一般。他也定然在大殿前远望过起伏的群山，目光越过雪峰，遐想过外面的世界。

在马尔康，梭磨河似乎随时可见，似乎时时刻刻都可得到它的陪伴。穿过俄尔雅村，上了盘山公路，也可见到它蜿蜒的、柔中带刚的身影。这条河啊，在初冬变得如此清澈，即使在那么远的地方，似乎也可见到河底的卵石。山崖陡峭，形态不一，如水彩。悬崖上的缝隙里，如虬的岷江柏姿态奇异，顽强地在虚空中撑出一片墨色。即使碗口大的一株，也可能看过人世数百年兴衰——这才是它真正珍稀的原因，因为它细密如钢铁的纹理间，有人世的沧桑，故成人间"柏影"。

在成都的市场上，岷江柏也就是所谓的崖柏，崖柏根雕、盆景、茶海、饰品因其独特的柏香味和观赏性，都属"雅玩"，价格昂贵。我见过连根搬运来的奇形怪状的巨大根系，如无上千年的生长期，很难长成。确有枯死者，也有活而被屠者。一问，有说是塌方垮岩后捡到的，有说是河水冲下的，还有说是施工挖掉的。无论哪一种说法，都很是可疑，都令人惋惜。因为那已不是树，而是人间精灵——即使逝去，亦香魂常驻。

不是悬崖的地方，即使非常陡峭，也长满了白桦、红桦、高山杨和栎树，林下是茂密的灌木或箭竹。它们的每一片叶子都在呈现最后的华美，让初冬变得绚烂多彩。杜鹃蛰伏在林间。这种大叶杜鹃喜欢高拔之地。我在老家光雾山海拔 2000 米左右的山脊上见过它怒放的样子，在喜马拉雅山脉南麓海拔4000 多米的冰天雪地里见过它们铺满亘古封冻的山坡，伏地葳蕤而生。

我相信，这里的很多树都被作家温柔而深邃的目光打量过。他为故乡的蘑菇、虫草、岷江柏分别写过一部书。那无疑是一个自然之子对自然的敬重与咏叹，也是他对人与自然的关系的诗意书写和深刻思考。

作家的旧居在马塘村。他说，马塘过去也重要，它在茶马古道上，是个驿站。刚好在一个 4000 来米高的大雪山下面。你读晚清，甚至民国初期的史料，这个地方都频繁出现。

山麻雀、红嘴鸦、野鸽子在马塘的土地上飞起、落下，收获后的土地祖露着，正在休憩。越过田地，有一座普通的藏式民居，1959 年，作家就降生在那里。这个贫穷的闭塞之地当年如何让一个懵懂少年，成为一个才情飞扬的作家，很难找到"因"，甚至很难找到痕迹，正如当地一位作家在一篇文章中所说，即使生养他的父母，也没有想到自己这个其貌不扬的儿子长大后会走得那么远，飞得那么高。是的，这里的一切都是庸常的，正如作家所说："现实生活如此庸常，以一种不可思议的力量束缚着我们。但文学，给了我们一个更加自由的空间。"当然，现在，因为作家，那座藏式碉楼，那个马塘村，那个梭磨乡，那个马尔康，那个阿坝，都具有了一种文学的光辉，从而显得不同凡响起来。

只要是阿坝的文学活动。繁忙的作家几乎很少推辞。这也可以感受到他对故乡的深情，我有幸在他的带领下，到阿坝参加过几次文学采风，感觉他在故乡的状态与其他地方迥然不同，感觉他一回到这里就成了一个少年。我在与作家的访谈中也曾谈及过故乡的话题。他说过，其实，"我的故乡观念有点不太一样，因为我们中国人说故乡，就是自己的出生地。我的出生地是一个很小的地方，很小的一个村子，我早年的中短篇小说，后来主要是长篇小说，比如《空山》，差不多就是以这个村子为背景写的。当然比这个村子更有概括性。后来我发现，如果我们对故乡的观念一直都是这么小，那可能只是血缘上的。问题是我们还有一个更大的故乡，更大的故乡可能是一个文化范畴，不光是血缘范畴。我在不同地方也说过，不是整个青藏高原吧，至少是青藏高原东部，横断山区，是我的一个更大的故乡。"

我作为一个写作者，去另一个作家的故乡，无疑是一次特殊的归乡。它让我更明确地知道了，作家的故乡就是他文学的场域，其实只是文化意义上的。也因为这个原因，我知道了，即使马塘这个小村落，也是一个无限大的地方。

风和微风

罗伟章

风和微风密不可分，这好像是我从某部小说里读到的话，一句有意思的聪明话，正好可用来表达我对川西高原的感觉，对阿坝马尔康的感觉。记得第一次去川西，见起伏的草原和绵延的群山之上，空荡荡的蓝天里，悬着一只鹰，唯有那只鹰，连一丝云也没有，那鹰凝然不动，俯视大野，照理，这景象应该激发出一种英雄气，但我没有，我竟生出忧伤，生出孤独，可见我是个没出息的人。后来去得多了，就有些见惯不惊，仿佛一切都是自然的，那片土地就该是那样的。

该是哪样？

若这么问一句，相信不只是我，很多人都回答不上来。

土地这个词，通常会赋予人宽度，而在阿坝，却是高度，升上去，再升上去，似乎一生的使命，就是和天靠得更近些。可这也说不上独特，中国 960 万平方公里，如此地界比比皆是。阿来的《尘埃落定》，文学意义之外，还有另一重意义，就是让我们知道了，那带群山里的欲望和故事，跟群山之外是风和微风的关系；马尔康做的宣传片里，说《尘埃落定》揭开了"四土地区"的神秘面纱，事实上，揭开之后，我们发现不神秘。我们是一样的。

马尔康历史悠远，但我们在谈论历史的时候，往往是谈人类史，比如"四土"，就是土司制度兴起后的称谓；嘉绒藏族十八个土司中的卓克基、松岗、党坝和梭磨，合称"四土"，马尔康市，便是以他们的属地为雏形建立起来。不过，即便只谈人类史，土司制度也是很晚近的事了。从市区出发，几十分钟车程之后，就到了沙尔宗乡，那里有条河，名叫茶堡河，茶堡河北岸的三级台地上，有个哈休遗址，是四川地区发现最早的新石器时代遗址，比三星堆和金沙遗址等古蜀国文明，比我老家罗家坝遗址等古巴人文明，都早了千年左右，其中的文化元素，不仅包括本地土著文化，还有来自中原的仰韶文化和甘肃、青海的马家窑文化。在人类文明的萌芽时期，这里就是走廊，也是熔炉。马尔康，意为"火苗旺盛的地方"，其最初的寓意，或许并不是高寒山区对温暖的向往。

话虽如此，天底下毕竟没有完全的一样。风和微风，并不只是"名相"的不同，微风在风里，就算持守着微风的品性，也不是所有人都能识别。

距哈休遗址几百米处，紧靠茶堡河，有一民居博物馆：阿尔莫克莎民居博物馆。2016 年，马尔康作协主席杨素筠领着一群古村落调查专家，发现了这处民居。杨素筠说，他们到来后，屋主人阿让请他们去看看他的房子，她暂时答应下来，但有别的事离开了。返程中，见阿让睡在河畔一棵古老而巨大的白杨树下，将他摇醒，问为什么睡在这里，他说："我怕你们走过去了，不去看我的房子了。"于是去。经考证，方知这民居已有数百年历史，且内部结构未有任何破坏。这是一个活化石。房子共七层，一楼养畜、排便，相当于人的肠子；二楼搁草料、做饮食，好比人的肚子；三楼是火堂，很温暖，如同心脏；四五楼有回廊，晾晒粮食，也代表母亲的胸脯和怀抱；六楼是经堂，家庭重要仪式都在那里举行，似人的大脑；七楼插经幡，离天空近，可看成人的思想。

这是一个完整的生命体。

其全部智慧，就在于它的整体性。

人与自然的整体性。人在自然当中，而不是自然的拥有者。因此，他们见了一只麻雀，也心生欢喜。他们把麻雀叫卡布基，这天，我们去梭磨土司官寨旧址，刚站下来，农家屋檐就飞来一群卡布基，那些土黄色的小生命，在乱纷纷的雪花里喳喳鸣叫，杨素筠说，明年又会丰收吉祥，百姓又会欢声笑语。去大藏寺，见跑来一只狗，立即就想到在远古洪荒，是狗游过漫天大水，用尾巴为人类带来了种子。见到一棵树，就想到森林，想到万木葱茏和百兽突奔。一切都充满快乐，充满生机，充满希望，且与人类有着割不断的亲缘。杨素筠问乡间一个老婆婆：你什么时候最高兴？回答是：有风吹过寨子的时候。这种话，山外的城里人是说不出来的。城里人太多，心里太挤，左冲右突拼出一点空间，也仅够留给"计较"，有风吹过，即使感觉到了，也多半引不起快乐的深沉情绪。

每每说起那个婆婆，杨素筠眼里都闪烁出柔润的亮光。她是个安静的人，也是个安静的作家。安静的作家让人放心。她的散文集《原乡》，印证了我的判断，朴实的诗意，深隐着来自源头的启迪。这片土地上生长的作家，本身就把自己放在源头里。前年夏天，去阿来故乡马塘村，见群山脚下躺一块平坝，旁边就是奔腾的梭磨河，我说，生在这样的地方，不写出《尘埃落定》那样有诗性的作品，就是辜负。《尘埃落定》凝视生命的内部，写人的欲望和大地的生长，写命运的自由和悲伤，由此铸就了其诗性不只是停留于修辞。

山水赋予人想象，也赐给人胸怀。这其中没有神秘，若说有，全部神秘只是对直觉的尊重。每次到川西高原，我都会想，信息催生文明，从爱琴海到地中海，再到大西洋、太平洋，这些文明盛地都缘于信息发达，然而，人也可能在信息面前让生命局部化、被动化。科学至上主义，已让西方文明千疮百孔，这是罗素、池田大作等哲人早就指出过的，并且指出，要修补人类文明，只能向东方的天人合一思想求救。天人合一，就是尊重直觉，就是整体性。

整体性是微风吗？在当今世界，是的。但微风不是小风，而是来自灵魂深处的温和的风，温和到近乎静谧，静谧到近乎不存在。但它是存在的，只是我们的感知被严重毁损了。到川西，到马尔康，便是对直觉的唤醒。从马尔康穿城而过的梭磨河，是大渡河一级支流，节令虽入深秋，依旧翻滚咆哮，像是在一路呼喊，报告天知地知人也要知的重要事件。去的当天，我对天真烂漫又正大庄严的诗人张新泉老师说：重要事件就是我们来了。他跟旁人说话，没听见。幸好没听见。尽管我的话并非狂妄，任何一种形迹都会改变一个小生境，浇下一瓢水，可能让世代祖居的蚂蚁家毁人亡，栽下一棵树，鸟们就能站下来歌唱了——尽管如此，我还是感觉到，梭磨河呼喊的，可能不是我们来了，而是"你们来了"。

对整体性的丧失，马尔康人早就有了警惕。阿尔莫克莎民居博物馆旁边的茶堡河里，传说有龙女居住，阿尔莫的意思，就是"龙生活的地方"，前些年，上游疯狂伐木，木料白天黑夜顺河而下，冲撞得龙女伤痕累累，她就离开了。是在某个清早离开的：天蒙蒙亮，打早起来牧牛的妇人，见一道金光，旋转着卷了满河流水，向天而去。河畔三棵白杨树，早就爱上了龙女，见龙女走了，伤心，死掉了两棵。只有阿让曾在下面躺卧的那棵，一直等在那里，因为它相信，龙女还会回来。这事，听阿坝州文联主席巴桑讲过，也听杨素筠讲过。

那龙女会回来吗？白杨树不会白等吗？

当问题摆在面前，我即刻想起十九世纪中叶，印第安酋长西雅图一封著名的信，信中说：地球上的每一根松针，每一片草地，每一颗露珠，每一只嗡嗡作响的昆虫，包括黑森林里的薄雾，在我们的经验中都是圣洁的，都是我们的兄弟；小溪和大河中闪烁的流水，不只是水，还是祖先的血液……马尔康人也是这样看的，他们心中常存大地的记忆，并以大地是人类母亲的信念，给出了回答。

出金川记

庞惊涛

题记：

执起我的手并在这土地上与我同行，在这片可爱的土地上与我同行。我虽只是一个人，但你与我同行。

——《出埃及记》

一

去金川的路遥远而艰难。

尽管那里的梨花节很有名，但每年梨花时节刚起心动念，便迅速狠劲掐灭。对梨花的季节性念想，便只好拿新津梨花沟和汉源九襄来替代。

那天下午，巴桑主席来电话，请我到金川去讲一堂公益课，我几乎没怎么过脑子就答应了，或许"金川"两个字已经在意识里萦绕得太久，以至于一听到"金川"就失去了判断。挂了电话，才反应过来，时令已是深冬，要看金川梨花，得等明年的 3 月了。

司机山哥在西南民大接到我，便加大油门往金川赶。正是中午饭点，街道上车辆稀少，4.0 排量的普拉多像一头驯熟的野兽在划定了线的路面奔跑，如入无人之境的气势，让我恍然觉得已经进入了人烟稀少的高原山区。

山长水阔。这一路金川间关，全程 400 多公里，从成都到马尔康是高速，但从马尔康到金川虽然只有 90 多公里，但都是狭窄的山路，遇上管制或者大堵车，理论上的 5 个多小时，便极有可能被动延长到 6 小时甚至更长。时间宽裕，心境从容，再长的路程，到底要一米一米地前行。我对山哥说，不急，我们慢慢走。

"慢不得哦！"皮肤黝黑的山哥憨厚一笑，客气地顶撞了我："过了六点，我们就进不了县城了。"经他进一步解释，才明白我们急急往金川赶的原因：由于金川正在建设一个国家级大型水电站项目，为了确保工程不受影响，每天对进出金川的车辆进行限时管制。我们需要赶在六点以前，到达金川城外的一个交通管制点，不然，只有等到第二个放行的时间点才能进城。

高原、民族地区、大型国家工程项目、旅游淡季，城市的日常便这样和金川这个县城的新鲜印象融合在一个点。进入一个陌生地域的兴奋和好奇劲来得快、去得也快。半个小时后，我便在后座沉沉睡去。醒来的时候，看到对面川流不息的车辆，热气腾腾、兴高采烈，成一字长蛇状，以 80—100 公里的速度匀速前行。红色的汽车尾灯在向晚的高速路上闪烁明灭，像车上主人驿动的心。

不用问就知道，它们的目的地，大概率是都江堰，或者温江，或者郫都。再往上，便是一个总的地域概念：成都。时代的虹吸效应略过了马尔康这个中转站，去金川的我，和出金川的它们，便在这条古老而年轻的路上狭路相逢了。

我还知道，每一辆前进的它们中，都有一个具体的他，或者她，甚至他们。那是一个具体的亲人概念和家庭概念，更多的家庭加入，便成了一个深刻的社会现象。人随潮汐，它们和他们在其间，真的只是沧海一粟。

正如我的入金川，也是这不变的潮汐中偶然激起的一朵浪花。

二

有人说，整个封建王朝的历史，就是制度化限制人员流动和暴力化冲破土地约束的历史。

诗人说，此心安处是吾乡。

但"安"是"吾乡"的前提，身是心的基础。环境恶劣，生存日艰，身心难"安"。人类历史上最早的出走，便因为东非大草原的生存环境实在恶劣，走出成为一种本能的选择，时代万难左右，也无能为力。

从地形图上看，金川处于川西北高原的腹地。西北方向最近的城市是西藏昌都，但两地之间横亘的万重群山是一个巨大的障碍，再加之跳出省域地方语言、民俗以及饮食上的尴尬被动，使金川走向昌都极其困难。西北方向的甘肃陇南市离金川似乎略近一些，但陇南市似乎缺乏必选的优势条件。只能是往南进入成都平原，德阳、绵阳、雅安和省会成都，以及成都那些网状辐射、流金满地的卫星城，才是出金川的最好选择。

无论是求学、从商、还是单纯的向往大城市，这都应该是金川先民不得不如此的自然之选，再者，他们对抗地理约束和环境制约的能力还远远没有形成。最为重要的是，文明程度的不够发达，使金川先民并没有发现自己内心世界充满走出金川的精神渴求。

在东女国王城筑基于此的六、七世纪，金川通往外部世界的通道虽然已经洞开，但应该很少有人有机会亲身践履。在女性主导的独立王国里，自成体系、独立循环的政治、社会生态，可以满足每一个国民的日常生活，群山以外的世界如异域一般，是一个无关痛痒、无足轻重的存在。远方从来不是一个问题，眼面前的防御才是关键。诗的教化是不存在的，以女性为中心的东女国从上到下遵循家园至上的王令，王城所辖范围之外的地方，那是只有领受了蕃服使命的使者才会到达。

但巧合的是，东女国王城遗址所在的金川县马尔邦乡独足沟村的小地名就叫"华西坝"，和成都城中心偏南那一片文明富庶之地同名。这当然不是东女国人对成都城的觊觎，因为那个时候的"华西坝"概念还没有形成，那片土地还只是蜀汉都城"东苑"的旧址。后蜀时期，那里是孟昶的后花园。王城禁苑，成都的臣民们尚且不能进入，更不要说天遥地远的外地人了。

但这种巧合，冥冥之中却为后来的出金川指示了一个方向。"卡西巴"的藏语向"华西坝"的汉族居住概念的音和义的演进虽然是漫长的，但金川人对"坝"的向往，却绝不会等到"华西坝"的概念形成之后。东女国在以金川为中心的漫长固守里，也绝不会是铁板一块，总会有人越过万重群山，打量以成都为理想之地的外部世界，梦想有一天进入这样的繁华，锦衣华服，或者广厦玉食，至少市井逍遥，一览大千。

一万年的伏地而行，是为有朝一日的进步与赶超积蓄能量。土地对人的限制越来越弱，在哪里都如此。

我甚至能想象得出，东女国灭亡之后，出金川的路便会从逼仄变得宽顺，而出金川的人，便会从最开始的不过一二发展成络绎于途。

观念启发，或者意识萌芽，大对小、先进对落后、文明对野蛮、高级对低级、富庶对贫穷的虹吸效应始终都存在，这又是另一个自然规律，或者说历史规律。

然而，我翻遍唐以后宋、元、明三朝的国家历史和地方史志，却只看到了金川人沉默的伏地而行的记录，我要寻找一些出金川的蛛丝马迹的想法被残酷的现实抽空，我只能靠想象去填实那条出金川的通道，丰满那些出金川的人物。

三

山哥在进入金川县政府机关做专职司机前，开了 20 多年的大货车，他是 20 世纪 80 年代金川县城里较少常常往成都跑、见识过"华西坝"气象的金川人。

在理县附近的一家路边餐厅里，我和山哥一边晒着太阳，一边聊着他走出金川的故事。

第一次出走金川那年，山哥 16 岁。跟着师傅学了开货车的基本技能后，驾照也没考，便陪着师傅走南闯北。一车车的木材从大山深处运到城市，交货收货两讫之后，师傅拿到一笔在他看起来很可观的运费。在成都的几天里，师傅便带他去喝酒、逛商场，或者去天桥上看熙来攘往的车辆和美女。53 度的白酒第一次穿肠而过，烈焰燃烧的痛与快尚未消遁，妆容时尚靓丽的各色美女便夺眼而来，留给他视觉记忆里从没有过的多彩和震撼，他隐约听到了内心里那个尚未成熟的自己焦渴而猛烈的呐喊。对城市的稚嫩体会几乎在一夜之间突然消失，一种如鱼得水的自由和畅快直接进入到他的感官世界。

"16 岁，我也在学校打量美女。"我调侃着说，以此证明我们的殊途同归，同时消减他内心里可能隐隐存在的没怎么读书的不安。

"我师傅说，读书没什么用。"山哥似乎猜到了我的心理，一句话便完成了对我的反向消解："挣钱才是硬道理。"那是财富意识觉醒年代大多数中国人的共识，且越是远离文化中心的殊方，越是如此坚定执着。

18 岁那年，山哥开始单干。两年的耳濡目染，足以让他应对出金川、进成都的所有事务，他甚至比那些干了很多年的老司机更像"老司机"。因着蓬勃向上的生长力和好奇心，还有消费至上的不管不顾以及今朝有酒今朝醉的强大心态，他不仅很快把这班出金川的司机团结在了身边，还在成都结识了不少朋友。除了一脸的标志性红黑皮肤以及不太标准的成都话，他在周期性的成都生活日常，使他看上去像足了一个地道的大城市人。

没接到活的空闲时间里，他待在金川的老家度日如年，嵌在意识里的城市生活如影随形，带走了他的灵魂。出金川的信息让他灵魂迅速归位，400 多公里的在途时间只是等闲，从打开车门的那一刻起，其实早已经折算成了成都时间。

有人曾经问过山哥，你是金川人还是成都人？

山哥没办法回答，在户口尚未解禁的年代，一个标准意义上的"成都人"身份何其金贵。10 多年，他便这么含糊着，事实上，更多的人也像他这样含糊着，生活被这种含糊概念硬生生地被切割成了三个部分：在金川、出金川和回金川。

或者说，等待去成都、去成都和在成都。

山哥后来也开始带徒弟。像师傅当年带他一样，他也给徒弟猛烈地灌酒，也带徒弟见识华西坝的富庶繁华、也看春熙路上来来往往的美女。当他盘算着想在成都安家的时候，才发现因为自己这种此消彼长的报复性消费，并没有存下多少钱。更为重要的是，他处在一个城市户籍还未完全开放的时代，他和那些老司机一样，并没有因为经常去成都而最后成为成都人。"家在金川"，或者，"家在路上"，才是山哥的宿命。

21 世纪的第二个年头，山哥结婚了，老婆是金川当地人。和他一样，没读多少书，但仰慕山哥的见多识广。女儿读小学那年，他们终于合力在郫县（今天的郫都区）买下了一套商品房，老婆便以照顾女儿读书的名义，理直气壮地进入了城市。而山哥自己却卸下长途货车司机的战袍，穿上了政府部门临聘司机的华服，安然于日常的在金川、偶尔的出金川和规律化节假日在成都的穿梭生活。

"30 多年，我出金川的路程加起来，可以绕地球好多个圈了。"山哥吐了一口烟，然后说出了一句让我意外的话："我从 16 岁开始幻想走出金川，现在发现，我始终是围着金川在绕一个圈。"他把普拉多的车钥匙扔给我，让我帮他开一段，他习惯在午饭后打个盹。

"你慢慢开，不要慌。"那口气，仿佛是在给徒弟交代。

四

金川终于要迎来它的高光时刻，尽管是以战争和流血的方式。

讲完课的下午，山哥开车，带我来到安宁镇炭厂沟村的乾隆御碑纪念亭怀古。

从靠近大渡河边的停车场拾级而上，雄伟陡峻的群山愈益清晰，大渡河水即便是在深冬枯水季节，也是一派奔流如泻的湍急气势。靠近御碑亭的左侧，一个残碉犹在，似乎在暗喻着一种金川人和乾隆大帝拉锯和较劲的底气，更宣示一种虽败不倒的精气神。

大渡河水的上方，便是以险峻著称的刮耳崖栈道。乾隆五十一年（1786），为方便军队从陆路进入金川，乾隆在原刮耳崖狭窄险峻栈道下方重修了骡马大道，进出金川的便利由此以战争的名义追加形成，这当然比金川人自己从内部依靠自身力量完成容易得多，维护一个王朝的统治利益是可以不计成本的。事实上，这场持续 20 余年的大小金川之战，为金川创造的潜在"便利"又何止这样的一条骡马大道呢？在我看来，荡尽战争流下的血与泪，汉地与藏地的交往与融合，为金川人洞开了一个巨大而崭新的外部世界。

金川的日常像大山的阴面，而出金川的向往则像大山的阳面。当太阳一出来，人们便追逐阳光的方向，从阴面转向阳面。这与其说是一种生存的本能，不如说是一种生理的本能。

在大金川安抚司土司莎罗奔看来，一切可以满足更多人晒太阳的大山阳面，都可以是大金川的。所以他打小金川并进逼川藏军事重地打箭炉（康定）的行动，便承载了族人强烈的开疆拓土意识，这是古东女国消亡之后，金川人达成的集体共识：奔向更多的大山阳面和华西坝，去享受包含阳光抚慰在内的一切便利与富足。

向前进向前进向前进，出金川出金川出金川！

出山的意愿从来没有如此统一而强烈，汉藏混合的口号具有很强的辨识度，当然，用于军事调度也是极有感染力的。在战争的另一方，口号应该充满了讨伐叛逆的正义感。总数超过 60 万的军队和劳役在涌进金川这个狭长的深谷地带之后，光是整齐划一的脚步声，就会带给金川前所未有的威慑和震颤，更遑论高昂的号子。军队的一支从成都出发，沿今天的 350 国道过汶川映秀、卧龙，翻越巴朗山垭口，经日隆、达维、沃日等镇至小金、丹巴，向北挺进金川；另一支经 317 国道（川藏北线）经汶川、理县、马尔康再转而向南至金川，还有一支经今天的 318 国道（川藏南线），经成都—雅安—康定—丹巴，到达大小金川，金川通向外部世界的通道从来没有这么多且这么宽过。沿途安营扎寨、升帐具炊，或者操练演习，虽出自军事目的，但哪一样又能离得开生产资料和生活资源的集合，这几乎就是高原外先进文明以军事行动的形式第一次在金川的深度传播和普及。

如果再考虑到这 20 多年攻守和僵持时间以及战后设置五屯的屯垦时间内，这个庞大的军队和劳役与当地人的生产、交往甚至交友、教育、基础设施建设、经济往来和通婚等细致生活存在的可能，那么，这一场持续多年的战事，或许也可以理解为是乾隆皇帝从共同富裕角度对金川进行的一次特别的"对口帮扶"。

我无意也不敢篡改历史，将一场古代战争理解为当代意义上的"对口帮扶"，但战争涉及的人力、财力、文明以及观念渗透，对于一个相对落后的地区来说，的确可以称得上是一次有价值的带动。

1986 年，人们在安宁镇后山发掘了一块石碑，主人有着"康德大将军"

的显赫声名，墓碑上的文字显示，这位将军"祖籍江西吉安府泰和县，乾隆年间征金川"。从这个墓碑可以略窥金川之战中的驻军及战后的屯兵和金川当地人通婚的客观事实。

从长治久安计，清政府也鼓励随征清兵及其家属、外地的其他民众迁徙到金川屯田经商，并给予相应的移民屯驻优惠政策。此一时期，大量外地移民迁徙到大小金川屯田、经商、兴办学校和发展工矿业，进与出的通道在这个历史的交汇点上，达到了金川有史以来第一个社会经济全面的繁荣和兴盛期。

世易时移，无情征讨就这样变成了有情"带动"。强权的治理逻辑永远让底层世界摸不透也看不准，但帝王的"征服欲"变成国家意志基础上的"有效管理和发展"，还是让金川人集体跨出了关键的一步。

已故作家李贵平在随北大学者、中文系教授陈保亚考察茶马古道深入金川采访后，对金川之战后川藏茶马古道的"新生"，尤其是道路的拓展和政策的制定给予了特别关注。他注意到，乾隆四十四年（1776），懋功为恢复茶马贸易，出资加固维修了境内的虹桥山鸟道。与之佐证的是清《屯政纪要》的记载："由懋功县至猛固桥、八角、抚边、新店子、两河口、越虹桥山至芦杆桥，合于理县，全长156公里。"到民国二十二年（1933），国民政府又再次将懋功至抚边、抚边至两河口的驿道进行修治，开辟了著名的懋芦线驿道。进出金川的茶马互市和民间商贸由此被历史地激活。

另外一方面，在战争中被炮火打乱、摧毁了的金川勒乌围、噶拉依等地的古道，也在战后的流官手中得到加固维修，将路面从原来的1米加宽至1.5米左右。清末卧龙关总管林镇江，又将麻柳坪经斗架子至卧龙的草地予以凿通，直达金家磨子连接老路（小西路）一线并加固防滑路面。这些，在很大程度上激励了金川一带茶马商贸的持久兴旺。

出于活跃金川的经济贸易，清政府也在制度上注重改善茶马交易政策。战后数年，清廷首次在康藏高原实行"贡马折银"新制，规定每匹马折银八两，每户征银八分，对茶叶改征"茶封税"，默许加大汉藏民间商贸交易，客观上也刺激了民间互市的繁荣。这些基建和制度，都体现为一种长治久安需要的"对口帮扶"。

更为重要的，还在语言的融合上，嘉绒藏民大概就是从那个时候开始操着四川话口音而不是藏地语言和来自外部世界的人交流。这种以语言的方式集体完成的"出金川"，比身体上的"出金川"更具典型意义，也更有影响。

尽管，从战争的角度，他们在名义上失败了，但是，在精神上，他们或许是成功的。这是一次"成功"的开疆拓土，也是一次成功的对外突围，它意味着追逐群山的阳面是有意义的，哪怕用生命争取也值得。

战争的另一面，还有旋起旋灭的爱情。

在清人笔记《金川妖姬志》里，莎罗奔的女儿阿扣从战争幕后被推到了前台，像古希腊特洛伊之战中的海伦一样，被这个不被正史记录和采信的笔记荣封为"红颜祸水"：

初莎女阿扣绝艳，两颊如天半蒸霞，肤莹白为番女冠，有玉观音之号。既嫁泽旺而悔，愿偶汉人之有官者，以泽旺丑劣状诉诸父。莎故于雍正初从岳将军征西藏羊峒番有功，故得安抚使尊官。感岳恩德，延诸家，出家族罗拜。阿扣慕岳将军英武，欲事之，岳亦间女美，既稔其有夫，弗纳也。阿扣走索，怏怏反小金川。

岳钟琪入金川约在 1748 年，那时候的他已经是一个 62 岁的半老头了。虽然廉颇尚饭，但风神退化，不复当年则是肯定的。豆蔻年华的阿扣有多大可能对他一见钟情，这当然值得怀疑，但老将军对充满异域风情的阿扣动心倒是有相当的可信度。阿扣的慕而不得和岳将军的慕而不能，使这场战事背后的爱情增加了一抹动人的色彩。对阿扣而言，她的心生爱慕，或者一见钟情，既是一种精神上的出走，更是一种对汉地文明的高度向往。只是岳将军身不由己，不仅不能对她稍假辞色，甚至最后还要刀兵相见：诱斩妖姬，以全其功。战争中的爱情就这样以血腥的悲剧收尾。

但真实的阿扣显然存在另一种现实的动机：为了族人免受毁灭性打击而斡旋游走在两股军事力量之中，她是作为爱的同情对象而不是悲剧的红颜祸水形象而存在的。如果阿扣对岳将军的爱慕真实成立，我觉得敢爱敢恨的阿扣走出金川、走出同民族固化模式的爱情观，在当时真是一个了不起的进步。

也是为了爱情，一百多年后，金川女子阿日初走出了金川。民国八年（1919），正逢由查都·若巴为首纠合川西藏区 6 县屯而成立的政教合一君主国大清通治国的八角军事变，金川女子阿日初的丈夫、河东屯守备施绍文被河东千总胥茂侯毒杀。阿日初含冤到成都控告胥茂侯，却在返回途中，被胥茂侯派人暗杀于万林山顶。

由于事出乱中，这个金川历史上首例"秋菊打官司"事件的真相最后彻底漫漶泯灭，我却在金川隐隐约约或者语焉不详的大事记录和民间传闻的缝隙里，看到了一个藏族女子为了婚姻和爱情、寻求司法公正而远上成都告状的勇气和毅力。

不为利益，只为深情，阿日初个人的"出金川"，比任何一次集体的"出金川"都更值得我们记住。她山一程、水一程的省会之行，比"秋菊"要难上一万倍吧，而她最后喋血山林的命运，则比"秋菊"的遭遇更让人唏嘘！但金川人通过《金川县志》，还是记住了她这一次可贵的出走。

<h2 style="text-align:center">五</h2>

为乱地方的强悍战力，在帝国统治者眼中，是一个天大的麻烦。但一旦转为远征抗敌的军事力量，这种强悍战力就变成了手中的一张王牌。

时间过去将近一百年，当年金川之战的鲜血早已经风干，皇帝换了两任，金川屯兵的战力蓄积得也差不多的时候，帝国的内忧也慢慢变成了外患。

道光二十一年（1841），鸦片战争进入尾声，英军先后攻陷定海（浙江舟山）、镇海和宁波。仓促之间，道光皇帝想到了西南边陲当年对抗他皇爷爷的嘉绒藏族汉子，于是诏令急征藏兵远征浙江，以图用他们的强悍战力，在节节败退的鸦片战争中挽回一点颜面。

这道六百里加急的诏令从京城传到时任四川总督宝兴手里之后，宝兴不敢有半点迟滞，立即在四川建昌（今西昌）、松潘两镇属内挑选精兵，前赴浙江军营听候调遣。其中，懋功协属大、小金川屯兵和维州协属左营瓦寺士兵及五屯屯兵 1000 余人，由松潘镇总兵裕恒统率管带，开赴浙江抗英前线。

这支总人数为 2000 的奉调远征军中，相当一部分就来自于驻守金川的藏兵，其中领头的就是驻守八步里的大金河千总阿木穰。

出征时间大约是在道光二十二年（1842）的早春二月。此时的金川还是山寒水瘦，春花含蕾。从八步里驻地门前的树上解下马缰，阿木穰带着金川的屯兵，将从这里下山，奔赴远在东南海滨的宁波，那是和金川高山深谷完全不同的地理气象，横无际涯的大海，正如金川人很难走出的绵绵群山。

这是金川历史上最有声威的一次集体出走，也是最有荣光的一次集体出走，更是一次豪迈悲壮的集体出走——除了少数的生还者，包含阿木穰在内的大多数金川籍士兵再也没能回到家乡，拥有辽阔海岸线的宁波成为他们的埋骨之所。

不难想象，当年八步里亲人送别远征军的场面，一定是热烈而隆重的。抗击外侮，金川远征军承载的使命远比当年的祖先守土保家更光荣。壮行仪式上，一定少不了洁白的哈达、浑厚的藏号和滚烫的烈酒，当然，还有缠绵的话别。阿木穰和这些英雄们大约不会料到，他们遭遇的除了装备先进的英国侵略者，还有我方毫无作战经验的领军人物，远征宁波之战的失败几乎就是他们的宿命：阿木穰和他的金川籍英雄们还在奔赴宁波的路上，道光皇帝任命草包奕经为扬威将军，兵分三路进攻定海、镇海和宁波。

吝啬的清史稿不肯为这支天降奇兵多写两句，皇皇正史总是浓墨书写奕经们的丰功伟绩。好在还有地方史料，忠实地记录了这些正史不屑记录的"小人物"的骁勇以及最后的牺牲。据《浙江鸦片战争史料》记载："金川八角碉屯土司阿木穰，在宁波西门拒敌，其部下最为骁勇，善用鸟枪，击人于百步之外，无不中者。乃自军中有不许轻易用炮之令，并鸟枪亦不携带，只以短兵器接战。"

宁波诗人俞苏伟通过综合宁波当地文献和民间采访，在《浙江鸦片战争史料》基础上，还原了阿木穰等藏兵英勇抗英并最后壮烈牺牲的细节：

因为英军侦知了清军进攻的确切时间，遂在城内预作了埋伏。待到士兵们攻进宁波城，个个肩插竹竿灯，似猛虎下山直扑鼓楼时，却被英军引入埋伏圈。作为先锋的藏族勇士们猛烈攻打英军宁波指挥官居住的府署，但因府署"门坚墙高"无法攀登，英军用优势火力射击，将装备上处于绝对劣势的藏兵击退到宁波城狭窄的街道里。随即，英军又爬上临街的屋顶，对准拥挤在街心的藏兵射击。在密集的炮火中，阿木穰率军左冲右突，但是由于街道狭窄，进不能攻，退不能守，完全暴露在英军炮火之下。虽然勇士们英勇抵抗，已被挤压在狭窄巷道的士兵们仍被一发发炮弹击中，一时间尸体堆积如山，阿木穰和他所率领的几百余名藏族士兵与大部分进攻西门口的清兵都壮烈牺牲。

不战胜即战死，阿木穰和藏兵最后兑现了他们的英雄豪言，为抗击外侮，最后都战死在了宁波。《金川县志》"军事"条第二章"地方武装"引用清人魏源所著《圣武记》盛赞这支藏族屯兵："金川屯兵练之可用，曰川兵，以金川屯兵练为最强，尤长于山战，其时皆着虎皮帽、牛皮靴，胸前挂小藏佛，背负火枪、腰刀、火药、糌粑，约二三十斤，登山越岭如平地，每行军必争前锋，耻落后……夫内地养兵，一粮尚不能得一兵之用，金川兵一可当十。"

头戴虎皮帽，后垂长长的虎尾，那是他们出金川时的装束，最后却成为他们英雄的殓衣。软弱无能的清政府失败了，《南京条约》的耻辱和头戴虎皮帽的阿木穰们无关，不战胜即战死的阿木穰们已经获得了他们应有的荣光。

迎向死亡的出金川，在阿木穰之前，还有一次。

那是乾隆五十六年（1791），反抗廓尔喀（今尼泊尔）入侵西藏之战，四川总督鄂辉调动的大小金川兵总人数也是 2000 人。大金川绥靖营游击张占魁在率金川藏族士兵猛攻噶勒拉山巅木城时，中枪英勇牺牲。

从张占魁到阿木穰，这是一个金川向外输出英雄的时代；从西藏到宁波，这是一条英勇而悲壮的出金川之路。

如今，英雄虽已远去，遗迹却尚存：金川县城后山的八步里沟中，阿木穰当年系马的那棵大树还在，生长得枝叶繁茂，亭亭如盖。阿木穰将军从树上解下马缰，带着金川的英雄们走出金川，远征宁波，仿佛就发生在昨天。

六

在朋友圈发出七律《过金川访乾隆御碑亭》后，立即收到作家泽波的评论：安宁，我工作的第一站。在文联工作的文一听说后，也来附和：我工作的第一站，也是安宁。

文一老家在雅安，大学毕业后，参公考试留在了金川。先在安宁镇中学教书，后来调入金川县文联，成为专职干事。

和大多数进入公务员系统工作的年轻人一样，有编制的"铁饭碗"仍然是有较强吸引力的。也因为这个原因，偏远的金川县编制也成了香饽饽。但多年工作下来，文一还是在努力谋划走出去。

在甘牛村一个俯瞰冬日沙洲的观景台上，背对猎猎寒风，文一给我聊起了他的计划，事实上，这个计划也是大多数金川人的计划，说起来也并不复杂：在成都或者近郊买一套房子，方便孩子读书和将来的就业。至于工作，短暂留守中也要看准机会，这叫以静制动。总之，高原苦寒，不太可能在这里待一辈子。

文一的孩子小学毕业，计划里的绵阳重点中学一旦考上，绵阳市买房就是最近的目标。"其实我更想回雅安买房。"文一告诉我，虽然金川和雅安，一个是县，一个是地级市，差距并不太大，但无论从情感上，还是生活习惯上，还是未来安居乐业或者养老上，雅安都比金川优越和理想得多。

"你知道甘牛这个地名是怎么来的吗？"我没有回应文一的计划或者关于选择的问题。我静静地看着脚下的大渡河，以及不远处金碧辉煌的广法寺。水位下降后，河谷露出了一块扇形的沙洲，沙洲近处，是一排壮美的寒林。我想象着春季及夏初雨季来临前，这一处河谷的春回荡漾之景，想象着一次盛大的汉服茶会，想象着男女杂坐其间相与快谈的风雅。它天然丰富动人、层次鲜明、山水融合以及云水禅心的情致，是超越了任何一个城市人造景观的。只是，长年生活在这里的人，对这样的美似乎已经见美不美了，大山外的人造之美，任何一处，都让他们向往。

"这个村子就叫甘牛村吧！"文一回答我，他显然没有意会到，我这时已然展开了对这个土地名丰美的想象之翅。

"难道不应该有一个俯首甘为孺子牛的坚守者传奇？"我在心里默念着我对甘牛地名一厢情愿的推想，一面也为文一的计划表示了肯定，我知道，这似乎并不是一个愿意诚心礼赞"俯首甘为孺子牛"的时代，"人望高处走"

才符合普遍的价值逻辑。尽管，高山的高处在这里，但，高山的"高"显然成了时代选择的"低"，所以，再美的河谷地带，都是被人漠视的。

不可避免地，我们继续聊到了出金川的话题。文一的考量里，孩子的教育问题成为核心。作为曾经的师者，他当然知道民族地区教育条件不够理想的现实，体现在师资力量上，成都及其辐射的卫星城区域的发达程度，确非金川之偏远地区所能想象。

文一给我举了一个例子：金川中学重点班的尖子生，即便是转学到大城市的普通中学，他的综合成绩都只能是垫底。差距显而易见，这就构成了大多数金川人想走出金川、至少送孩子到大城市接受更好教育机会的现实动力。

"可问题是，孩子都送出去了，民族地区的教育怎么办？"我问文一，也问自己。

大山沉默，无人应答。

但我相信，每一个出金川者心里，都有一个答案：现实的动机和动力几乎是一致的，即便不为生活享受而专为未来教育考虑，那些上至领导干部、下到普通职工分步出金川的理想和规划实在是无可厚非。文一的分步计划并不妨碍他现阶段的坚定留守。天长地久，那是一个虚幻的时间概念。

离开甘牛的时候，我回望了安宁镇。那是泽波和文一都奋斗过的地方。泽波现在在马尔康，完成了走出金川的第一步，未来退休后，便可完成走出金川的第二步。虽然晚到，但总会迎来。第一步到第二步之间，地理概念上的出金川，不也是人生理想上的出金川吗？

无论如何，那些"俯首甘为孺子牛"的留守师者，是可贵的，他们的理想，在地理概念之外，在时间之外。虽然稀少，总会存在，更因稀少而珍贵，这是这个偏远的民族边城持续充满活力、看到希望的保障。后来，我在广法寺就遇到了，也在一场杀猪夜宴上遇到了。

七

冯光厚在清末远走日本留学，开创了近代金川人走向海外的历史。

20 世纪初叶，日本取代欧美，成为清朝留学人数最多的国家，而四川则是留日学生最多的人口大省之一。其中，光绪三十年（1904）为最多，达到全国留日学生总数的25.5％。作为少数睁眼看世界的幸运儿，清帝国的官费留学日本计划，不仅惠及省城许多优秀的学子，远在金川的冯光厚也黉缘得其惠利，从金川一步走出，成为近代金川极少数出国留学的代表人物，影响一时。

时间总是无情的，它不仅衰减甚至泯灭文献的记录，还淡化和错乱人们的记忆。翻看近代金川的相关教育史料，冯光厚几乎是一个被遮蔽了的人物。几经波折，我还是在《金川县志》的人物谱里发现了他。

冯光厚，生于1875年，1940年10月病故于金川。字静三，汉族，绥靖屯（今金川县金川镇老街）人。少时入绥靖屯义学，习读诗书。1904年官费留学日本，就读于弘文学院四川速成师范科班。三年后学成回国还乡，主持绥靖屯公立学堂教务，在金川推行近代学校教育。在短暂署理绥靖屯知事后，担任屯立小学校长达20年之久，为金川培养了无数人才。

冯光厚出金川、走东洋的个人机遇也应了晚清一场自上而下的自强运动。

费正清在《剑桥中国晚清史》中指出："在20世纪的最初10年中，中国学生前往日本留学的活动很可能是到此为止的世界史上最大规模的学生出洋运动。"从"速成"两个字可以看出，帝国政府自强运动的操盘者迫切希望学以强国的急切心情。四川总督锡良对选派留日师范生十分重视，除亲自指认监督外，还明确提出了选派条件，入选师范生的品行被放在了首位。各州所选的人员先令取保后，再由地方当局对典严加考验。冯光厚能在州选中脱颖而出，成为这一批160余名四川籍学生进入日本东京弘文学院学习师范的一员，除了品行端正外，当然还跟他可堪师范的个人修养有很大的关系。也是在这一年，日本弘文学院专门成立了"四川速成师范科班"，冯光厚也因此成为这个速成师范科班的第一批学员。

历史赋予冯光厚的机遇还不仅仅是学习当教师的基本技能和技巧，更重要的是让他代表金川的先觉者，接受革命的思想启蒙。留日期间，冯光厚加入了同盟会，参与留日学生的革命活动，与留日士官生尹昌衡、周道刚、杜仲贤、张澜等志同道合、过从甚密。他当然不会知道，这些和他差不多同一时间进入日本学习的同学中，数年后将成长为四川乃至全国政治舞台上的重要人物，并将见证几乎整个中国的近代史。

尽管冯光厚因较早病故而未能创造更大的个人事功，但他对金川近代学校教育的贡献和影响可谓功不可没。在他任屯立小学校长的时间里，每逢正月的先农坛祭祀，屯知事总要请冯光厚走在前面，以示尊崇。他虽有张澜、周道刚等显赫政治人物为同学但依然坚守金川近代学校教育的心志，在今天尤其值得提倡和尊重。

更为重要的是，他在 20 世纪初叶较早接受的革命思想启蒙，将对三十年后的金川革命者的红色启蒙产生直接的影响。

1935 年 5 月，16 岁的康立泽步冯光厚的后尘，走出了革命性出金川的重要一步。

那时，红四方面军进军懋功，在进入他和父亲康均仁淘金的地方时，引起了很大的波动：独有见识的父亲看出了这支军队的不同气象，积极参与红军抗日救国主张和打土豪分田地政策的宣讲。多次现场动员后，几位矿工报名参加了红军。虽然万分舍不得儿子，父亲还是产生了让康立泽参加红军的想法。

和大多数当地家庭一样，康家也处于捉襟见肘、生存艰难的赤贫境地。一场火灾，让康家本就微薄的房产和家产烧得精光。无钱送康立泽读书，家里只好送他去读免费的贫民夜校。可即便是如此，他在夜校也经常受到团防局和有钱人家小孩的欺负。一次，康立泽对一个不讲理的家伙进行了奋起还击，却遭到了夜校老师的板子教训，康立泽一愤难平，从此再不去夜校，小小年纪就在家帮母亲做家务。

当矿工从事淘金业是金川穷苦农民明知是冒险但又不得不选择的一条活路。康均仁本不想把儿子拖入这个冒险的行业，但实在不忍心儿子就这样闲在家里，便让康立泽随自己加入到了旷工队伍。

在康立泽晚年所写的回忆录里，这一段矿上生活，被定义为另一种生存的艰难，也让他对所处时代的种种不平现象有了冷静的反思，这可以理解为早期革命者强烈的革命觉醒：每天天不亮就从山洞里背沙到冰冷的溪水边，累死累活，一月只挣得五六个藏洋。山高谷深，通往外部世界的道路虽然一直都在，但对于穷苦人家长大的康立泽，走出金川的那一步又何其不易。

进入懋功的红四方面军就这样成了康立泽走出金川的引路人。所以，当父亲康均仁犹豫再三对他说出"你也去参加红军吧"这句话之后，他几乎毫不犹豫就答应了："行，我也跟红军去打军阀、官僚、土豪，分田地。"

这一步走出，他在镰刀斧头的指引下，先后经历过土地革命战争、抗日战争、解放战争，见证了中华人民共和国的诞生，经历过轰轰烈烈的社会主义革命和建设事业的伟大实践，先后获得三级八一勋章、二级独立自由勋章、二级解放勋章和二级红星功勋荣誉章。新中国成立后，康立泽先后担任中央军委工程学校政治处副主任、校务处政委、政治部副主任、第一军医大学政委、第七军医大学政委、军事医学科学院副政委、五三研究院政委、第四军医大学政委、原总后勤部副政委、新疆军区副政委等职，成为金川现代以来功勋最卓、职位最高、影响最大的第一人。

在这一批从金川走出的革命者中，康立泽无疑是幸运的。二万五千里长征，他没有倒下，此后一场接一场枪林弹雨洗礼下的战争中，他也没有倒下。他像金川那些巍巍耸立的雪山，挺拔而顽强。和历史上那些因着追求利益、追求个人幸福的商者和旅者的走出不一样，康立泽的走出金川，内心里坚守的是一个伟大的革命者的信念，他以及那一代金川人的革命性出走，赋予了金川从未有过的红色基因，也改变了金川自清乾隆以来骄悍好战的地域气性。

一次绝地出走，于康立泽而言，是时代驱使的必然，就像他的成功，绝非偶然一样，那是无数个走出金川的个案里，不多的一个历史和时代的聚光。冒险淘金的往事必须淡化，打土豪分田地的豪言必须反复念起，革命者的走出，是金川历史上说不尽的荣光，二万五千里长征，不过是跨出金川的那一步，轻松走过，不在话下。

1985年8月和2004年7月，康立泽曾两次回到金川。官方报道定义为"考察"，但我更愿意相信那是他的两次"回家"。第一次回家，他情不自禁地留下来了这段题词：向为支援中国工农红军北上抗日挽救中华民族危亡做出重要贡献的金川各族人民致敬！

个体的出走应和了时代背景下宏大的革命潮流，而一个偏远的藏区县城大多数普通民众的选择和心甘情愿的付出，却见出了金川集体赤色先觉的伟大。抚今追昔，康立泽在为自己当年的走出感到欣慰的同时，也当为自己家乡父老当年支援革命的集体行动感到自豪。

八

一场突降的高山雨夹雪来得快、去得也快。

风力激荡，将通向广法寺唯一一座索桥上缠绕的经幡吹得猎猎作响，其整齐有律，像极了山僧训练有素的诵经之声。寺院住持班玛仁清活佛外出云游，便委托小沙弥降增在寺院门口迎候我们，并兼为我们导游解说。

广法寺最初本为雍仲本教传法大寺，是清代四大皇庙之一。1776 年，第二次金川之战后，清政府强令废雍仲本教，改兴格鲁派，并改寺名为广法寺，乾隆为此曾御书赐匾"正教恒宣"。"文革"中遭遇毁灭性损毁，1986 年修复正殿大经堂。此后，在几任住持的努力下，逐渐达致现在的规模。

身形瘦高的降增穿一件红色的堆嘎，为我们讲解广法寺的历史。在大经堂完成例行的祈祷仪轨后，他把我们带到了住持待客的茶室，奉上滚热的茶汤和点心。略受僵冻的身体和意识在温暖的茶室里慢慢活络开来，既出于一种访客必要的礼仪，又暗想着除了许愿之外的不虚此行，我们便好奇地探问降增是哪里人？为什么出家？每年有没有回家看望父母？

降增小声道来，含混着当地方言甚至是藏语的普通话让我们听得并不准确，但还是清楚了基本信息：降增是临近安宁镇的甘孜丹巴县人，很小便在广法寺出家，家中除了父母，还有一个妹妹，每年春节会回家看望家人，此外的时间都在寺内修行，寺前有一块属于寺产的地，他们也可以在那里种果树和蔬菜，逢香火旺季，他们就忙着提供一些基本的服务。

山中岁月长，对于这样一个只在藏地有一点名气的寺庙，更多的时间，是他们要和自己面对。

"将来还俗吗？"我问。

"干吗要还俗呢？"降增反问我。

"比如，你看上了一位姑娘，你要和她成家生孩子。"我丝毫没有意识到这样说可能触犯了寺院的某种规条或者戒律，甚至，触碰了降增某个心理禁区。

我不知道他脸上是不是浮现了害羞的红，同为红色的堆嘎遮住了他这一微妙的表情变化，但我注意到一直恭谨成熟的他在此时终于忍不住笑了。这一笑，便暴露了他天性里的孩子气和丹巴汉子英俊外表下的豪迈。

"不会的！不会的！"他急切而坚定的辩解，更像是一种解释和说明，甚至是意识里通过我们向住持作出一种隔空的表白。我突然意识到我这样的调侃似乎有点过了，但话已出口，收不回来，我只好趁机转移了话题。

送我们出门的时候，降增进一步向我解释，没有住持的允准，他几乎不会走出寺庙所在的摸摸扎村。外面的世界再大，于他而言，都只是广法寺一个缩微的空间。

村寺一体，就是降增眼里和现实中生活的世界，大如宇宙，小若微尘。宇宙或者微尘，都在他的修为和意识里。在宇宙和微尘之间，金川是一个地理学和行政辖区意义上的概念，在降增看来，几乎没有任何意义，他甚至不会有给朋友介绍金川和广法寺的机会，他恒常拥有的，只有清除自己内心里那一粒粒微尘、照见自己宇宙的权力。

少年降增，就这样成为我认识的第一个以佛法的名义坚守金川的人，宇宙和微尘，都和金川隔了太远的时空。

夜晚，热情的安宁镇党委书记魏鹏程邀请我去他乡下的老家吃杀猪饭。

冬季的梨乡尽管一派萧索，但是我站在他家宽阔的院子前，还是看出了金川河谷呈梯级生长的梨树林宏大而壮阔的气象。我想象着明年三四月梨花开放时的样子，觉得坚守在金川其实也是一件大美的事情：日对梨花不足厌，况有人间比果甜。

一桌杀猪菜，给我留下最深印象的是新鲜猪肉炖雪梨和雪糕馍馍。自家养的年猪，窖藏的雪梨，炖得烂熟，雪梨的糖汁和汤融为一体，猪肉中有雪梨的甜香，而雪梨的甜香里又藏着新鲜年猪肉的肉香，肉的肥而不腻、雪梨的甜中清气，这就是靠山吃山、彼此成全的一种做法，有着强烈的金川属性，甚至，它就是专属于金川的乡愁记忆。

县委宣传部副部长吴永红是公认的金川四大美男之一，即席的祝酒歌唱起，深冬夜晚沉静的梨乡便泛起了盛年的温热和喧嚣，那是我在成都任何一个高档酒局上未能感受得到的氛围。

这时候，金川的乡愁就是我的乡愁。金川和西充，缩小了时空距离，也缩小了情感距离。我要感谢养这条过年猪的主人，感谢操持这桌杀猪饭的巧者，让我隔了那么远的时空，在金川找回了我的乡愁记忆。

并不意外，在灶屋里，我看到了像我母亲一样头发银白的老阿妈。此刻，她正陪在一帮吃杀猪菜的亲戚身旁，那其乐融融的画面，让我感到了一种久违的温暖。

我给老阿妈敬酒，问他猪肉炖雪梨和血糕馍馍的做法，也关心她这一年在乡下的日常。自从金川梨花节火起来后，她把家里的几个房间装修出来做民宿，通过微信朋友圈卖自己做的梨花月饼，再加养几头猪，一年下来也有好几万元的收入。

"将来儿子媳妇到成都住了，你也还要住在这里吗？"我问。

"金川是我们的根啊，我去成都干什么呢？"老阿妈反问我，倒让我不知道怎么接话了，一旁的魏书记连忙帮我解围："这个话题我们讨论过不止十回了，她一直坚持说自己是不会离开金川的。"

从灶屋走回堂屋的正席，夜晚的一股山风突然卷来，吹走了我微醺的醉意。我清醒地意识到，对于那些急于走出金川的年轻人或者梦想营造者而言，相对欠发达的金川恰好是另外一些坚守金川者的天堂，比如降增，比如老阿妈，他们不为那个诗和远方的外部世界打动，他们的日常正是因了这种相对欠发达而不被打扰。

而相对于络绎在途的出金川，一个庞大的进金川项目正在轰隆推进。

国能大渡河金川公司党委副书记、总经理段斌是当晚这席杀猪宴请来的另一位客人。他告诉我，大渡河金川水电站项目自 2019 年开工以来，已陆续完成移民安置、河道截流、道路建设等前期工程。作为大渡河干流水电调整规划的第 6 级电站，金川水电站是四川省能源发展"十三五规划"重点建设项目和大渡河水电基地的重要电站之一，电站总装机容量 86 万千瓦（包含 4 台 21.5 万千瓦机组），计划总投资 120.65 亿元。项目投产发电后，年发电收入约为 8.72 亿元，对整个 GDP 的拉动值约为 24.37 亿元。更为重要的是，在持续 60 个月的施工期中，将需要劳动力 500 万工日，建设期施工高峰需劳动力约 4300 人，相当于为金川提供了约 4300 个就业机会。"金川人完全可以不出金川就能得到较好的就业机会。"段斌说。

"那些走出去的技术型人才，或许也愿意回来。"我补充说。在我看来，一个国家级的超级工程项目在金川的落地，正是金川处于大渡河核心地带所拥有的天赋水利资源为金川人带来的福祉。风水轮流转，历史上的"穷山恶水"有朝一日就这样变废为宝。

毫不意外，这个项目将在相当大的程度上改变未来金川人走出金川的历史性格局，一个发展中的民族地区有了足够的条件和资本把人留下来，人与财富进出的历史转折点或许就在眼前，走出去，还是留下，将不再是一代又一代人面临的千古难题。

继金川水电站之后即将上马的，还有列入国家高速路网规划的两康高速：即康定到马尔康的高速公路，金川拥有其中一个出入口。

"到那时候，进的进、出的出，天堑通途，朝朝暮暮，留守与出走，大概就都模糊了。"金川作家韩玲接过段斌的话意味深长地说，既像是对我发出再次来金川的邀请，又像是对她数十年精神上出金川、肉体上安守金川的生动阐释。

九

一大早，太阳还没有照进县城，山哥就开车到酒店来接我。

要回成都了。和来时一样，我们需要在交通管制时间到达之前，出金川县城。

大堂里迎出来一老一少，山哥给我介绍，老的是已经退休了金川老干部，少的是他阿坝师专中文专业毕业的侄儿，现在待业在家。

"给庞老师添麻烦了。"老干部说明来意：侄儿在成都已经买房，只是工作还没落实。"他学的中文专业，或许可以跟着庞老师，当个编辑什么的！"

我不明白这是搭顺风车，还是硬塞给我一个找工作的难题。"留在金川不好吗？"我问，想想山哥、想想珊珊、想想文一，发觉这一问实在有些多余。

"他还年轻，人不出门身不贵，出金川锻炼一下好一些。"老干部苦口婆心，看出了我有一些为难，连忙找个台阶下了："跟庞老师一起回成都，路上好聊聊，如果有合适的，帮着留心一下，麻烦了！"

"那没问题。"我拉开车门，请年轻人上车。山哥系上安全带，打燃发动机，老练地和老干部挥手作别。普拉多发出一声低吼，从酒店的斜坡处迅速滑出老城，驶向通往马尔康、通往成都、通往出金川的大道。

太阳跃出了大山的遮蔽，照进金川河谷。大渡河上，一片波光跃金，而那道融入了金光的水流，即使是在冬日，也呈现出一副不可阻挡、所向披靡的气势。

江河奔流，不舍昼夜，那是另一条出金川的路，万古不息。

（刊《草地》2022 年第 2 期，发表时有删节）

阿来·马尔康

彭见明

要记住一个地名,最好是去过这个地方,或者是这个地方有朋友。二十年前,一家出版社邀请几位作家赴西藏采风,要求选择不同的路线进藏,然后各自写一本见闻所异的书。我走的是青藏线,阿来从他的家乡出发,走的是川藏线,那时的青藏线好走,川藏线不好走,山体塌方随时可能发生。一个月的采风完成后,在拉萨集中,我们与阿来完美会师。那时作家这个身份,还不能住单间,安排我与阿来住一间房。

我同阿来逛街时,碰到一个帅气的小伙子,是阿来在成都的朋友,做媒体工作,后来在拉萨八角街五世达赖喇嘛修的黄房子里开茶馆,晚上他请阿来和我去那里喝茶,只上了一道小吃一个篾织的盘子,装了一盘半干的牦牛肉,很讲究地都切成一寸见方大小的肉丁,不加任何佐料,仅泛着诱人的酱红色。阿来同他的朋友以啤酒来伴陪牦牛肉,我不善喝酒,以茶代的酒,慢慢吃,慢慢谈,一晃就到了下半夜。在这个有着美好传奇的小小石楼里,我吃了一顿至今难忘的牛肉,结果是贪吃过量了,晚上睡不着,面对美好的诱惑,人其实是很脆弱的。趁着无法入眠,与阿来谈到了中国作协正在开评茅盾文学奖的话题,阿来的《尘埃落定》是被推荐参评的作品。阿来对获奖不寄希望,说这作品可是被退过稿的。我说只要本届评奖委员会的评委是公正负责任的,就一定会评上。我是在《当代》杂志上读的节选稿,当时我才读两页,就有了往下读的念想。我的阅读习惯不好,很挑剔,特别看好文字的魅力，只有令我兴奋的美妙表述，才能说服我往下读。我不注重作者的名气，也不轻信朋友和媒体对热门书籍的介绍，我会很主观地直奔文字。阿来的文字好，可以逼着我往下读，如何好？三言两语说不清，我凭直觉认定，这是应该获茅奖的料子，一个国家的文学奖，总还是要有点好东西的。当然，也有不少奖励是雷声大雨点小。

阿来的出生地在四川阿坝，都姓阿，又有过《尘埃落定》场景描述的指引，我是要去现场读读阿坝的。

1989 年，《青年文学》杂志组织我等一行去九寨沟，坐大班车，从成都出发，过都江堰、汶川，在大峡谷里顺着岷江走，泥沙路，一路被尘土裹挟着，一走就是三天，途中要在路边住两晚。在并没有大雨的季节，也会滑坡，硕大的山体，随便就可以卸下一坡石块来，有如一个人搔痒时不经意便会掉下一片头皮屑。回程途中，我们经历了滑坡，一大堆片石堵住了进出的数十辆车，那时候在这种地方往来的，只有大车，没有小车。在这数十里无人烟的荒野，在没有手机也没有挖土机的时代，被堵者只能是通行自救，几百双手往急湍的岷江里扔石块，好在这些看似巍峨的高山，都是石块堆砌起来的，我们才有可能用手来疏通道路。我们扎扎实实地体验了一番"蜀道难"。

阿来出生在阿坝州马尔康市梭磨乡马塘村的梭磨河边。梭磨河是大渡河重要支流。现在好了，可以躲开滑坡和泥石流的高速公路，已基本修成，但走走停停，从成都开车到阿坝州所在地马尔康，还需五六个小时。我也是山里人，山里人赶路，一般不问路有多长，问要多长时间才能抵达目的地。有乡言道"望山跑死马"。说的是可以看到山那面的房子，甚至可以与对面的人对山歌，但要走过去，会要"跑死马"。现在坐车跑山路，用小时来表示行程比较客观。阿来的年轻时代，没有车坐，只能以脚来丈量大地，用天来计算，去一个地方，动辄要走一天或几天，小时的计算方法已不适用。从梭磨乡马塘村走到省会成都，要用十天半月的基数来计算。一个有过寂寞而艰辛的漫长行走经历的人，日后一俟摆弄文字，会是怎样的坚毅和小心？我小时候一年中有十个月打着赤脚在山间行走，我体会到行走的经历与日后的文字成长有关。然而，我在南方小丘陵间的行走，与阿来相差甚远，但我能够读出阿来文字的坚毅与小心。非坚毅走不出千山万壑，织不出绵实文字。非小心丈不完险峻曲径，一不小心，下笔便是虚空浮浅。

在川西北的崇山峻岭间，视野所见之处，就是绵延不断的高山和奔流急湍的河流，依水而居傍水而行，是所有人的唯一选择，千万年前这样，至今仍旧这样。1989 年我坐在大班车里的颠簸行走，只是透过车窗，远远看过用残缺不齐的天然青色石块砌成的碉楼和民居，我一直想走近这些藏人和羌人的杰作。现在如愿了，我在阿来的家乡，怀着崇仰的心情，朝拜了 49 米之高的碉楼之王，土司时代的风烟凝存在每一个石头缝里。梭磨河两岸的古民居尚未被城镇化所改造，留下了不少绝妙佳作，品来很是享受。传说中的土司文化与阿坝嘉绒藏地故事，我在阿来的文字和能查到的文献中，读过不少，但毕竟是耳听为虚，而沉淀在石头缝里藏族和羌人古老的生存与日常，非亲近抚摸，是不可得其美感的。

梭磨河，是一条近四百里长的长河，"梭磨乡"的名称，固定在阿来的出生地，阿来真是幸运。我们南方河流的形成规律，是越流越宽，越流越深。梭磨河不同，除了顺着峡谷弯而弯外，大小宽窄深浅，几乎没有什么变化。她以百分之十的落差，始终急切湍流，始终翻滚着细碎的白浪，始终清澈见底，始终唱着同样的歌。在这里我才真正读懂了"奔腾不息"这个成语。我看到，托起这条河流的不是南方的岩石与泥土，而是层层叠叠的石块，这些石块捞起来，就筑成了人类赖以避风挡雨繁衍生息的石屋。再回味阿来的文字，似乎也读到了如石块的层层叠叠和梭磨河的奔腾不疲。

马尔康的嘉绒藏羌锅庄和石头屋是要如同梭磨河一样舞蹈下去的，人们也要珍惜本土学子阿来的文字，于是在梭磨河畔立下了一个醒目的牌子，叫"阿来旧居"。这块牌子的用处，也就是要告诉这个地方以及外面来的年轻人，有一个叫阿来的写手，很理想地写好了马尔康这个地方，还会告诉试图学写作的人，文学并不奢侈，把一个小小的地方写好了，便是很大的文学。有点可惜的是，阿来的旧居不旧，阿来的书籍和照片，有些委屈地放置在他兄弟盖的一栋仿洋房的屋子里，墙体已不是岁月与沧桑锻造的石块，亦无古藏居的面孔。据说阿来的出生石屋，就在附近的河边，也可能年深月久陈旧失修了，乡人就以为没有了价值。也许，什么时候，"阿来旧居"的牌子会挂到那里去。好在附近还有一处叫作柯盘天街的所在，一脉地道的藏羌石屋与碉楼，蜿蜒在一个山顶上，经过热心人的精心修缮，已成为马尔康古民居标志，标志中醒目的还有"阿来书屋"，我们有幸见证了这一意味深长的书屋开读仪式。

马尔康这个地名的汉译叫作"火苗旺盛的地方"，阿来的文字，挺拔而热烈，有如蓬勃的火苗，故乡成就了他的文字，他是要感谢他的故乡的。

去马尔康喝酒

任林举

人们从四面八方而来。

从零海拔的海滨，到低海拔的平原，到海拔 500 米的成都，再到 3000 米以上的马尔康，路越来越难走，空气也越来越稀薄，却越来越透明。空气透明度高到一定程度时，似乎一切都失去了缓冲和遮挡，阳光、风，可以穿透和跨越一切空间和人们的视野，甚至那些抽象的冷与暖，甚至深藏于我们内心的情感、情绪和某些想法。

时节已经进入深秋，随着海拔变化步步向上、升高的人们，体感已明显变得越来越凉，越来越冷了。我们只能纷纷往身上加衣服，有的加上了秋衣，有的加上了绒衣，有的甚至加上了厚厚的棉衣或羽绒衣。

我们怕冷。和世界上的所有人类一样，我们都很惧怕来自身体之外的伤害，哪怕来自无意伤害谁的空气和空气所具有的温度。原因并不是别的，正是因为我们真的很脆弱，所以我们必须对外加以防护和防范。于是，防护和防范就成了我们的人生经验和不太容易改变的观念或信念。尽管全副武装的我们看起来很笨拙、很沉重也很滑稽，但我们谁也不嘲笑谁，我们彼此理解，彼此体谅，惺惺相惜。

高原的神奇也就神奇在它自身的透明以及它会使一切都变得透明或通透。比如天空，比如流云，比如这里人们的眼神，比如汽油、水和酒……很多我们日常所见的事物似乎都因为置于高原而改变了状态、形态和功能。当我看到了那些摆在货架上、装在瓶子里或倒在杯子里的酒时，突然就有了一饮而尽的冲动。此时，我只感觉它们是一种特殊的水，一种拥有魔法的水。如果把它们加到汽车或飞机里，它可以代替汽油，让一堆沉重的钢铁奔跑或飞翔起来；如果把它们加到人体里，它就会以水的甘甜和火的灼热，在我们体内燃烧起来，将我们的血液烧得更红、更热，那样，我们就不会再感到饥渴和寒冷，最后，就会像一只注满了沸水的壶一样，嘶鸣着，冒出快乐的蒸汽。

其实，身在平原时，我并不怎么喜欢酒，有时甚至对这种生活中无法回避的饮品有一些惧怕和反感。一直以来，酒给我带来的感觉或记忆似乎并不都很愉快。年少时，就有乡间的贤人或者说闲人告诫过我，酒色伤身，"酒是穿肠毒药，色是刮骨钢刀"，酒是不能喝更不能贪的。偶尔一喝，照镜自览，竟然满脸绯红，不知道是酒的灼烧还是内心羞愧所致，因为我知道自己已经犯了"戒"。成年后，应酬渐多，脸皮渐厚，心理生理都对酒多了承受能力，即便喝了很多酒脸也不见得红，但自己的心，却经常因为喝了一点酒而剧烈地颤抖起来。为什么呢？因为心被压上了更多更沉重的东西，就像一个体格很弱的人，背起了沉重的包袱，没走几步就开始双腿发软、浑身颤抖。我则会在酒入愁肠时不由自主地想起省里又有新规定——三个公职人员聚到一起喝酒不管是谁出钱，在什么场合，都是违纪；更会神经质地担忧起交警的截查——不管你喝多少，也不管思维和行为是否受到影响，只要喝酒驾车就是违法。种种的忌惮、种种的畏惧，已经让我感到酒给人带来的巨大困扰和潜隐的构陷，干脆就自觉地放弃了喜欢。

人在高原，则恍然进入另一种状态。此时，我知道自己已经远离了各种烟尘、雾霭、喧嚣、嘈杂的笼罩和搅扰，远离了各种道路、院落、围栏、墙壁、划线、标识的框范和困囿。我是一个暂时摆脱了身份和归属的自由生命，而那颗曾被雾霭笼罩的心，更是在一种低气压的环境中，飘然地飞升起来，像一只摆脱了地球引力的鹰，飞向了云端，高高地，在红尘之上，在山峦之上，在自己的肉身之上。我想，我应该拥有并行使一种寻找生命体验的权利。于是，昔日曾不止一次给我带来祸患的酒，又如那个解除了诅咒的"青蛙王子"，还原了它的本来面貌，并重新唤起我对某种沉醉和温暖的渴望。

就让我们共同举起杯吧！

酒当然是高原上特有的青稞土酒。酒在杯中，仅仅凭它安静、透明的样子，并看不出它天雷地火的身世。想当初，有一些从雪山上渗下来的水，点点滴滴，长途跋涉去寻找另一种透明的温暖，最后与天上炽烈的阳光在一颗小小的种子里完成了相逢与幽会，于是在一棵米粒大的婚床上，共同孕育出一棵青翠的植物。植物又结出了新的种子，种子自然传承了父母亲的遗传基因，把一种透明的、凝固的火藏在了生命深处。种子多起来之后，就不再叫种子而是被人们叫作粮食。有人突发奇想用粮食酿成了酒，物质的形态发生了变化，但青稞的性情和灵魂却没有变，还是透明的，里面还是沉默中蕴涵着静止的火。

不信？你可以勇敢地喝上一杯，只要经受一点点的辛辣和芳醇，接下来就能体会到一场轰轰烈烈的燃烧。从这一刻起，你的生命就会发生一系列奇妙的变化。当一个人胸膛里藏一炉红彤彤的火，灼热的气息便难以掩饰地从其焕发的容光、由衷的微笑以及温暖的目光中透露出来。这时，你才会骤然发现，一路上竟然往自己的身上添加了那么多铠甲一样厚重而无用的累赘。那就赶紧脱掉或卸去吧，先脱掉最厚的羽绒，再脱掉不透气的"户外"，再脱去臃肿的秋衣……直到灵魂也露出轻盈、自由的底色。我们开始说出自己内心真挚的感谢，感谢机缘，感谢生命，感谢让生命存在和感受到愉悦的一切……最后别忘了，还要感谢今夜使我们轻盈和快乐起来的酒。

晕，肯定是要晕的，但只有天旋地转才是这个宇宙和世界的本来面目。我们更多的时候是生活在假象之中。你没有发现吗？我们信奉的科学、科学上的一切公式和定理都有一个使用范围，都有一个先决条件。这个先决条件就是假设。假设大地如磐，深沉静默，我们就是静止的。可是我们心中的大地只是这个星球的一小部分，只要站在星球之外的宇宙高处一望，就能看到我们这个星球正在时刻不停地旋转，我们的身体也随着星球在时刻不停地旋转，我们却浑然不觉。所以说，我们的日常感觉往往并不是真相。

天旋地转就天旋地转吧！真希望在旋转中将那些曾悬在我们头顶的星星、月亮和浮云都转到脚下。只可惜高原太高，已经把人托举到了天上，怎么转都转不出来位差。星星、月亮本来就在眼前，怎么旋转也都在眼前。仿佛一伸手就能把它们抓在手里，可它们都是一些比人类更加机灵千倍万倍的精灵，一跳，就跳到了遥不可及的远处。等到明日太阳升起，所有的星星又都会像受到惊吓的鸟群，彻底消失在苍穹之中。

也只有梭磨河的流水对我们是不离不弃的。此刻，它正如一匹忠诚的宝马良驹，一遍遍从我们身边跑过，一边跑一边发出呜咽或嘶鸣，水花飞扬如马奔跑时扬起的鬃毛。如果扯住浪花飞身上马，我们就能借助它的脚力驰往具有无限可能的未来。可是，站在梭磨河的岸边稍一迟疑，便发现了自己的粗心。原来，我们眼前奔涌的根本就不是一匹可以骑乘的马，而是许许多多的马，是马群，每一朵浪花之下都是一匹沿河道奔腾而去的马。这是一个烈马的洪流。

面对这样的存在，人只能站在岸边望河兴叹，叹宇宙间、广大的时空之中那么多不可思议的伟大存在，每一样都超越了我们的想象和能力。相比之下，一个人、一个站在大河之岸眩晕又踟蹰的人类，是多么的渺小、迟缓、僵硬、麻木和无力。当我叹到第三声的时候，河水在对岸灯光的照耀下，变得更加恍惚迷离。望一望它没有来处的上游，再望一望它不知所终的去处，心里突然有所醒悟——一个喝醉了酒的人，虽然意识有时会失于模糊，不辨方位，但眼睛却会是明亮的，往往会看到别人看不到的事物或别人看不清的事物本质——面对眼前这一脉激流，说什么奔马和马群啊？那不就是液化了的时光嘛！恍兮惚兮的暗影、扑朔迷离的光斑，已经在滔滔不绝地展开了关于前世今生的叙事。

从这条河流往上游去，河水会变得无比清澈，很难查考它到底从大雪山发端还是来自比雪山还高的云端。数十公里之外，有一个叫马塘的小村，曾经有一个青年人，沿这条河流步行很多天，一路与河水交谈，河水的波光粼粼很多都转换成了他心中的奇思妙想。这次长途跋涉之后，他就静静地坐下来，依据他从河水所承载的信息中提取一部分精细加工，写成了一部非常了不起的书——《尘埃落定》。正是他，告诉我这河流的每一朵浪花下面都藏着沉实的历史和奇异的故事。相比之下，河流下游的情况，却是更加错综复杂了。梭磨河出马尔康，过松岗，大约在一个叫热足的村寨附近与脚木足河相汇，脚木足河水还带着北部大青坪匆匆赶来的茶堡河之后去卓斯甲河在白湾江合。三水合一，如三股结实的绳子，拧成一条粗壮的缆索——大渡河，这条横跨川藏、古今的大河，便将高原和内陆、历史和现实牢牢地拴系在一起。

也许是因为有时间那端的紧密牵连，梭磨河的涛声里早早就有了大渡河的神韵。从河水里随便舀一瓢轰鸣，细细地分解，都将会得到一个宽阔的声音谱系：虎豹的低吼、鹰的尖啸、铁器与铁器的撞击之声、人喊马嘶、气流从法号或法螺中通过、牛羊轰隆隆地奔跑或埋头咀嚼、风车或转经筒呼呼的旋转、火在猎猎燃烧、千百双脚一同跳一曲锅庄、喇嘛诵经的声音、儿童们在齐声读书、木制的或橡胶的轮子在大地上滚动、风扯起白云的旗子在不停地舞、高亢的女声突然从大地上跃起，直达云霄……

辗转恍惚之间，不知从什么时候开始，零零星星的水滴已经把头发和衣服打湿。抬头，山腰之上已经是白雪皑皑。初冬的第一场雪，在对面的山头上陈兵百万，安下了营寨。尽管不出三天五日，这些雪便可以将河流两岸以及村寨、碉楼全部占领，但我并不怕，也感觉不到寒气的肃杀，那些变成了雨滴的雪花，已经被我灼热的身体所融化。此时，我很想喊来那些消失得无影无踪、躲在暗处或地下的格桑花，叫她们也不要害怕，和我一起坐下来，放心地喝一杯青稞酒，这个冬天很快就会过去。

这样的夜晚，我们不再需要以梦为马，酒是万能的咒语，数杯入口，早就有了如意魔法，想以什么为马就以什么为马，什么都能载我们飞奔起来。据说，离此地不远就有一座这个区域最为雄伟、坚固的卓克基官寨。只要你知道它昔日的辉煌和荣光，知道住在期间的人们都享受着怎样的生活，你就可以成为其中的任何一人。打马飞驰一个时辰之后，你记得要在官寨前停下来。那时，你就是外出归来的傻子少爷。只是你不要很浅薄地嫌自己是个傻子。傻子有什么不好？傻子生来不背负任何包袱，不受任何尘世的绑缚，想追喜欢的画眉鸟就去追逐；想喝喜欢的牦牛奶，就可以毫无顾忌地咕嘟咕嘟喝饱；想喜欢心爱的姑娘就可以随心所欲地喜欢。权利、争斗和心机有什么用呢？等繁华散尽、尘埃落定之时，谁都不过是一把灰烬。

今夜，想睡就安心地睡吧！不要想明朝酒醒何处，也不要担忧明天要穿多厚的衣服，要赶多远的路。如果因为缺氧睡不着，你可以将一生中所有得意的事情从头到尾想一遍。当然，如果你觉得自己一生平淡无奇很不过瘾，别忘了，在酒醒之前，你还可以当一回那个傻子少爷。他曾经有过的那些或浪漫或荒唐或离奇的生活你都可以重过一遍，反正也没有人钻到你的意识里去排查、监控你。躲在酒精制造的迷雾里，连你自己的理性和自律之心都找不到也猜不到你在做什么，你有什么可恐惧的呢？在清醒与清醒之间，你有一段可利用也可不利用的自由空间。如果你一切都尝试过了还睡不着，就打开放在床头的氧气桶，多吸一会儿氧气。一旦睡着了，你会看见满山遍野的绿绒蒿和成垄成片的罂粟花，红的如火如血，黄的如新炼出来的金子或凝固的阳光。

时值午夜，我才从迷迷糊糊的酒醉中清醒过来，发现自己竟然抱着一本书和自己悄悄说了一个晚上的话。于是，便强迫自己沉静下来，抓紧睡下，并很快就进入了梦乡。梦里，我看见一个美丽的姑娘赶着羊群从鲜花丛中微笑着向我走来。看上去似曾相识，可就是回忆不起来到底在哪里见过。是某一个故事里，还是某本书里，还是自己那已经逝去的少年时代？在梦里，我告诉自己，千万别着急醒来，千万别！可就在我竭尽全力想留住眼前的画面和美好感觉时，倏然之间，梦、酒俱醒。

水还在流

邵 丽

地 震

五年前的八月我和全国各地的一帮作家，应四川作家协会的邀请去了趟九寨沟，因此懂得山里的冷。当然，山里也会很热，一座山走过四季，山上穿着厚厚的棉袍子，山下可以穿短裤和背心。热的记忆已经记不明朗了，那山上的冷却是有些刻骨铭心。石头样强硬的山风吹来，像狼牙撕扯皮肉，嚣张到不留余地。那一路下来，我拍下的照片表情几乎都因为冷而寒涩着，陕西的吴克敬大哥总是操着浓浓的陕西方言说，这个娃娃怎么像是从广寒宫地掰着月亮牙子下来的。大家笑，我也跟着笑，想必笑起来的样子也一样寒得不堪。五年后的八月，再应约去四姑娘山，心思全花在衣服了。厚毛衣、牛仔裤、棉毛裤和棉线袜子，旅游鞋肯定是早早穿在脚上的。当然，须要带上两条好看的裙子。天津的作家赵玫说，只要有可能，每天都要换换衣服，自己的心情和伙伴们的心情都会亮堂起来。我觉得有理。

五年前的九寨沟走的是坦途，五年后的四姑娘山之行踏上的却是一次冒险之旅。

从成都出发，距四姑娘山只有两百公里的路程，依照我这个平原人的思维，三个小时足够了。却不知道那羊肠子一般曲折的路数是以什么方式计算的，盘上盘下，走老半天，仍是盘不过一座山去。这样地算计山道，仍旧只是以正常的方式思量，因为我们一行十几人并不清楚，我们要穿越的，是

2008 震惊世界的"5·12"汶川特大地震的中心。车行两小时以后,高涨的情绪渐渐低落,到了后来,除去一半句没有心肺的惊咋,几乎没有声音再出现。所有看得见的,都是令人心痛的破碎。桥像是一条遭受沉重击打的长龙,惨痛地卧在地上,脊梁跌得粉碎。路一处处地横断着,山半边半边地倾覆下来,泥石流使河道变得狭窄,河水激流湍急。

山河破碎——这在我生命的词典里第一次不再是以形容词出现。

一路上都在下着微雨,但是每一座桥梁,每一个路段,每一个隧道里,都有正在抢修的工人。巨大的标语牌上写着:任何困难都难不倒英雄的中国人民! 还有:战天,斗地,确保震后一年任务完成! 道旁的石流随时都会倾覆,我真实地担忧他们会死去。我们一路上好几处被迫停下来,等待那些工人用抓手把滚石移开。作业中的工人们会死去,行路的我们也会死去。心中真实地生出这样的悲壮,无法平息。生命是坚韧的,生活却是残忍的。我们经过一座桥,据说已经反复修复,而后又反复被余震摧毁。它的肌体不是由钢筋水泥造就,仿佛是用这些筑路工人的骨肉支撑着。车子走在上面,我们会很痛。

"5·12震中"几个血红的大字,写在一块从山上飞来的巨大的石头上。我们下来拍照,意外地看到一辆小汽车尾追一辆拉木材的手扶拖拉机。没有听到响声,以为是机械的轻微撞击,走过去帮助,却发现,手扶上的两根木头从小汽车的挡风玻璃中致命地穿透进去,人无大碍,但显然是被木头擦伤,满脸的鲜血涌出来。突然流出眼泪,内心地震似的恐惧着。我们只有纸巾和湿纸巾递给他们,然后绝情地抛下他们等待前来救援的车子。

映秀镇中学和小学都在建设之中,仍然有垮塌一半的废墟立在。废墟上插着有白色纸幡的木棍,一路上的石头中都有这样插着的木棍和纸幡,大约是祭奠。在路的拐弯处意外走来很幸福的一家人,女人矮胖,极不合适地穿着一件不合身的紫红旗袍,丰硕的乳房叠塌在胸前,肚子固执着不肯收紧。男人浅笑着,头上却几乎是没有毛发了。他们手中牵着的男孩也生得有些丑,人只有七八岁的样子,衣服却是大了许多。他们的表情是祥和温润的,遭逢喜事样地满足。孩子要吃路边米皮车子里的东西,女人就去男人的口袋里翻找零钱，然后递交给孩子。他们莫名其妙地笑起来了，这样相爱着，一年前或许还感知不到拥有生命的幸福，也或许是我替代他们感知到了这样的幸福。很骄傲的家人。地震已经过去，活着的生命都该像他们一样骄傲起来。

道路上的泥泞很深，车子打滑，我们假装从容地欣赏坡上的野花，谁都不能坦然地看另一侧的峡谷深渊。这像是我们大多数人的天性，总是喜欢看生活中美的一面。

车子从成都出发，大约七个小时后我们抵达了四姑娘山下的日隆镇。

强烈的高原反应让我几乎不能有任何动作，我躺在床上，内心忧伤却又感动着。窗外是喧闹的流水的声音，我们一路走过来，山河都碎了，水还一直在流。

那一夜，我在流水声中睡得很沉，我静下来了。

我静下来了，这不是一句简单的语言表述，而是用走过地震的疼痛换来的安静和纯粹。睁开眼睛的时候，我不再有进入高原的不适，昨天那一页已经翻了过去。

双桥沟

双桥沟的早晨霞光万丈。

我完全没有力量赞叹这里的美，她还是一个天然的处子，冰清玉洁，仙气十足，数千年都伫立在这儿。等待着什么呢？她要等待的不是我微不足道的一声赞叹，而是一万个人的第一万种感觉。

站在木栈道道路的中央。是山的中央，水的中央，草的中央，树的中央，天空和云彩的中央。前面的人远去了，后面的人很久没有到来。天地之间，只有一个小小的人儿在用心寻找最细微的感受，安静和喧闹都穿透身心。闭上眼睛，身体的负载全部空掉了，上天正在重塑一个崭新的我。

我感谢来时那一路的艰辛，从废墟中走过来，爬过来，滚过来，却意外地寻见了人间最绝美的风景。

很难想象，就在几个小时以前，还会恐惧已经到了生命的终点。

人生每一次的劫难都远远不是终点，终点总会在另一处光亮的地方等待着我们。

双桥沟的一天，似乎可以完成一个人一生的精神旅行。

长坪沟

因为要从不同的角度去欣赏四姑娘山，长坪沟是一定要去的。导游说我们运气好，云雾缭绕的天气尽管能看到另一种景色，可窥见四姑娘山的真容还是极为难得。我们在山上的几天都是晴空碧透，天湛蓝到让人时刻都有流眼泪的冲动。

阳光暖暖地照在身上，风和悦起来，依稀忆起童年的时光，在老奶奶的臂弯里晒太阳的幸福。

相传四姑娘山在日本颇具影响，长坪沟那一路我们见到许多日本游客，他们的男人精瘦干练，女人把自己的脸包裹得像一个个采集蜂蜜的土著。他们偶尔会有人给我们打一个中国招呼：你好！我们亦笑着回应他们：你好！

上千年的沙棘树和松柏树上挂着丝丝缕缕的绿萝，溪水始终环绕着栈道，让人惊艳的小鸟突然从哪一棵树上露出头来，啾的鸣一声，又寻不见了。必须扎堆儿走，一个人没有定力待在一个地方停留，会有今昔不知何年的惶惑。

骑马的人在岔道上走马道了，走栈道的人大约走三公里，行至枯树滩。这时的海拔3490米，溪水中有大片的枯树。枯树滩得名于水中干枯的沙棘树，它们死而不倒，依然保持着优美挺拔的姿态。它们的脚下是洁净的溪水，头顶有白云蓝天，四周是雪山草地，无论从哪个角度欣赏都会是一幅绝妙的盆景画卷。我的这些著名的作家朋友们啊，文字的能力仿佛全被屏蔽，只能反复诉说着一个字：美！

在枯树滩的观景台上，四姑娘露出芳容。她们是并联的四座山峰，最高的一座是圣洁的，覆盖着终年不化的积雪。看不出山峰与姑娘的关联，我更愿意接受它的另一个名称——圣山。

故事说：很久很久以前善良的山神阿巴郎依，有四个貌美如花的女儿。四个仙女被一个叫墨尔多的恶魔垂涎，他梦想娶她们为妻。恶魔向阿巴郎依提亲。山神知道这个墨尔多凶残成性，不肯将女儿嫁给他。墨尔多恼羞成怒，打开天河毁坏田地村庄。阿巴郎依在与墨尔多搏斗中死去。看到父亲被害，为保护四方百姓，四姑娘手牵手抵挡洪水，化为四座雪山。四姑娘山也因此被百姓奉为圣山。

圣山上覆盖着亘古冰雪，圣洁千年的姿态。

海子沟

去长坪沟可以有骑马和走道两种选择，去海子沟就只有一条马道了。马道的狭窄处只有尺来宽而且要绕开路中间大大小小的石头。马道不是马路，是人和马踏出来的羊肠一样的崎岖小道。小道的一侧是繁花万点的山坡，另侧仍然是繁花万点的山坡。眼睛只能朝一侧的坡上的方向看，而不敢朝另一侧的坡下的方向去看。坡上是高峰，坡下是深壑，觉得稍微眨一下眼睛就会跌落谷底。我第一次走这样的路，而且竟然是第一次骑马。我是逼上圣山，要去海子沟只有这一条马道，让你别无选择。只好闭了眼睛，硬着头皮往上走，马却是出奇地稳，牵马的汉子告诉我，马往上走你就身子朝前倾，马往下走你就身子向后仰，马也舒适，人也舒适。试着做了，果然就妥帖起来。

马真的是灵性的动物，你抚摸一下她的脖子，她就会停下来吃两口草，慢慢地嚼，眼睛和平地看着远方，她怕我紧张，是要告诉我不要看她，看山上的美景去吧。她的鬃毛顺着头的右侧倾下去，粘满了花儿一样的青草骨朵，我问牵马的汉子是故意粘上去的吗？汉子回答，是她吃草的时候给自己做的发型。这是头爱美的小母马。

我骑着马儿行走山崖，观望着满目远远近近美到极致的景色，情绪慢慢地就放松了。将要走到山顶的时候，心中涌起一阵奇特的骄傲。和马没有关系，和山没有关系，只是为生命而生出的一种酷烈的骄傲。那在山脊上的一刹那间，突然就感谢了生命中所拥有的全部。为生命的每一个环节，为生命中创建的业绩，为生命所承载的灾难。一个人的生命历程，他所拥有的灾难也是一种能力。

抵达锅庄坪的那一刻，心中装的竟是满满的感恩。下了马，是一片辽阔的高山草场，草地上处处开着小朵儿的美艳的鲜花。朝前方看，就是没有任何遮挡的四座山峰，我们已经被圣山拥进了怀中。朋友们招呼我去绕山坡上的白塔为自己祈福，那顺时针环绕的三圈说是三世的命运，我的心中却完全空白着，我想不起自己的名字，想不出亲人，想不起朋友。完全是一种从未有过的声音自天顶涌入，一遍遍地借了我的口，念着：神啊，你造福给这个世界！

冯秋子几乎是突然间舞蹈起来，让人揪着心，因为她舞蹈的时候身体是被灵魂驱赶着，那上苍赋予于她所表现的美妙律动，让她无法停止。一个朋友呼喊我拍照，他笑我面无表情，安静得像山一样。我喜欢他这句话，安静得像山一样。我愿意安静得像山一样，什么时候才能安静得像山一样呢？朋友说，还是做个动作吧。我思想着，打开我的双手，闭上眼睛承接。身体里全是阳光和风。我留在相机里的仅仅是一张姿态和缓的图片，可在心中，我完成了与神的对接。是我们意念中的神。

阳光洒满美丽的四姑娘山。阳光洒满圣山。

画笔落在洒满月光的唐卡上

苏沧桑

　　苍鹰的右翅轻掠过四川阿坝壤塘觉囊非遗传习所屋檐的一角，看见窗下端坐着 26 岁的色青拉姆，她的右手拇指和食指紧捏着一根极细的画笔，为一幅绿度母唐卡施色。

　　午后的光影衬托出她微微前倾的侧影，白色的藏袍、黄色的竖领镶着暗红的云纹，乌黑的长发梳成一根辫子，弧形的辫股发丝反射着午后的阳光，和她的睫毛一样根根明亮。鼻尖、唇、耳朵和脸颊上两颗很小的痣，都一如她眼眸深处的端庄。

　　最明亮的不是阳光，是那幅即将完成的和她的头一般大小的绿度母唐卡，深邃的藏青色，却璀璨夺目，紧紧聚吸着她所有的专注。

　　隐藏在川西北高原的悬天净土壤巴拉，山高路遥，地广人稀，贫穷落后。出生于牧民之家的色青拉姆有四个哥哥两个姐姐，上学曾是她难以企及的梦想。八年前，壤塘县建立觉囊非遗传习所，她做梦般成了传习所的第一批学员，懵懵懂懂地拿起了用黄鼠狼尾巴上的一小撮毛做成的画笔。

　　相传公元 7 世纪，松赞干布用自己的血液绘制了一幅吉祥天母女神像，这是传说中的第一张唐卡。唐卡被誉为"藏文化百科全书"，其题材内容以宗教为主，涉及历史、政治、经济、文化、民间传说、世俗生活、建筑、医学、天文、历算等领域。壤塘的觉囊唐卡历史悠久、独成一宗、弥足珍贵，被列入我国第一批非物质文化遗产名录。唐卡的绘制要求极为严苛、程序极为复杂，要按照经书中的仪轨等进行，不得有丝毫僭越。一整套工艺程序包括绘前仪式、制作画布、构图起稿、着色染色、勾线定型、铺金描银、开眼、缝裱等。一幅觉囊唐卡的绘制过程，短则半年，长则十余年，是画师的一场心灵修行。

色青拉姆将画笔放在唇间抿了抿。施色的顺序从冷色到暖色、浅色到深色，眼前这一幅唐卡，已经经过了她上亿次的上色。此刻，她进行的是分染施色，用笔蘸取很淡的矿物色浆，在舌尖上舔一舔，蘸着唾液在画面上间错着点，点染出均匀细腻的层次。采用金、银、珍珠、玛瑙、珊瑚、松石、孔雀石、朱砂等珍贵矿物宝石和藏红花、大黄、蓝靛、檀木等植物合成的 160 多种颜料，和她的心意一起，将在漫长的岁月里历久弥新。

师徒相承、口耳相传，是觉囊唐卡技艺的传承之道。她的耳边时常回响着传授他们唐卡技艺的国家级唐卡非遗传承人嘉阳乐住的话：善良、仁慈、虔诚、清净、平和，心身合一，才能画出举世无双的唐卡。通过它进入到自己的内在，然后把自己内在的东西，通过无障碍的身心表达出来，传递爱，这是它的价值所在。

太难了。色青拉姆常对自己说，必须一笔一画细心画，必须保持指尖的运动和呼吸心跳一致，但，再难也要坚持画下去。

一向淡定从容的嘉阳乐住拍着桌子说：你们不放弃自己，我绝不放弃你们。

于是，第一批六十个学员，一个都不落下，一个都不离开，直至亲如家人。

汉族老师来讲课，感叹一件不可思议的事：这些孩子们大多听不懂汉语，但如果有两个孩子完全听懂了，第二天，所有的孩子居然都懂了。

心无旁骛，整整八年，从壤塘的传习所到传习所的上海金泽基地，色青拉姆从一个普通的牧民家女孩蜕变成令国内外艺术家赞叹不已的唐卡画师，从沉默、胆小变得自信、开朗，用传习所里德庆旺姆等姐妹的话说，她变成了一个勇气和智慧兼具的姑娘。

从早晨 6 点半到夜里 9 点，除了休息时间都一直枯坐在唐卡前一笔一笔、一点一点画着唐卡的兄弟姐妹们也是如此，画唐卡不仅改善了他们的生活，也改变了他们的内心。他们的作品进入各大美术馆、高校、国际论坛峰会等诸多有影响力的学术和艺术交流活动中展示，赢得了学者和艺术家的由衷赞叹。一位意大利艺术家感叹道，年轻画师们的作品庄重、深邃、细致、神秘，是"离神最近"的艺术作品，让人震撼。故宫博物院和传习所签订了合作协议，色青拉姆们将与专家、学者共同进行故宫的精品唐卡复制与研发。

苍鹰掠过屋檐，看见另一个窗口前端坐着年轻的母亲萨伊。她随意挽着的发髻有点散乱，之前，她已用竹竿、木框、白色黏土、牛胶、毛刷、石头等工具，将一块细密的白棉布处理成了一块厚度适中、平滑柔顺、富有弹性、容易上色的唐卡画布，此刻，正专注地为一张十八罗汉唐卡进行线描起稿。

她9个月大的婴儿躺在她身边的摇篮里，嘴里叼着一只奶嘴，无比纯净的眼眸里，映着窗外湛蓝的天宇。

苍鹰还看见另一个窗口内的防火栓前静静伫立着一幅一人高、尚未开脸的水月观音唐卡。它的主人是36岁沉默寡言的泽木滚，他正骑着电动车飞驰在离非遗传习所几公里外的小镇上，帮我不慎被摔坏的手机到处寻找小镇唯一修手机的人。再过几个小时，月亮升起时，他的同伴们会在更滚家的火塘前唱起古老的歌谣，更滚会为我们展示他的巨幅千手千眼观音唐卡；他的同伴僧智忙完传习所繁杂的管理事务后，又忙着给学员们上汉语课；他的同伴才让嘉会踏着月色，继续帮我寻找小镇里唯一的修手机的人。

月空下，色青拉姆和她的同伴们依然静静地画着唐卡。

画笔落在洒满月光的唐卡上，像对着月光默默书写着一封长信，书写着壤塘人自创的幸福秘籍，也书写着对远方的祝福。

古老的藏香散发着一种新的味道

雪域异常洁净的泉水，是壤塘4500多米海拔的海子山除湖光山色、奇花异草和珍贵药材之外的又一馈赠。36岁的吴吉将长发盘起，袖子卷起，藏袍紧紧扎在腰间，依次将海子山上采的草药和鲜花放进泉水里清洗。藏香传承人马角玛师父说，泉水清明洁净，能去除药中毒性，加持药材和花草的功效。

春天采花，夏天采果，秋天采叶，冬天采根茎，觉囊藏香的原料集天地之灵，有 360 多种。采药要根据时轮天文历算，严格按医书及传承的记载，顺应不同时节不同时间上山采摘，还要顺应每种药物的癖性，包括海拔、山的阳面或阴面。人们从清晨 4 点出发，一采就是大半天。

藏香厂某个最为僻静的角落，日夜弥漫着复杂而又纯净的芳香，古老的时轮藏香工艺正在被还原。贝壳、宝石类硬质原料需要在此经过制香人七天七夜的静心研磨。

千年传承的时轮藏香源于觉囊藏医药，在壤塘保留了完整的传承体系，被列入第二批国家级非物质文化遗产名录。时轮藏香有财宝天王、黄财神、时轮、绿度母等四种香，每种香的配比都遵循《时轮根本续》以及乔列南杰的注释，从原料的采摘、研磨、配伍、搅拌、成形到晾制、窖藏、包装，均恪守古律。传承人马角玛掌握着最重要的配比工作也就是藏香的核心技术。每一个步骤都有仪轨，就连将香粉调和成香泥的"特制的水"都需七天前就备好，将藏红花和一种富含胶质的树皮反复捶打、充分浸泡。壤塘觉囊非遗传习所成立后，马角玛师父他们无偿地将"秘方"送给了壤塘人。

藏香厂一楼弥漫着干草和花香气息的厅堂里，吴吉跪坐在木地板上，经泉水洗涤的野生药材已被他们带回、晒干，并用小石盅手工捣碎。此刻，她用木勺将药材舀进一个石磨的洞孔里，握着石磨上的木把手按顺时针方向静静研磨着。她乌黑油亮的辫子，黑色的藏袍，蓝紫色的上衣，瘦削的黑红脸上，一双羊羔般低垂温顺的眼睛，看见我绽开了灿烂而羞涩的笑，如同突然绽放的一朵蓝色鸢尾花。

她身后两个年轻的姑娘，正用方桌大小的滤网过滤已被研磨过一次又一次的香料，往复三次直至药材细如尘土。她们都穿着白色上衣和浅棕色藏袍，跪坐在地毡上，像两朵刚刚盛开的雪莲。

离她们不远的角落，还有几位同伴在静静捣磨着药材。亘古般的静默里，他们的专心、耐心、恒心和美好心意像"特制的水"糅入了香料，植入了每一根藏香。

隔着一层楼板，二楼宽阔的房间里，香泥在此被制成藏香。女人们将油润的香泥挤进牦牛角，从牦牛角尖的小洞里挤出一根完整的、笔直的藏香。藏香是否笔直，考验制香人的坚毅与耐性，须身体端坐，气息稳定，意念专注。就像画唐卡，笔尖的行云流水，不只是手臂和手指的力量，而是恰到好处的气息。

我学着他们的样子，用拇指将香泥压入牦牛角，用力挤在香盘上，发现要使它成为笔直的一条香线几乎不可能。我挤出的那根香，躺在他们挤出的五六根藏香旁，就像我坐在他们中间一样。

午后的阳光从窗外漏进来，未去打扰木架上一排一排晾着的藏香，像不忍打扰沉睡的老人。它们将在静谧时光里静静晾干，七天七夜或更长一些。然后，这些外貌朴实无华的藏香，带着纯净的阳光、空气、水和四季芳香，开启跋山涉水的旅程，抵达远方。它是香，亦是有益身心健康的良药，让享用它的人在一缕芳香里安宁自在。而人们为它支付的每一笔款项都将回到此地，改善制香人和更多藏民的生活。古老的藏香散发着一种新的味道，幸福的味道。

在壤巴拉，非遗产业园和唐卡、藏香、梵音古乐、石刻、陶艺、刺绣等多个非遗传习所，为一千多名青少年和贫困户提供了就业岗位。技艺的传授不是核心，更大的意义在于，非遗文化的传承正引领人们找到自身的价值，往更宽、更深的生命智慧里行走。如同壤巴拉的梵音古乐，歌者一个一个紧挨一起歌唱，像一朵一朵的浪花一起推着走，形成一个海洋般巨大的能量场。

生命，往往是翻越千山万水之后，才与最真的自己相见。

庚子年中秋夜，东海边，母亲燃起我给她带回的时轮藏香。一缕烟，像一支笔，对着月空深情书写着一封长信。于是，悬天净土壤巴拉最朴素的故事和最真挚的祝福，传至无数个远方。

阿尔莫克莎产房

素 素

在马尔康，坐车进入一条叫不出名字的峡谷。路的下边是脚木足河，路通向哪里，脚木足河就流到哪里。半个多小时后，车拐入另一条叫不出名字的峡谷。路的下边是茶堡河，也是路通向哪里，茶堡河就流到哪里。河在谷底，路抬高了一些，河与路之间，始终隔着恰好的距离，像两个尚未表白的暗恋者，或无需言词表达的夫妻，峡谷有多长，河与路就有多长，就这么默默相随。

其实，车是逆流而上的。脚木足河是大渡河上游的一条支流，茶堡河是脚木足河上游的一条干流。其实，路与河的关系也是反着说的，并不是河跟着路走，而是路沿着河修。其实，路与河都决定不了走向，真正的主宰是峡谷，峡谷与河流是老相识，有多少道峡谷，就有多少条河，却不一定每条河都有路为伴。

走着走着，我还发现，在茶堡河岸边，凡是路可以抵达的地方，一定有克莎民居。而且，越往前走，克莎民居越古朴本色，像这片峡谷故意深藏的体己私房。

克莎民居。这是一个不能拆分的成语，它代表一种特殊的建筑风格——藏式碉楼，也指向一种特殊的地域文化——嘉绒藏族。《后汉书·南蛮西南夷传》载："垒石为屋，高十余丈，为邛笼。"由此可知，隐身在大西南峡谷里的克莎民居，早就被中原人看见了，视之为奇观异俗。

垒石为屋，是因为峡谷产石。外石内木，是因为峡谷也产木。总之，克莎的墙体，以方石为主，以片石造型，以添石补空缺，以黄泥黏连勾缝，内直外收，上窄下宽，立面整齐，棱角尖锐，呈竖起来的几何体梯形。克莎内部，则以木结构横梁互相支撑拉合，使整个建筑重心内向，更加稳定，虽风剥雨蚀数百年，仍可以屹立如初。

远看克莎民居，或沿河而建，或依山而建，一定是坐北向南的，一定是七层高的。外形似碉似房，下部是石砌的方堡，四周带有许多瞭望孔，上部是木质的方笼，比方堡大出一圈，整个碉房如一个立起来的"冒"字。正是这个奇特的造型，让它具有双重功能，既是居住家人的房子，也是防御外敌的工事。据说，在阿坝州马尔康境内，有 700 多座文物般的克莎民居，且大都分布在茶堡河沿岸的峡谷里，几家或几十家为一个寨子。只是现在的寨子里，插花建了许多新的克莎，可称之为文物的克莎，便弥足珍贵。

我要去的地方，叫沙尔宗镇哈休村。

车停在茶堡河左岸一个小广场，那里有一棵庞然独立的老白杨，树干有几抱粗，树冠丰满而繁密，像一柄张开的巨伞。想不到白杨也会长得如此年久，如此沧桑。也许因为，哈休村也很年久，也很沧桑。村与树，俱老，也是一种标配。

深秋的茶堡河，水很清，水流很急，水面甚至泛着带有凉意的蓝。河上有一座吊桥，桥的两端各有一座木制的门楼，桥两侧护栏是用麻绳编织的密网，风吹过来，桥显得狭长而柔软，通过它去右岸看克莎民居，便有了一种仪式感。

来哈休村之前，我去过西索村。可能距著名的卓克基官寨太近的关系，这里历史上就属于繁华之地，在山坡上层层叠叠的克莎是很抢眼的那种，像一群集结起来跳圈圈舞的年轻姑娘，描红涂绿，花枝招展，故意要与峡谷撞色似的。哈休村却在偏远的峡谷深处，我要看的这座克莎，极像个避世太久的隐士，孑然一身，伫立在河边，素心若雪的，素面朝天的，与河道谷壁叠印在一起，几无违和感。

然而，它是一座有传统感的克莎民居，或者说，它是一座保留了许多历史讯息的克莎民居。建于明代，比附近的那座大藏寺还早，传说是哈休村的第一座克莎，这就成了它的资历，也成了我来看它的理由。在它身上，有高原雨雪淋出的锈迹，有超强紫外线照出的灼痕，似乎从矗起的那一天，就再也没被惊扰过，也没改动过。所以，只看了它一眼，我就感激地望了一下天空、峡谷、茶堡河，一座克莎，可以从明代活到现在，且活得如此完好，应是受了众神的庇护。

克莎的主人叫阿让，妻子29岁就去世了，留下两个孩子。女儿叫三郎卓玛，早就嫁人了，生两个孩子，大的已经在城里读书。儿子叫三郎热单，30岁了还单着，三年前从阿让手里接过祖居，把它做成"阿尔莫克莎民居博物馆"。"阿尔莫"，藏语是"龙"，"克莎"，藏语是"新房子"。按我的理解，叫阿尔莫，与原始崇拜有关，或是这座克莎的图腾，或是克莎主人的祖徽，因为在哈休村，只有阿让家在克莎前面加了一个龙。叫克莎，就有哲学的意味了，既然太阳每天都是新的，那么克莎也每天都是新的，而且永远是新的，道理绝对说得通。总之，未等走进阿尔莫克莎，它就让我刮目了。

三郎热单是个帅小伙，样子长得很有明星气，有点像演电视剧的胡歌。他身穿一件白色偏襟藏衫，腰系一袭褐色藏袍，手里擎着长长的哈达，文质彬彬站在老白杨树下，迎接跟我一样好奇的来访者。之前看过三郎热单的朋友圈，知道他喜欢摄影，曾在外面打拼多年，走过许多地方。就想，他一定在别处见识了太多的高楼大厦，甚至拍摄了太多各式各样的民居，然后发现他家的克莎是独一无二的，便转身回到自己的峡谷，自己的茶堡河，自己的阿尔莫克莎。那只摄影镜头，让三郎热单的目光变得挑剔、敏感、笃定。

阿尔莫克莎民居博物馆里，陈列了许多具有还原感的旧物，看上去不是做旧的，而是用旧的，楼上楼下，有一千多件。但是从进门开始，我就把这里当成阿让和三郎热单的家，而我是远道而来的不速之客。

我发现，阿尔莫克莎的内部结构堪称神奇，各层的窗户大小不等，极有私密性和安全感；各层均设木质楼梯连接上下，而楼梯又是活动的，撤梯即可关闭楼洞；各层的空间各有功用，不但与人体器官相对应，而且人、神、畜三界同在一座屋檐下。一种扑面而来的陌生感，让我仿佛走入远古传说中的秘境。

阿尔莫克莎是一条竖起来的街景，我攀着木梯向上徜徉。

底层是关养牛羊的圈舍，它对应人体的肠子和排泄系统，因为做了博物馆，地上只摆了些拴牲口的绳套和槽具；二层是堆放草料的地方，也是给牛羊煮食的地方，它对应人的肚腹；三层是火塘、厨房兼客厅，家里重要的事情在这里商议，它对应人的心脏和胃；四层是寝室，它对应人的生殖和哺乳；五层是粮仓和晒台，从东南西边墙外面，伸出承木结构的阳台，用一圈外绕栏杆当农作物和牧草的晾架，晒台则用于晾晒胡豆、豌豆、青稞、麦子，我只知道，把食物放在高处是防止被抢，但说不出它对应于人的哪个器官；六层是经堂、僧舍和晒台，它相当于人的大脑，在经堂窗外，吊着一只彩色转经筒，表面已经斑驳，我轻轻转了一下，仍很灵动。七层是最高处，我是踩着一根独木梯从六层晒台爬上来的，这里是煨桑、祈福的地方，袅袅的桑烟和飘扬的经幡，相当于人的发辫，而且这里离天空最近，所有的心愿都可以对上苍诉说……

那是个阳光灿烂的上午，我和所有的来访者一样，扶着斑驳的木梯，一层一层向上爬去，当我一口气爬到了最顶端的七层，灵魂好像经历了一次隆重的洗礼。由畜而人，由人而神，旋转着上升、上升、上升。感性与理性，诗性与神性，也是旋转着上升、上升、上升。

当然，阿尔莫克莎四楼，是我停留最久的地方。在楼梯口的左手，有一个密闭的小房间，它是阿让家的产房。里面没有窗户，从打开的那扇木板门进去，需要低头躬腰，墙是用红柳树枝和牛皮糊砌的，上面挖了一个放置油灯的壁洞，角落里除了一只老旧的长条木箱，再无其他。我猜，当年的长条箱上应该铺了一层厚厚的棉褥，地上应该有一只装满热水的木盆，在产妇的呻吟声之后，便是婴儿的啼哭声，产婆忙乱的身影映在低低的泥墙上，等在门外的家人和喇嘛席地而坐，都在默默地为产妇和婴儿诵经，祈福。这是我想象中应有的样子，只不过，它现在成了博物馆的一间展室。

尽管是展室，我还是被这间小产房吸住了。国内国外，也算走过许多地方，而且见过各种各样的民居，在家里为女人设一间专用产房，却是第一次看到。我听说，阿让的祖母在这里生了 14 个孩子，阿让的母亲在这里生了 14 个孩子，阿让的老婆格西，也就是三郎热单的妈妈，在这里生了两个孩子，因为她去世太早，否则也会生 14 个孩子。这个故事令我惊异不已，小产房仿佛是个魔盒，打开一下，就会从里面蹦出一个天使，"14"已然是这个家族乃至这座克莎的吉祥数。

生育能力，来自生命本身。男人女人喝着雪山上流下来的水，吸着峡谷里甜美的空气，跳着嘉绒藏族的圈圈舞，然后带着欢笑和醉意回到飘着青稞香气的克莎。于是，那个雄壮的男人一次又一次抱过那个饱满而红润的女人，让那个饱满而红润的女人一次又一次受孕；于是，小牛犊般的婴孩一个接一个出生，一年比一年长大，挤满了每一个楼层，甚至每一个角落，让克莎成了一座名副其实的生命宫殿；于是，就有了阿让描述过的景象：那时，家里楼上楼下都住满了人，佛堂僧房还住着家里的喇嘛。

老主人阿让一直没有出现，我只好问小主人三郎热单，你家祖上是不是很富有，否则不会建这么好的一座克莎，你的家族在这里也不会世世代代住这么久。他只跟我说了两个字：很旺。看似在回避，其实说出了真相。植物很旺，说明根系深长，长势良好。家门很旺，说明族大枝繁，汲汲营营。从三郎热单的语气里，我听出了自豪，也听出了他对自己的期待。

但是，我偶尔会看到，在三郎热单的目光深处，隐藏着一丝孩子式的忧伤。母亲格西去世时，三郎热单只有两岁。三郎，藏语是聚福气的意思，那么小就失去母爱的三郎热单，一定觉得福气少了许多，与长辈相比，更是孤单了许多。再说，母亲格西走后，父亲阿让再也没有续娶，阿尔莫克莎四楼的产房，也就一直空置在那里。所以，三郎热单当初决定回到哈休村，绝不只是做一间民居博物馆。因为他在微信里告诉我，回来之后，一直与父亲阿让住在一起，除了管好博物馆，还会拿起相机出去拍照。但他并不走远，有时会起个大早，爬到山顶去拍云海和日出，然后发朋友圈。看样子，他未来的打算是在哈休村娶妻生子，续写祖辈的生育传奇，让家族世系再次——很旺。

在阿尔莫克莎门旁，还立了另一块牌子，上面写着"哈休遗址"简介。

原来，在茶堡河边，地面之上的传奇是阿尔莫克莎，地面之下的传奇是哈休遗址。据介绍，这个遗址目前只挖掘了很小的一块，距阿尔莫克莎不到 300 米。如果考古专家把那个灰坑不断放大，他们的手铲很可能就挖到三郎热单祖屋的门前了。

马上去网上查了一下，哈休遗址果然了不起。它是四川乃至大渡河上游目前发现最早的人类遗址，距今已有 5000 年至 5500 年，下层是新石器文化，上层是秦汉文化。在出土文物中，考古专家还有一个重要发现：生活在这里的古人喜欢在器物上涂朱。便想，他们所崇尚的红色，究竟是身体里的血，还是天上的太阳？那时候的天气太冷了，他们是想通过血和阳光的红，给瑟瑟发抖的身体驱寒取暖吗？

更重要的是，哈休遗址竟然与成都平原的古蜀文化有关。古蜀国最早可追溯到距今 4500 年前，时空顺序是这样的，先是宝墩遗址，那里被认为是蜀国的开国之都；之后是三星堆遗址和金沙遗址，它们是今人更熟悉、更称奇的所在。然而，宝墩文化的上游在哪里，这是考古界一直在苦苦寻觅的难题。哈休遗址得见天日之时，一切都迎刃而解，它遥遥在前，并与宝墩、三星堆、金沙一脉相连。

就是说，在生命的长琏里，哈休遗址是古蜀文化的产房，是比阿尔莫克莎更早的产房。正因为它的存在，远在新石器时代，大渡河上游的崇山峡谷就升起了第一缕人间烟火。

就是说，哈休产房不但比阿尔莫克莎产房更早，而且还更大，更悠久。因为有文物证明，哈休文化一直绵延到秦汉。那么，哈休的子孙们不但与三国时代的蜀将姜维打过照面，还可能以资深土著的身份，加入了蜀国军队，也未可知。

由部落到国家，由种族到民族，这是文明和进化的结果，它们是一点一点清晰起来的，一点一点有了分野的。所有的族属，都自带属于自己的生命胎痣，文化烙印，就像嘉绒藏族，就像克莎民居。

有人告诉我，阿尔莫克莎的特别之处，在于它有鲜明的象雄文化元素。象雄历史绵延了一万八千年，它的源头在藏地。古象雄佛法是藏地本土最古老的佛法，也是人类历史上最古老的佛法，更是一切佛法的总根源，比如祭山神，比如转山，比如煨桑，等等。象雄文化是西藏文化的根基，古老的象雄与年轻的吐蕃，就像正统的东汉与窃国的曹魏，虽然曾经强盛无比的象雄被后来崛起的吐蕃打败，但是古象雄国的遗民还在，象雄文化仍如蒲公英的种子，深植在古象雄国旧地，而靠近汉地的嘉绒地区就在其中。因为在川西北的阿坝州和甘孜州，至今仍有人在用古藏语说话，在用象雄文诵经。活的语言，是文化的活化石。

公元 7 世纪，吐蕃正与大唐作战，松赞干布派古象雄国的一支后裔进入嘉绒地区，当他们告别了藏西北古象雄国的故土阿里地区，浩浩荡荡开拔到了川西北的峡谷地带，就再也没有回去，因为他们在这里听到了古老而熟悉的乡音。率领这支队伍的将军叫柯盘，而这支队伍素以英勇善战著称，他们与当地的嘉良、东女、附国等嘉绒土著混居，最后建起了十八个土司官寨。在马尔康境内，就有四个土司的领地，所以马尔康的别称，叫"四土"。总之，从此以后，一支以农耕为主的嘉绒藏族，便被世人看见。

从唐代，到明代，之间相隔了 700 年。在哈休遗址之上，有了一座嘉绒藏族的阿尔莫克莎，而且是哈休村的第一座克莎。事实上，这是一片古蜀文化与嘉绒藏族交错混血的土地，在阿尔莫克莎身上，象雄文化的异质感当然就楚楚可见了。

记得，在阿尔莫克莎七层楼顶，插了那么多彩色的经幡，它们在峡谷的劲风里猎猎飘扬。在一个角落，安放着主人精心制作的小小木框，像一方通透无阻的窗棂，亦像一条留给风穿行的过道，因为木框内垂吊了两只风轮式小经筒，风便是转经人的手指，两只小经筒一刻不停地旋转着，发出轻轻的喧响，似与上天私语。站在那里，我不由得微闭起眼睛，一边偷听那私语，一边把两只手臂伸向了高远的天空。

那一刻，我终于知道，大自然是万物的产房。因为这片峡谷是喜马拉雅造山运动的结果，在它弓起巨脊的那一刻，所有的泥石向四处流淌而去，冷却之后，在青藏高原东部，横断山脉北部，就有了大渡河上游这一片倾斜而下的崇山峻岭，就有了这一片峰峦重叠、沟壑夹峙的幽深谷地。而且，在茫茫的川西北就有了绵延的邛崃山脉，就有了无数座海拔 4500 米以上的雪山，主峰贡嘎山更是高达 7556 米。山是水之母，造山就等于造水，大渡河因此而奔流不息。

那一刻，我终于知道，青藏高原与川西北雪山是人类的产房。地处其中的大渡河上游峡谷地带，北接甘青，南通云贵，正好夹在长江上游和黄河上游之间。浩浩两河，既是华夏的生命之源，也是文化之母。正因为处在南北交流的走廊里，处在民族迁徙的通道内，让大渡河上游的峡谷河流造就出了哈休文化，让它在源头为古蜀文化输血，造就出了嘉绒藏族，让无数的神奇在这里发生。

那一刻，我也终于知道，阿尔莫克莎本身就是一座产房。在时光的年轮里，它以不一样的坚韧，不一样的温柔，哺育了一方天地，一方人文。阿尔莫克莎四楼那间小产房，接生的只是自家的子孙，阿尔莫克莎却是站在古老的哈休村头，以数百载的守望，以母性的慈悲和包容，给南来北往的人们点亮一盏长明的烛光。

许多年来，我始终保持了一个习惯，每走一地，都要去看土著的民居。人类曾经山洞居，树上居，地穴居，最后升至地面居。地面上的风景，不断在演变，变得最快的是城市，于是城市越来越同质化，只有那些初始的、裹着岁月包浆的土著民居，尚具有不可复制的辨识度，我也因此而关切它们在与不在，以及是怎样一种在。因为每一座民居的屋檐下，不只覆盖着生命的悲喜苦乐，更覆盖着文化、信仰乃至生活方式。

正因为如此，我会永远记住马尔康的阿尔莫克莎，茶堡河边的阿尔莫克莎，哈休村的阿尔莫克莎。而且，只要我想起四楼那间小产房，我的耳畔就会响起喇嘛悠长的诵经声。

阿坝三记

唐晓玲

嘉绒藏族美女

2006 年 6 月 17 日，"名家看四川·聚焦新阿坝"作家采风团一行参观了红军一、四方面军会师地达维、小金县城红军纪念广场和两河口会议遗址，然后翻越行程上的第二座大雪山——海拔 4150 米的梦笔山，赶往卓克基。一路极美的峡谷风光。清澈的梭磨河水，沿峡谷缓缓流淌，高山杜鹃恣意怒放，山坡上如云朵般飘荡的牦牛和羊群，峡谷平缓处的红顶藏式小楼和高大威猛的藏獒，都会引来车内此起彼伏的惊叹声，好美啊！美极了！20 年前就重走过长征路的军队作家乔良说，好风景多的是，希望你们不要很快就产生审美疲劳。不知谁立马反驳，才不会哩，从成都路走来，我们有理由相信，最好的风景永远在前面！果不其然，好像为了印证他的这句话，鳞次栉比、错落有致的西索民居就出现在我们面前，让我们再一次为阿坝的美景所倾倒。梭磨河边的红军树绿荫匝地，彩色的经幡在炊烟中神秘摇曳，高原干净的阳光带着青草的芳香，照射在色彩斑斓的木窗上。安详宁静，与世无争，人类诗意地栖居在这一片净土上。面对造物主的恩赐，我们不能不为之感动。团员们对着寨门，长枪短炮一阵狂扫。正拍得起劲，来献哈达的一排嘉绒藏族美女成了我们眼前一道更为靓丽的风景。她们白衣红裙，头戴蓝底绣花方帕，银腰饰上镶着红宝石，个个婀娜多姿，清新秀美，其中又有两个美得超凡脱俗，无与伦比。一个有雪一样洁白晶莹的肌肤，妩媚的五官线条精致，再加上柔软的双手和藏在华丽藏袍下的穿着尖头高跟皮鞋的一双纤足，让我深信，这是遗传了很多代的有高贵血统的嘉绒藏族美女。后来得知，在西夏王朝灭亡之时，大批皇亲国戚、后宫嫔妃从遥远的宁夏逃到水草丰美的阿坝地区，与当地藏族融合为一体。另一个有着时下流行的小麦色肌肤，长长的睫毛和灵动的双眉，清澈的双眸好像草原上的湖泊，使人看一眼就会终生难忘。

我们佩戴着洁白的哈达，在几位嘉绒藏族美女的引导下，沿着核桃树下的石板小路，来到半山腰的卓克基土司官寨。

古有郦坞　今有官寨

这座建筑对我们并不陌生，阿来的《尘埃落定》就是以它为原型创作的。青山绿水，天蓝得惊人，雪后到处飞的画眉，以及无边无际的麦田。即使在被罪恶的毒药"鸦片"侵占了之后，表现出的仍然是一副美好的景色：那些大红色的花美得惊人，火一样燃烧遍了麦其家的土地。

面对真实的土司官寨，轻轻触摸着斑驳的石壁，我感叹，这该是怎样的一双双粗糙又灵巧的手呢？把这一片片并不规则的石头拿捏得如此有模有样，傲岸挺拔。我们不能不感叹末代土司的艺术家情怀，竟能把汉式的木结构和藏式碉楼建筑融合得浑然一体，内地汉式民居与此相比，巧则巧矣，却始终不能达到这种气势。也许是这里取材独具一格，虽然有汉式建筑的四合院格局，但所有细节都是粗线条的，简洁大方，和碉楼建筑厚重、粗粝的墙体也非常协调。"重峦叠嶂真无数，千崖万壑疆无度，故垒巍峨扼重关，卓采（卓克基音译）官寨冠诸夷。"看惯了小桥流水，春花秋月，听惯了江南丝竹，雨打芭蕉，这种粗犷、厚实的美，黄钟大吕般震撼着我的心灵。

我们踩着宽大的木楼梯拾级而上，一边听讲解员的解说。1935 年 6 月红军进驻卓克基时，为了与后续部队联络，打了三颗信号弹。夜空中的三色耀眼光团，让土司索观瀛的藏兵以为"神兵天降"，竟弃寨而走。随后，毛泽东、周恩来、朱德等在此驻留了一周，并召开了中央政治局常委会议。给我们讲解的是位壮实的藏族小伙子，跟在他后面的是挂着电子拐杖，用将军的行走风采引领我们的乔良。看来这位《超限战》的作者，不仅对现代战争有深人的研究，对旅途中的艰险也做好了科学的战略防卫。

我们跟随讲解员来到官寨的第二层，站在高处朝对面的梭磨河望过去，发现西索民居神奇地呈藏族八宝图中的"花依"形状，寨子中那些竖来直往、弯来拐去的青石板小道，把图案勾勒得越发线条鲜明和富有特色。一代代睿智的哲人和能工巧匠，把生命的艺术那么完整、那么机巧、那么不折不扣地融入自己的居所建设，更何况，没有施工图纸，没有任何现代仪器，甚至连最基本的吊线也不用，这些古老的建筑，完全出自一双双粗糙的嘉绒藏族兄弟的双手，这又是怎样的一种生活的大智慧啊！在书斋蜀锦楼，讲解员介绍道，当年蜀锦楼里除了藏文书籍，还藏有大量汉文"四书""五经"和古典名著。嗜书如命的毛泽东，看到大理石桌面上摊开的《三国演义》，不觉眼睛一亮，而且对末代土司索观濠产生了好感。毛泽东在这间藏香浓郁的书斋里，忙里偷闲看完了线装版的《三国演义》，联系到《三国演义》第八回中对廊坞的记载，毛泽东击节赞叹，古有郡坞，今有官寨。1935 年 7 月的卓克基土司官寨，留下了千古美谈。领袖毛泽东在这里住了一个星期，精神和身体都得到了充分的补给，随后，成熟的民族政策、红军乃至整个中国的未来生存之路，便顺理成章地被他勾画出来。在他的带领下，中国红军经过艰苦卓绝的斗争，不仅粉碎了国民党妄图消灭红军在人烟稀少、供给困难的川西北高原的阴谋，还铲除了张国焘企图另立中央、分裂红军的野心。长征途中在卓克基土司官案的这段往事，显然给毛泽东留下了难以磨灭的印象，以至于在 17 年后的 1952 年，他与当年的卓克基土司麦观造北京相遇时，仍念念不忘：你的书籍有汉文有藏文，让我大饱眼福。毛泽东还对他说，我们共产党和共产党领导的军队，是少数民族的朋友。红军当年是借路北上，住进官寨，你用不着躲进山林里。

作为红军长征时期中央领导同志曾经的居住地，作为"东方建筑史上的一颗明珠"，作为茅盾文学奖作品《尘埃落定》的电视剧拍摄基地，今日卓克基，焕发出异样的光彩。

行走在花湖

在卓克基参观结束，我们回到马尔康。晚饭后，我们几位女作家去逛街顺便采购一点土特产。突然辛茹指着正和几位朋友一同散步的阿来说，你们看，阿来这样子像不……我们顺着她手指的方向看去，只见阿来斜叼着大雪茄，踱着八字步，形象颇经典，大家都笑着说，像，像极了。"诗人帝王一般/巫师一般穿过草原/风是众多的嫔妃，有/流水的腰肢，小丘的胸脯"。当年的诗人阿来，用双脚丈量着草原，今天的阿来抽着雪茄，开着越野车与草原上云彩的影子赛跑。

第二天中午在瓦切乡用午餐，瓦切的高原冷水黄河鱼，我认为可与长江河豚并列天下第一美味，项小米连吃三碗并宣称宁可撑死也得再吃一碗，面对如此美味，阿来却无动于衷，还是嚼他的牦牛肉。这让我觉得不可思议。晚餐桌上，阿来对美食发表了自己的见解，他批评苏帮菜，那"入口就化"的最高境界是什么玩意儿，囫囵一口就吞下了，嚼都不用嚼，能尝到什么滋味？阿来一边说，一边幸福地嚼着牦牛肉，嚼得津津有味。阿来说自己从不吃鱼，鱼刺多，吃起来麻烦，但他常常开车去黄河边钓鱼，钓的鱼都送人了。我对项小米说，如果你和他做邻居该多幸福！《英雄无泪》的作者项小米，被尊称为"资深美女"，其实她仍然步履矫健，身姿轻盈，浑身洋溢着青春气息。这次参加重走长征路的五位女作家，除我和娜夜外，其余三人都是军队作家。她们三个不仅作品在军内外很有影响力，人也长得有模有样，可称得上是"美丽的女作家"，我之所以这样写，显然是为了区别于那些用身体写作的"美女作家"。获得鲁迅文学奖的诗人辛茹，是一标准美女。《磨难——西路军红军女团长的传奇》的作者王霞，虽然女儿都快大学毕业了，但用"窈窕淑女"来形容她的身姿一点不为过。

6月19日，采风团参观若尔盖民族寄宿学校，作家们向学校赠送了亲笔签名的著作，并捐款。仪式很简短，因为天空中飘着细雨，老师和孩子们都在露天操场上站着，高洪波书记反复叮咛别让孩子们淋湿衣服。捐赠仪式结束，我们在师生们热烈的掌声中乘车去若尔盖草原湿地。刚刚出城，汽车却陷入泥沼，三位"美丽的女作家"顿时展示了女军人的风采，下车和男团员们一道在雨水泥地里推车。马尔康县委宣传部马部长调铲车来拖，才把车拖出泥沼。我们继续朝若尔盖草原进发。若尔盖，藏语念作"若尕"，意思是牦牛喜欢的地方。牦牛喜欢的地方，自然是水草丰美，生意盎然。若尔盖草原是中国最大最平坦的湿地草原，是中华民族的母亲河——黄河的天然蓄水池，在蓄洪防旱、调节气候等方面发挥着十分重要的作用。草原的腹心地带镶嵌着三个高原湖泊，以花湖为大。花湖四周数百亩水草地就是"高原湿地生物多样性自然保护区"。看，黑颈鹤！看，金雕！采风团的成员们一片欢呼。高原上的花湖，曾多少次与你梦里相见！今天终于面对你了！雾一般的细雨给花调披上了一层轻纱，淡妆素裹的花湖静如处子。也许看惯了脂正浓、粉正香的西湖和太湖，对于天然去雕饰的处子般的花湖，我的心欣升起股初恋极的柔情。花湖的关在于它的纯洁、清澈，不含一丝杂质。据说花湖最漂亮的季节是 7 月份，那时，清澈的湖水中开满五彩花朵。

> 雍珠在草地上放羊啊！
> 眼望着湖边的毡房。
> 卓玛来到湖边打水啊！
> 花儿映在水面上。

走在栈桥上，望着远处的雪山，心中寂静空灵，仿佛融入花湖融入自然的图画中。淡蓝色的薄雾中，几只水鸟鸣叫着冲上天空，在一阵短暂优雅的滑翔之后，纷纷散落于湖面，荡起阵阵涟漪，浅滩处的水草这时便和着涟漪，摇曳起来，使人仿佛听到了从波光中跳跃而出的天籁之音。林雨自然不肯放过任何瞬间的美景，还拉我们几个摆了很酷的造型。乔良一身迷彩服，戴着墨镜，拄着电子拐杖，后来在黄龙五彩池，就因为他这身装扮，加上项小米一口一个"乔将军"，使得那儿的管理人员，一个长得有几分像巩俐的毕业于西南电子科大的女孩子，唯恐德高望重的"乔将军"稍有闪失即造成我党我军不可估量的损失，一路小心翼翼地搀扶他下山。每到平缓地带，乔良都要挣扎着一再重申他可以自力更生奋发向前，可工作责任心强的"小巩俐"就是不依。这是后话，按下不提。

其时，在花湖边的栈道上，我和诗人马合省落在了最后。20 年前，马合省与乔良一道重走过长征路，写下长诗《苦难风流》。他指着我们走过的栈道和大片的草地说，70 年前，就在这里，无数红军将士被无情的沼泽吞噬了生命。许多同志在战场上没有倒下去，却在草地里默默地死去。我放眼四周，只见鲜花铺满的大草原上，黑颈鹤和牦牛、羊群一道觅食，金雕、天鹅和黄野鸭在湖面上飞翔，牧民的帐篷里炊烟袅袅，悠扬的牧歌在笼盖四野的天穹下飘荡。这幅田园牧歌式的图画，怎能与 70 年前的惨烈景象相吻合呢？草地上，辛茹和徐贵祥正策马奔跑，辛茹英姿飒爽，徐贵祥却放不开手脚。

依依不舍地告别了花湖，透过车窗回首凝望，大草原上的花湖恰如"情人的眼泪"晶莹闪亮，一群黑颈鹤鸣叫着扑向湖中央，轻盈的身姿在波光中翩翩起舞。

走过阿坝（二题）

田中禾

在现实与传说中穿行

走进阿坝，恍若走进想象的世界。山的雄奇壮伟，水的欢畅多姿，林木的蓬勃茂盛，使人感动得无以言说。当层层叠叠的葱绿涌入胸怀的时候，雪山突然从缥缈的云雾中显现，神秘如幻影，圣洁如处子，庄严而慈蔼地望着你，使你止不住怦怦心跳。绝壁下的河水一路流淌，伴着游人的眼睛，时而近在身边，波澜喧闹，浪声撩人；时而落入幽谷，从高处看仿若凝然不动的碧玉雕饰，绕山蜿蜒。蓝天渐近，群山渐低，空气稀薄的感觉让人觉得天庭近在咫尺，仿佛能听到上帝的呼吸。

在海拔四千多米的垭口，高山杜鹃灿烂开放，临风摇曳，映衬着灰色的山岩、绿色的云杉、宝石般的天空。这是另一个世界，它的妖娆生机与世人无关。

九寨和黄龙让人知道山与水的交融能创造怎样的奇迹。威严变为娇媚，峻奇化作艳丽，面对大自然的诡谲莫测，你只能像孩子一样瞪大眼睛，把惊叹和欢呼噎在胸中，满脸是被震撼的惊喜。

在公路的要冲、险隘，大山的峰巅、坡垭，景区、街市的路口，随处可见醒目的大广告，以质朴憨态的大熊猫形象、以自豪的语言写着：阿坝——大熊猫的栖息地。有些地方还能看到模样调皮的猴子向游人调笑，下面是：阿坝——金丝猴的故乡。其实这里的珍稀动物有很多种，只是因为大熊猫知名度太高，卧龙熊猫基地太有名，熊猫才成了阿坝的品牌明星。

屹立于青山绿水中的白色灵塔，飘扬在山野草场上的经帐，使我明白了造物主为什么爱川北这片高原。世代生活在这里的人们，把每座山都视为神灵，每条溪都看作圣水，他们对这里的小花、小草、石头、树木、动物都怀着虔敬之心和崇爱之情，牛羊、酥油、糌粑、帐篷、银饰、珠宝……人在世上用的一切都是神的恩惠，必须用勤劳、善良、纯朴、谦恭去回报，悉心呵护身边的一切，大自然的恩宠才不被亵渎。

寺庙、官寨、高耸的碉楼使阿坝的风景穿越历史、穿越传说。在阿坝行走，现实只是传说的延续。眼前的绿树繁花、笑语鲜衣，不过是在丰富着山与水、神与人的传说，犹如新雨之于岷江，云霞之于雪山。

20 世纪最悲壮的传说是由一支头戴八角帽、衣着褴褛的灰军装的人叙写的。他们来自万里之外，聚集了那个时代中华民族一批最优秀、最有理想和献身精神的人。在阿坝行走，你时时感觉到他们的存在，处处看到他们的足迹，面对马鞍桥、猛固桥横过峡谷的铁索，风中仿佛还回荡着枪声和呐喊。桥头的标语历经七十年风雨字迹依然清晰，使人们仿佛看见手提墨桶的年轻人拿着大笔的身影。他衣衫单薄，身体瘦小，刚刚翻越了海拔五千米的大雪山，遭受着高山反应、饥饿寒冷、疲惫衰弱的折磨。也许他曾在哪个大学读书？也许他是某个山村的小学教师？也许来自秀丽的江西？也许来自美丽的湘江？也许来自大别山、洪湖、鄂西……他身上背负着枪支，米袋里空无一物，前有强敌，后有追兵，说不定写完这些标语他就会倒下去，不但看不到新中国，甚至连延安也是个遥不可及的梦。然而这个文弱的年轻人，用他书写的标语证明了这支队伍不可战胜。七十年后，这些平凡的字迹依然涌动着昂扬的力量，让人感受到这支队伍坚定的信念、非凡的意志、不屈不挠的决心。长征路上的人生是常人不可想象的。

雪山草地对于中国共产党的革命是一个象征，既是天人合一的最严酷的考验，也是历史对未来领袖的最后筛选。从达维河谷的小木桥、小金（懋功）县城的天主教堂，到两河口关帝庙、卓克基土司官寨；从草原边缘的班佑寨、水草丰美的巴西遗址，到包座森林、求吉寺，这一串地名决定了共和国和革命领袖们的未来。在日干则，在红原，牧人帐篷里的传说使红军战士的亡灵成为草原上开不败的野花。一代建国领袖和红军战士留下的故事，与格萨尔王、羌王的传说一起成为雪山草原神秘文化的一部分，深深植根于这片土地，与壮美的山水融为一体。

在阿坝的高山、大河和传说面前，人会感到自己的渺小和微不足道。穿行于现实与历史之间，我感到了人生的纵深与辽阔。生命是短暂的，然而短暂的生命能够化为传说，与高原一样永恒。

在美丽与怀想中迷失

若尔盖草原呈现在眼前的时候我还没从岷山的险峻中回过神来。雪峰在丛林后闪光，海拔五千一百米的马蹄垭口使人屏声息气，心中充满敬畏。陪伴身边的河水如温柔的向导，浪声带领我们顺势而下。山势突然变得平缓，茂密的森林从身后退向山巅，眼前呈现出一片鲜绿，以舒缓的线条漫过山坡，铺开为一望无际的草原。

大巴如一艘船，在绿色海洋上飘曳。柏油路劈开绿海，向天的尽头延伸。车里开着空调，放着音乐，一位在本地颇受欢迎的藏族歌手以粗犷的嗓音歌唱雪域高原。脸贴近车窗，眼睛凝望窗外，车轮仿佛向历史深处旋转，我的心在恍惚中沉入迷茫。眼前的若尔盖，博大、恬静，鲜翠连天，牦牛如黑色的花朵，星散于山野、草场，悠然自得地踟蹰，吃草，忽而追逐嬉戏，尥蹄奔跳，把草原装点得更加辽阔、旷远。七十年前，它也如此美丽、安详吗？七十年，看似漫长，对于宽广无边的草地，对于巍然屹立的川北高原，却只是瞬间。长征似乎是昨天才发生的故事，红军的足迹虽已湮灭，他们的身影却无处不在。当我看见草滩深处的帐篷，当我看见灵塔上飘扬的经幡，当我看见骑着摩托的康巴汉子，我的眼前就会浮现出一支衣衫褴褛的队伍在凄风苦雨中行进。草地对我这个重访历史的人是风光绮丽的美景，对他们却是常人无法想象的茫茫苦海。

一行人在日干则沼泽边缘停下来，向红军纪念碑敬献哈达。天空明净高远，阳光在草滩上闪耀。风撩动我的头发，吹荡我的衣角。放眼望去，远远近近的牛群在丽日下徘徊，草原真像一首歌里唱的那样，铺上了绿绒毯，清澈、鲜嫩，如世外桃源般滋润、富足。无法想象它曾经那样残酷、狰狞，让一万多红军士兵在这里献出了年轻的生命。与纪念碑旁的小树照相，仿佛看到一个头戴红星军帽的孩子蜷卧在树下。他有十五岁？十六岁？还是十七岁？那张瘦小的脸如皱缩的梨子，耳廓上还带着稚气的茸毛。他从瑞金的乡间走来吗？一路爬过了多少高山？蹚过了多少大河？穿过了多少枪林弹雨？当他翻过雪山的时候，草原正值雨季，天空阴沉，冷雨淅沥，他穿着单薄的衣服在望不到边的沼泽里挣扎，当他倒在泥泞中的时候，他瘦小的身体没能让沼泽地发出一点声响。他手里握着棍子，就这样坐下去，一直坐到今天。棍子在草地上生根，长成枝繁叶茂的小树，他的尸骨化为沼泽地里的泥土，使草原更加沃壮、美丽。

我捧起哈达，把它敬献给日干则的树，红军小鬼的树。——这是迟到的哈达，迟到的情意，它来自我们刚刚造访过的一条美丽的山沟。在红军走过的路上，我们享受着藏胞的热情、好客，纯朴、殷勤。在高山峻岭间、茫茫草原上，每到一处，主人都会手捧哈达迎接客人。洁白的哈达披上颈间，心与心就被联结在一起；一壶酥油茶，一碗青稞酒，拍打着烤饼上的柴灰，心像火塘一样温暖。当我和同伴披着哈达，在哗笑声中赞叹藏餐美味时，我觉得这一切都是一场迟到的礼遇。七十年前，当一支疲惫的队伍在茫茫草原上无助地跋涉时，不但没有哈达，没有酥油，没有烤饼，甚至没有水，没有火，没有一块可以坐下歇脚的干燥的土地。当他们好不容易走出沼泽，看到一座寨子，提起最后一点精神奔过去的时候，寨里空无一人，在冷枪、火铳的欢迎下，一千多名远方客人永远留在这里，成为班佑寨的风景。

回到县城，住宿在一座藏式建筑的宾馆里。在夜色笼罩下，安谧的若尔盖显得温柔、清静，街心广场上灯光幽暗，相识与不相识的人拉起手，在欢快、豪放的音乐里跳锅庄。沿街的歌厅、酒吧彩灯闪烁，康巴拉里传出年轻人的歌声和笑声。人们在享受生活，享受美好的时光。草原在灯光之外，被欢乐的人群遗忘在沉沉的暗夜里。那里的牛群该已静息，帐篷里冒出的炊烟已在夜色中消散，在日干则的树上，哈达迎风飘飞，使草原的夜色更加沉静。

若尔盖，七十年前，你不肯把温暖、宽宏、爱护给予那群胸怀理想、艰苦卓绝的人，是为了考验他们的意志？彰显他们的人生？还是为了让后人面对美丽能有更多的省问？

川西阿坝，永远的圣地！

王 霞

在祖国川西高原，有一片令我神往的土地，这就是阿坝藏族羌族自治州。

心怀向往，不仅仅因为那里有卧龙熊猫自然保护区、四姑娘山、藏羌民族文化风情、九寨沟黄龙自然风景区这样具有地域特色的旅游名胜，不仅仅因为那里有夹金山、梦笔山、两河口、松潘、达维、懋功这些连接红色记忆的红军征战、会师的故地，更因为在我的文学创作活动中，我曾先后在两部长篇文学著作中刻写那里、吟颂那里、歌唱那里。

1999 年 1 月，解放军出版社出版了我的报告文学《磨难——西路军女红军团长传奇》。在这部著作中，跟随主人公王泉媛的生命足迹，我写到了川西高原她到过的所有地方。翻越夹金山，王泉媛失去了做女人最宝贵的权利；在懋功，王泉媛学习藏语和藏族民族风情；两河口，毛泽东主席指示王泉媛和吴富莲在后面收拢伤员：出去买粮，在距离驻地 40 里的地方，王泉媛和战友倒在了路边，是一把闭关草救了她们的命；周恩来副主席了解到她们每天要出去七八十里筹集粮食，关切询问；两河口小木屋，王泉媛和所爱的人相聚竟成永别；草地被当地人称之为"萨格苏海"，意为"天使样美丽的死亡之海"，过草地，王泉媛和他的传令兵都险些丧命；王泉媛只带名马夫进驻藏族村寨工作，被当地反动土司嫉恨，是"阿维"（藏语"老乡"意）冒死相救……在这片高地上，王泉媛跟随一、四方面军经历了三过草地、四爬雪山的艰苦征战，担任中国工农红军历史上最后一任女团长——妇女抗日先锋团团长后，喋血西征，她和西路军一起经历了悲壮的兵败历史；虎口逃生，她却遭到自己人的蔑视和拒绝……从红军战士到妇女部长，从西路军女团长到马匪囚徒，从被拒绝接收到回乡务农，王泉媛始终保持着革命者的气节，矢志不渝地追随革命。川西高原，留下了她太多的光荣与不幸。

阿坝在红军的历史上占有无可替代的地位。阿坝在王泉媛的人生中占有重要的位置。阿坝在报告文学《磨难》中占有重要篇幅。

然而，在创作《磨难》时，我却没有去过川西阿坝。

再写阿坝，是于 2005 年春夏，在我的一部五十余万字的长篇小说《家国天下》里。

1997 年春，我从原北京军区 38 集团军调入武警总部《中国武警》杂志社，当了一名文学刊物的编辑。这是我第一次走进武警部队，第一次开始认识武警部队。随着时间的推移，在惊愕于她历史浩如烟海的同时，我更惊叹她的英雄辈出。在完成了十余部文学著作之后，我对人生的理解、生命的感悟非但没有排解，心胸反而如被泰山压迫一般难以喘息。在繁忙的工作和创作之余，我从未忘记写一部小说，写一部真正反映武警部队历史的小说。2003 年夏，我调到了武警政治部文艺创作室，当了名专业作家，使我更有精力致力于创作和采访。2005 年春，又经历了人生更多的磨难和思考之后，《家国天下》被理所当然地排在了创作的计划之首。这一年的春夏，我把自己封闭在一个狭小的工作环境里，开始了向遥远目标的跋……《家国天下》里，我写的是我父辈们的生活，却从中也照见了我们这一代人生活的影子；我说的是半个多世纪前就开始的几个男人、女人生命的故事，却从中也窥视到我们自己生命的光泽；我面对的是一段革命者勇敢无畏、杀敌保国的历史，他们气贯长虹的牺牲精神常使我怆然泪下。然而，他们的爱情经历、婚姻生活更使我不能不捶胸顿足、仰天呼号……

《家国天下》以人民武装警察部队半个多世纪波澜壮阔的战斗历程为背景，书写了武警将士不畏艰险、舍生忘死保卫祖国、保卫边疆的斗争经历。这里的故事，生与死、爱与恨、乐与苦、美与丑，不仅仅是一代人革命的历史，一代人爱情的悲剧，更是他们生命的相遇、精神的交锋和灵魂的对决。

正是在这样一部小说中，我把新中国成立初期主人公楚泰和他所在部队的斗争背景，放在了当年红军征战的川西高原——阿坝的土地上。

然而，我却没有去过阿坝。

此时的阿坝，既是我生命中一个坚实的足迹，又成为我心灵上一个深旷的空白。

2006年初，我欣喜地得知中国作协、中央电视台和中央新影，在策划拍摄《红旗飘飘——长征文学风采录》时，把我的《磨难》收录其中。满怀着感激，我期待着跟随外景摄制组去江西吉安，与九十余岁高龄的王泉媛相聚，期待着再登井冈山革命圣地。5月底，我忽然接到中国作协的通知：6月中旬参加中国作协、四川省委宣传部、阿坝州委州政府和四川省作协，为"纪念红军长征70周年"而组织的"名家看四川、聚焦新阿坝"活动。

6月14日，我和一批从北京、广西、黑龙江、甘肃、河南、江苏等地赶来的作家和四川的作家在成都会师后，开始了我们的"长征"之旅。

从成都出发，到卧龙、小金、马尔康，到红原、若尔盖、九寨沟，到黄龙、松潘、茂县、桃坪……当年的烽火硝烟早已荡尽，只有雪山挺秀巍峨，草地芳草萋萋，藏羌汉回等民族人民在这片高原上安土乐业、繁衍生息。

跋涉在这片高原，撞击我的心胸，冲涤我的灵魂，依然是雪山和草地。

当年第三次过草地，王泉媛和传令兵靠着几片姜走过了死亡之海。大雨中两个人背靠背想取暖歇息，却看到石头一旁是几具红军战士的尸体。尸体躯干已经腐烂，只有军衣还可依稀辨认。两个人摸进了一个小黑屋子，意外发现几个红军战士在吃一种既黑又糙的草籽。王泉媛拼力疾呼：不能吃，那草有毒！没有人听她的，饥饿致使他们明知道有毒也要吃下去。因为不吃，就可能永远倒在这里。王泉媛无奈，也只好跟着吃。令人称奇的是，这些有毒的草籽，非但没有把红军战士毒倒，反而治好了王泉媛久治不愈的伤病。

草地，每一片潴水下面都有红军战士的生命。他们把自己化作了鲜花碧草，妩媚在高原，妖婉于后世。

雪山是美丽的，也是险恶的。远看雪山，它在我眼里总是一副冷峻高远的神情，即使遥不可及，也总如镜子一般傲然挺立在天宇之间。

然而，登临雪山却是一种痛苦的经历。巴郎山，海拔 5040 米，是当年红四方面军南下翻越的雪山。翻越它时，由于是乘车，我倒没有感觉太多的不适。同车的战友有的已经开始输上了氧气。但是，这一天傍晚，我们赶到山下的日隆镇，这里虽然海拔只有 2800 多米，但我却经历了死亡一般的梦魇。我们到达四姑娘山庄下榻，刚走上二楼，我已经喘不上气来，把手里的东西全部扔掉，恨不能就势躺倒在地再不起来。在平原，平时一走就是四五公里的我，这时候面对十几步竟如翻越一座大山般令我畏惧和胆寒。等到挪进房间，我已经是精疲力竭、气息犹断。

我不知道一个人在生命即将逝去的时候，是不是就是这样的感觉。

我忽然想到王泉媛，想到红军。当年，他们没有抗缺氧的药物可以服用，没有氧气可供呼吸，没有车辆马匹可助脚力，甚至没有棉衣御寒，没有米粮果腹，有的只是双脚和高耸入云的大雪山。

我忽然想到过去和现在，战斗在这片高原的红军后代武警官兵。他们常年生活、工作、战斗在这里，面对恶劣的自然环境，他们要付出怎样的努力才能坚守在这片高原？我感动于许多首长都说过的那句话：在高原上，只要活着就是贡献。

这一天晚饭后，老作家田中禾带头唱起他自编的豫剧清唱，歌词大意是赞美高原，赞美阿坝，赞美生活在这片土地上的勤劳勇敢的藏羌回汉各族人民。

当大家提议"当兵的"来段时，由项小米领头，所有现在的过去的"当兵的"都自觉地站到了队伍里。我注意到，我们这支队伍里有高洪波、夏申江、乔良、项小米、马合省、冯艺、徐贵祥、辛茹、曾祥书。我们齐声合唱：

雪皑皑，野茫茫，高原寒，炊断粮。

红军都是钢铁汉，千锤百炼不怕难。

雪山低头迎远客，草毯泥毡扎营盘。

风雨侵衣骨更硬，野菜充饥志越坚。

官兵一致同甘苦，革命理想高于天。

我们这一群"当兵的",唱得壮怀激烈、地颤山摇。听歌的人一个个也都是热泪盈眶,激情澎湃。

如果说长征在 20 世纪 30 年代,是中国工农红军的一次战略大转移、大撤退,那么现在,长征已经成为中华民族一笔宝贵的精神财富。面对这巨大丰厚的财富,我们赞美、感叹、怀念和敬仰,也从中找到自己的浅薄。无论我们以什么方式走近长征、走近阿坝,都不能完全领悟那段历史所深藏的丰富底蕴和深刻内涵。我们只能凭借我们浅薄的思想和微弱的力量,去汲取其中的一部分,甚至点滴。因此,对于长征,对于阿坝,我们永远是渺小的,微不足道的。

十天的时间转瞬即逝。临离开阿坝,四川省作协文学交流中心主任赵智,把留言簿交给大家,请作家们留言。

接过留言簿,我毫不犹豫地在上面写道:

川西阿坝,永远的圣地!

浪拍梭磨河

——走回故乡的阿来

吴克敬

想来该是天意的安排，是年晚秋，我应邀约，前脚刚从阿来先生的故乡马尔康走离，后脚就又踏进了他的故乡马尔康。这既反常，而又十分正常，谁让马尔康是阿来先生的故乡呢！

到阿来先生的故乡来，不只今年的两次，前些年就还跑了几次。但都与今年的头一次一个样，虽然是到先生的故乡来了，却又全为路过，因为我要去的地方，是比先生的故乡马尔康更远的小金川、壤塘，甚或四姑娘山。不过车过马尔康时，由于肚腹的要求，也便歇下脚来，大吞大咽了马尔康的吃吃喝喝，然后再往远处的小金川、远处的壤塘、远处的四姑娘山走去。仅此就使我对先生的故乡马尔康，留下难以磨灭的印象，所以熊莺小妹电话再来邀约我的时候，我把近来的时间梳理了一下，就满口答应下来，且急乎乎地来了。

我是这么想来的，想要真切地认识马尔康，不在阿来先生的陪伴下，把他的故乡深入地走一走，是不会有大收获的。

一条起名梭磨河的河流，牵连着阿坝藏族羌族自治州的首府马尔康，还有阿来先生的故乡马塘。前两次路过梭磨河，我就被这条陷落在大山深处的河流所吸引，既用我的眼睛，还用我的心灵，触摸着梭磨河，认识着梭磨河，发现激浪拍岸的梭磨河，与我见识过的所有河流，有起至为鲜明的一个差别，那就是浪涛飞湍的满河流水了。譬如被我们中华民族视为母亲河的长江与黄河，前者相对清澈，后者相对混沌。以此为根本，我把梭磨河拿来与之对照，发现梭磨河的流水，既是清澈的，又是混沌的，这使我大惑不解。由此存在于我的心里，这次再到马尔康，我下到梭磨河的河边，认真地来做辨识了。

辨识的结果，是奇异的，那浩荡不息的梭磨河流水，泛滥着一种说白不白，说青不青，全然一种石头被溶解后所可能有的那一种色彩。

我喜欢这样的色彩，既凝重，又诗意。天下的河流，少有这样的气质。阿来先生的家，就在梭磨河河流的上游，他生活的小村子，有个十分好听的名字——马塘。村子紧紧地依偎着梭磨河，他自小生活在村子里，他该是梭磨河养育的一个好儿子。

好儿子的阿来是敏感的，更是敏锐的，他沉溺在故乡的这样一条河流中，日夜聆听着河流的喧嚣及其诉说，使他对着一处传统叫作"四土"的地方，有了一种他人身在其中却没有领悟到的诗意，他感受到了，且又用他更为诗意的笔力，精雕细琢，刻意为之，书写了一部藏族历史上所未见的大部头作品，甫一问世，即获得文学界、文化界、思想界、哲学界等方方面面的赞誉。这部大作就是阿来获得第五届茅盾文学奖的《尘埃落定》。

我可以老实地说，并真切地记忆着，在我未阅读阿来的《尘埃落定》前，是不怎么识得他的。但在这部奇书出版的日子，我有幸走出国门到欧洲问学，从西安出发，到北京转机时，在机场候机厅里的书店里，于那花花绿绿的时尚读物中触目一部素净的《尘埃落定》，那样的设计，牵引着我的眼睛，把我拉到它的面前，也不管书的内容如何，只觉那一个书名，就十分奇崛，当即掏钱买到手里，带上飞机，看了一路，到下飞机时，竟然如饥似渴地读了个大概……之所以说读了个大概，是因为我在欧洲问学的日子，一部《尘埃落定》就没有离过我的手，我反反复复地读了好几遍，到我要回国了，一部崭新的《尘埃落定》，居然被我翻阅得卷角发毛，并还不自觉地在书的页码里，拉拉杂杂涂抹了许多自己的心得与感悟。

坦白地说，我在阅读阿来的《尘埃落定》之前，还没有塌下心来做什么文学的大梦，就在我认真阅读了《尘埃落定》后，文学的梦想，在我的心里渐渐地清晰了起来，过了一些年时，在我看来机缘成熟的时候，便义无反顾地投身到文学的大梦里来了。

因为此，我心心念念地生出了一探阿来家乡的想法。这个想法逼迫着我，使我逮住了阿来的作品，就都要认真地阅读了。细数下来，我阅读了他的诗集《梭磨河》，他的小说集《旧年的血迹》《月光下的银匠》，以及长篇地理散文《大地的阶梯》等十余部作品。我是迷上阿来的写作了，深以为他的长篇小说代表作《尘埃落定》，正如茅盾文学奖颁奖词说的那样，有他独特的视角，与"丰厚的藏族文化意蕴。其轻淡的一层魔幻色彩，增强了艺术表现开合的力度……充满了灵动的诗意"，"显示了作者出色的艺术才华"。军旅作家柳建伟是我的朋友，一次与我聊起阿来，他说了，"阿来会以《尘埃落定》获得诺贝尔文学奖"。对此，我深以为然。

然而我却看到，阿来没头没脑地说了这样一句话。他说"做梦都在离开故乡这个鬼地方"。造就了阿来的故乡，会说这样的话吗？我是怀疑的，因为怀疑，我就总是想着要去他的家乡看一看。

机缘巧合的我来到他的家乡了，看到他的家乡了，知道他少年时候可能有过那样的想法，他成长起来了，就一定不会那么想了。因为养育了他的家乡虽然偏僻，却也偏僻得大有道理。他为此曾用一首诗，对家乡表达了他的歉意。那年他30岁，怀着满腔的激情，走出了家门，翻越了雪山，漫游在若尔盖大草原，写了《三十周岁时漫游若尔盖大草原》的诗。他因此不无自豪地说，"我看见一个诗人诞生了，他正从草原的中央向我走来"。这个诗人不是别人，就是他自己。

> 我把自己写得很伟大，
> 头戴太阳的紫金冠，
> 风是我众多的嫔妃，
> 有河流的腰肢，有小丘的胸脯。
> 今天我背负着千年的积雪，
> 眼前看到无比的广阔，
> 但是从此我不再轻易说话。

阿来高兴起来了，说他找到了自己与故乡这种关系，感觉特别好，然后开始沉下心来思考，并有了那许多脍炙人口的写作。从长篇小说《尘埃落定》始，阿来的创作是太丰沛了。特别是近些年来，他把他酝酿了十载的《云中记》，又荣耀地推了出来。

《云中记》细述了汶川地震中的云中村，死伤达百余人。后来根据地质检测，村子所在的山坡，都将在此后的日子发生滑坡，于是整村搬迁至一个安全的地方。然而村里的祭师阿巴，却不这么想，他的内心里，一直惦念着死去的乡亲们，最终又返回到了原来的村落……阿来说，"云中记，三个字，不多，不少，很美很空灵。我喜欢这样的美感，世界上有很多令人伤感的事情，我们需要美好的念想。我愿意写出生命所经历的磨难、罪过、悲苦，但我更愿意写出经历过这一切后，生命所呈现出的意义。"

来马尔康参加阿来诗歌节颁奖典礼暨采风活动，来时我别的什么文字都没带，就只带了部《云中记》。

我在来时的高铁上阅读着，我住在马尔康的宾馆里阅读着，要去阿来的老家马塘，我把《云中记》带在身边，采风团的朋友都去了阿来自小成长的旧居，我也去了，但只是走马观花地转了转，这便怀揣在《云中记》，去了阿来旧居旁的梭磨河边，展开书本，于激荡的河水边埋头阅读了起来。在这样的环境里阅读，我阅读出了阿来诗性写作的现代性，还阅读出了他本色写作的灵动性。譬如融化其中的神性和人性、宗教和民俗、文化理想和现实关注。

我沉浸在阅读阿来的喜悦中，但不影响我聆听身边梭磨河的鸣响，因为河里石头的阻拦，柔若轻纱的梭磨河水，不能自禁地要溅起一簇一簇的浪花，那白亮亮的浪花，星星点点，让我不禁浮想联翩，那可是阿来书写下来的字句？

我想一定是的哩！听吧，正有人在吟诵一首阿来的诗。那个人吟诵者是我吗？我不知道，但我听得十分真切：

我在这里，

我在重新诞生。

背后是孤寂的白雪，

面前是明亮的黑暗，

啊，苍天何时赐我以最精美的语言。

　　"故乡是我们抵达这个世界深处的一个途径，一个起点。我们出生的村庄是熟悉的故乡，但更大的关于它的文化、它的历史和背后构成社会的那个人群，到底是什么，我们需要理性而深刻地理解故乡，并通过这片土地来认识世界。"阿来是这样来说他的故乡的，我该怎么办呢？唯有学习他了，以他为榜样，深入地阅读他，认识他，成为他的铁粉。

　　浪拍梭磨河，梭磨河在诉说。

九寨三题

徐　风

一、天堂遥想

在九寨天堂的第一夜，怎么也无法入睡。

是太极端了的享受，还是被大把大把的奢侈冲昏了头脑？吾本平民，久居陋舍，茅屋虽未被秋风所破，但寻常巷陌斯江是寡陋，青山白云鸟语飞瀑只能在梦中相见。忽入九寨天堂，品极遽然提升，不是玉堂金马、衣香人影，而是一种行途未尽的恍惚中，被突然安置在山水合一、苍翠葳蕤的巨型驿站，一群若有似无的建筑，和谐地镶嵌在山峦与云海之间，与风一起翩然舞蹈。人，虽一时还未洗俗尘，却已是飘飘欲仙的了。充耳鸟鸣泉声，满目碧树瑶草，自己似也变成大自然势头的一景。

这就是所谓的天人合一吧。

在这羌式的城堡里，无论如何也做不成怀乡的梦。古老的石块垒起了苍朴的外墙，阐释着尔玛人的天地悠悠、白云苍狗；内中则是由风流与舒适的现代文明支撑的豪华。这便是我们程程追赶、孜孜以求的逍遥境界？一时无法消受。是因为平淡生活的粗粝麻木，突然闯入如此风雅的章回。眩晕是适应的前奏，心跳是忐忑的私语，感官的享乐伸手可触，精神台下的念想却顿然显得迷茫。突然悟到，对于平淡的生活而言，舒适的享受也是一种折磨。

长长的失眠里，寨外的风声雨声集合成一支庞大的乐队，向着我倾诉千年万年的往事，其实整个世界原来就是天人合一的呢，天然山川何须雕琢？

秀美河流更属处子。涂脂抹粉、改头换面的各种"开发"，只是让人类自己加快地作践往昔的家园，遭受了报应，终于悔青了肠子，再来拼死觅活地"打捞"那绿色文明的碎片。

幸而我们还有忏悔的力量。

历史不应该忘记从川外来的、以邓鸿为首的一群汉子，他们把信念驮在马背上，历尽艰辛，把腰包里毕生积蓄的银子大把大把撒在这里，撒在不是他们故乡的土地上。刀削一般的羌石砾片，把他们的人文理念堆砌融合在一群"消失的建筑"之中。浩大的九寨天堂，就是把藏羌文化和现代文明巧妙糅合的一处经典。让人们领略原始古风，是为了更好地珍惜现代文明，因为邓鸿知道，对于名山胜水而言，文化的贫乏与枯竭都无异于生命的羸弱与终结。或许，这里的一棵小草也承载着尔玛人千百年的梦幻奇想，滴水珠也映照着九寨山水的磅礴力量。你随便在哪个角落里驻足，都能听到历史清越的歌吟，你随便在哪个回廊里漫步，都能啜饮现代文明的佳酿。

苍茫的暮色里，看窗外云山奇诡多变，有如历史人生。心里忽生一种敬畏，说不清，理还乱。久久回味，原来是这样的一种理念；对于人类来说，大自然处处都是天堂，除非你的内心是地狱。

二、芳草海漂流

多么美妙的名字，芳草海。

从甘海子出发，一艘橡皮艇顺流而下。我们的漂流开始了。

这是，是历史悠远的古羌蜀国，岷江的支流，神仙池的余脉。在原始的处女林的边缘，密布着清澈的水网，如一部风情故事的枝节，缓缓地蔓延到每一个人烟鼎盛的羌寨。远远的可以听到隐约的犬吠和孩童的嬉戏声，回落在两岸青山之间，声声不去。水道时窄时宽，流速则在不经意间平缓下来。我们每一个人都奋力划桨，大山的倒影在捣碎的水波里渐渐后退，鸟鸣则在头顶盘旋。

艇子进入了一片苍翠的草海里。芨芨草，过去在书本里经常看到的名字，一片一片，沉静地挺立在水里，一种处子般的静美；它一节一节地生长，葳蕤向上；一种草本的植物，长得那么有风骨，真够难为它们的了。向导说，芨芨草可以入药，但这里的芨芨草，千年万年从没有人来问津，是一片真正的处女草海。到了深秋，万木萧瑟，它们也枯萎了。冬天，草海被冰雪覆盖，可一到春天，大地回暖，芨芨草又迅速生长起来。我忽然生起一种感动，不仅仅因了一种轮回重生的美丽，而是感叹岁岁枯荣的不朽力量。又想到，世界上被忽略、被湮灭的美丽不计其数，人类的眼光总是有限的啊。那未被发现的千万种美丽，就是在太古的寂寞中生生灭灭，那是让人心颤的大美，在千年万年的时光里，湮灭或者重生，只有造物主欣赏它们，而人类的赞美诗又是何其苍白。

我们已经行进到草海的深处。水道渐渐地窄了。钢蓝的天际下，黑压压地飞舞着大片大片的红蜻蜓。那是它们和芨芨草的盛会么？恍惚之间，满世界的芨芨草也似在率性嬉戏，以至飘然舞蹈起来。向导说，每年夏天，就会有数不清的蜻蜓飞翔在草海的上空，好多的蜻蜓，最后就倒在了草海里。

那也是一种壮烈么。祭海的蜻蜓永远长眠在芨芨草的怀抱里了。那是芨芨草的骄傲，是这个海子唯一的言情故事，是亘古不变的爱情歌谣。

果真有一头栽倒在水里的红蜻蜓，如一个小小精灵，在湛蓝的水波里漂浮着、荡漾着，惊鸿一瞥，慢慢沉入水底。与水底沉睡了千年万年而被钙化了的大树为伴。海子里，忽然又流淌着一种淡淡的凄美。

为什么叫芳草海呢？如此说来，"芳草"二字便有些香艳的意思。

向导说，多少年了，这里的人们一直是这样叫的。

芳草碧连天——一首很美的歌里这么唱。也许，这是人们对美好的一种寄托吧。

把九寨看了

赵 玫

交给大自然去诵读

飞机降落在美丽的松潘草原，这里是海拔 3000 米以上的一片广阔的高原。被阿尼玛卿山、岷山和巴颜喀拉山雄伟的崇山峻岭环绕着。远的山巅，覆盖着终年不化的皑皑积雪。

山的高便显出了天的低。于是人便也兀自地高大了起来，以为可以与天比翼。果然走下飞机的舷梯，就以为是站在一架很高的云梯上看天。那种伸手可触的虚妄，接下来就是海拔高度导致的那种头晕目眩。

于是想到了那些终日生活在高原之上的藏族姑娘。那是因为八年前途经松潘寻访九寨时，对这里的藏族姑娘留下的深刻印象。因为是高原，还因为高寒，于是松潘的藏族姑娘身材大多高挑，脸颊也多为椭圆。尤其是她们那独特的低沉嗓音，更是在她们素朴的藏族气质中，平添了高贵和优雅。一定是这里的一方水土养育了藏族女性的美貌。

所以喜欢藏族的女孩，喜欢她们腰间织锦的围裙，像云彩一样丰富的色彩。她们，穿着彩云，舞着梦幻。

从机场出来乘车飞驰在松潘高原的公路上。记得原先不曾有这样好的公路。当年颠簸的感觉至今犹在。沿途不断有高原的风吹过，夹带着远方雪峰的清凉。风也吹动了路边河畔不断闪现的猎猎旗幡。旗幡告知我们，在不远的树林深处，定然居住着松潘的藏族人家。

旗幡的色彩五光十色。有的仍很鲜艳，有的却已经被风吹日晒蚀去了色彩。旗幡的色彩中最多的是橙和黄。此外还有红色、蓝色、白色、紫色和绿色。据说不同的颜色在藏民的图腾中就代表着不同的事物。红是火焰，黄是大地，蓝是蓝天。白是白云，并象征纯洁。绿色代表着树林和草甸，而橙色，则是佛教最经典的颜色。而在彩色的旗幡中一旦看到了黑色，那就意味着这个家庭一定是失去了亲人，家人扬起黑色的旗幡，为亡逝的亲人祈祷送行，引导那个迷失的灵魂。

原先以为悬挂于藏民房前屋后的旗幡只是为了图腾。后来才知道那旗幡上写满了经文。不同的经幡上书写着不同的语录，其中最多的就是藏传佛教中的六字真言。六字真言中的每一个字都代表着藏传佛教中的一重境界。所以这个被浓缩了的六字真言被看作是藏传佛教经典的根源。而藏传佛教要求信徒祈祷的方式，就是要循环往复地不间断地持诵思维，念念不忘，唯有如此才能功德圆满，获得解脱。

藏民对藏传佛教虔诚的信奉可谓五体投地。朝圣者从遥远处一步一个长跪，直到拉萨布达拉宫的景象，看上去真是长歌以当哭。

后来知道彩色的经幡也有感人的故事。那是因为在心里默读、口中念诵已经不足以表现信徒的虔诚，于是他们才会将经幡树立于天地万物之间，让它栉风沐雨，每时每刻，只要风吹拂经幡一次，或者说只要经幡被风摇动一次，就是诵读了一遍旗幡上的经文。

这是怎样的令人感动，让大自然来诵读心中的信念！

而后在九寨美丽的风景区里，我们又看到了那些由水流转动的经筒、每一个经筒中都有一张写满了经文的纸。水的流动使经筒转动，而经筒转动一周，便意味着念诵经文一遍。

更令人感动的景象是，藏民们在水流从上至下流淌的地方，沿水面挂满了书写着经文的小旗子。那些经旗就那样不停地被上游的水波轻轻地抚摸着亲吻着，犹如不停地亲吻抚赏着经文，也就意味着让水流源源不断地默诵着虔诚……

这所有的一切不能不让人感动感叹。于是意识到，我们远不能理解藏民的虔诚，尤其是忽略了他们与大自然之间的默契。以为信仰只能靠自己的营修去实践，却不知道信仰也是可以祈求于花山碧水、雨滴长风的。

这是唯有藏民才能创造出来的祈祷的方式。它源自这个民族自古以来与大自然之间亲密而神圣的关系。

于是便又想到了藏传佛教悠久的历史。藏王松赞干布于公元七世纪要了大唐文成公主之盾，才开始受到影响信奉佛教的。而后历经印度僧人赴藏传教，中间又有短暂间隔，直到公元十世纪，佛教终以藏传佛教的方式在拉萨复兴。所以藏传佛教是佛教与西藏原有崇奉自然的本教长期相互影响彼此消长的产物。这也证明了藏民对他们所景奉的自然之物是怎样的执着——

让大地万物碧水金沙温柔着那虔诚的经幡，让四季长风星星月亮诵读着心中的梦想。将所有的愿望寄托在那猎猎飘荡的经文中，让生命永恒，即或只留下灵魂，也始终不脱离黑色经幡的引导。

这就是藏民，即或是信奉了佛教，也融会在他们对宇宙自然的崇奉中。

怎样令人感动的祈祷的方式。将他们的心声，交给大自然去诵读。

大舞藏羌

兀白的，在松潘高原的崇山峻岭之上，仿佛一根璀璨而透明的水晶从天而降。就滑落在甘海子湿漫的草场之上。从此闪闪烁灯。白天夜晚。光照天宇。

如果不是真的所见，决不会相信在这茫茫天地之间，蛮昧荒原之上，竟会坐落着如此一座气势辉煌的宫殿——"九寨天堂"。

这座恢宏的建筑背靠群山，被漫山遍野的绿色掩映。置身九寨期间，曾远远近近地很多次看她，每一次的感觉都迥然不同。仙界？童话？往事？或者梦境？直到告别，才意识到那是一个正在离去的现实，一个令人神往的曾经，一段满怀感动的留恋。

走进房间的第一个印象，就是推开窗便能看到山谷和森林，听到沟壑间清脆的鸟鸣。那一切就在身边，伸手可触。特别是当白色的窗纱被山风掀动，有云飘过来，便顿然有了仙境的感觉。然而扭转头，便又回到了舒适的现实中。看看那些用青灰色石板精心铺就的地面与墙壁，你当然不会怀疑自己已下榻于一家超五星级的酒店。

从远处望过去，特别是当黑夜到来，"九寨天堂"那巨大的晶莹剔透的玻璃屋顶下就会灯火辉煌。在漫无边际的大山之中，那闪光就显得更加灵动，仿佛正在讲述着的一个水晶的童话。

于是想到贝聿铭为卢浮宫设计的那座堪称现代建筑经典的玻璃金字塔。并且记得在黑夜到来的时候，玻璃金字塔也是那样地金碧辉煌。还记得一位法国评论家抑制不住惊奇与狂喜地说：玻璃金字塔璀璨的灯火，就像是巴黎的灵魂在闪闪发光。然而贝聿铭的玻璃金字塔尽管神奇，也只是巴黎这座历史文化名城的一个点缀。而"九寨天堂"这座纯粹的现代建筑，却是完全置于朴素的大自然中间，甚至是置于人迹罕至的荒原之间，那又是怎样的奇迹？这座水晶般的建筑还不仅仅是"闪亮"登场于大自然的山水之间，还附在一个古老而美丽的神话之上。传说中华民族的始祖西王母出西海后，便来到了这片风景如画的甘海子。西王母一定是喜欢流连于这里的山清水秀，炎、黄二帝才能出生于此，让九寨成了华夏子孙寻根问祖的圣地。

于是茫茫无际的甘海子便成为"九寨天堂"神奇的文化背景。甘海子果然气度非凡，冬夏这里的高原湖泊被青青的节节草覆盖，表面看上去绿草如茵，而沉下去却是深不见底的湖水。到了秋季，那漫湖的青草便在不知不觉间由绿转黄，最后被霜雾染得一片金红，满目灿烂。

原以为"九寨天堂"仅只是镶嵌于自然美景中的一座现代化建筑，然而当你走进"九寨天堂"才会赫然发现，你依然是置身在一片纯粹的大自然中。那个巨大的钢结构的透明玻璃穹顶若有若无，让人几乎感觉不到它的存在。所以只要你抬起头，就能看到昼的蓝天白云，或者夜的繁星闪烁。当然还有远方起伏的山峦，近处婆娑的树影。而你所漫步的浩浩一万平方米的酒店大堂，竟然也是木桥蜿蜒，湖波荡漾，黑天鹅在水中骄傲地游弋，仿佛在献演着柴可夫斯基的永恒。大堂里的葱葱绿树鳞次栉比，那些高大的古树，都不是移栽上去的，而是修建初始，就为这些"原住民"保留了生长的空间。一些拔地而起的杉树，恣肆地伸向几十米高的玻璃屋顶，为了"迁就"它们，房顶打开了天窗，任它们自由地向天穹而去。

于是疑惑，你是身居建筑里？还是仍在自然中？

如此天人合一，建筑与自然合一，就是"九寨天堂"智慧无比的构思。而你只有真的置身其中，也才能真正理解建设者对"消失的建筑"这一建筑理念的苦苦追寻。建筑被建筑的自然精神消解了。于是建筑不再存在，而不着痕迹地融化在自然之中了。环境的界限被最大限度地模糊，建筑也就成了集建筑与自然为一体的综合体。于是你才能置身其中，却又感觉是置身其外。

"九寨天堂"所创造的奇迹还不仅如此。就在这透明的穹顶之下，你还能看到另一番文化景观，那就是大堂中的古老羌寨。民房和碉楼，还有那些用于图腾的碑柱。佛生活在羌人神秘的历史中。羌是一个古老的民族，又世世代代生活在高原之上，所以羌又被称为"云上的民族"。羌族的妇女喜欢挑花，羌族的男人便喜欢建屋。羌人的服装堪称最美，羌人的房屋也建得最艺术。用碎石板垒起的高高的雕楼，还有窗外栏杆上悬挂着的那一串串黄黄的玉米、红红的辣椒，都凸显着"云上的民族"过的是云上的日子。

这些极度民族化的建筑被用作餐厅、酒吧和咖啡厅。表面上一派羌族民情，而内里却充满西方色彩。于是这让我想到美国洛基山脉上的那座美丽的城市圣菲。那是美国最古老的城市之一，居住着一代又一代高原上的印第安人。为了保护印第安文化，圣菲市政府规定，城市中的所有建筑，都必须依照印第安建筑的风格，用黄色土坯垒造，或者至少是砖墙的表面，一定要涂抹上一层黄黄的泥巴。于是这便成了圣菲的法则，任何建筑都不能出乎其右，哪怕是全世界连锁的那个希尔顿饭店，在圣菲，也只能是入乡随俗的一派印第安风情。

"九寨天堂"中心酒店的不远处，是另一片热火朝天的建筑景象。甲蕃古城已初具规模，可以想见今后的景观会是怎样的气势恢宏。据说这里就是当年松赞干布安营扎寨的地方。松赞干布与大唐军队激战松潘，美丽的甘海子就成为藏军的大本营。难怪这里会留下无数藏寨遗迹和古藏营盘。铁打的营盘流水的兵。自唐至今，悠悠岁月，不知道多少征战如流水般逝去，而松赞干布本人也在拥有了亲爱的文成公主之后，偃旗息鼓，身后只留下他们为了和平而联姻的千古美谈。

如今松赞干布与文成公主尽管早已乘鹤而去，甘海子上的藏寨遗迹和古老营盘却成了一处处历史文化的载体。于是"九寨天堂"在发掘、整理、收藏的基础上，构筑了这座宏伟的甲蕃古城。何谓甲蕃？藏族人将王称为"甲蕃"。于是甲蕃古城就是王城。王城落成之日，壮怀激烈的历史情怀就将长驻于斯。

之于"九寨天堂"，有着悠久历史和动人传说的藏羌两族人民，既是她心心相印的衣食父母，又是她赖以生存发展的文化底蕴。于是建设者们大舞着藏羌，铸造人间最美的天堂。

把九寨看了，栈道走遍……

木质的栈道，环绕着蔚的蓝和苍的绿。

何以水要伴着天空的颜色，而蓝，蓝到灿烂！而苍，苍到深邃！

沿着漫漫栈道，将九寨的美尽收。奇特的角度，全方位的视线，走在栈道上才仿佛觉得是真的陷了进去，与九寨的山水合一。才能那样切近地感受着，那让人叹为观止的九寨景观。

1996年秋曾来九寨，沿着险峻的山路，在大雪纷飞中翻越松潘高原。途中可谓历尽艰辛却"虽九死而犹不悔"，只为了朝拜这天堂之水。那被深深的妖艳的蓝所震惊的感觉至今犹在。还有，穿着彩云的藏族姑娘、牦牛，和那秋的层林尽染。

于是想到美国的东部。都说，美国东部的秋天最美，因为有梯次的色彩。于是在秋季，去了最美东部，果然长风落尽，满目鲜红的秋叶飘零。远远近近不同的树木，霜过之后的五彩缤纷一层一层地，迷蒙而跳跃。仿佛你眼前闪过的每一个瞬间，都像是一幅满含了诗意的绘画。

而经过了九寨的秋，却更加懂得了什么叫秋的美。记得看到那万山红遍，当即就禁不住请求司机将汽车停了下来。然后是照相机快门不停地响动。只为了能把九寨美到极致的秋景留给未来的记忆。

当时或者也看到了导游小郭说起的那株犀牛海山上的枫树。在湛蓝的海子上的极为通透的红。据说在九寨工作的女孩子们都喜欢在深秋的时候去看那棵树，去看那火红。还据说，一个境外的女孩子曾先后三次来九寨，在不同的季节。而那个秋季，她又来，就是为了能看到犀牛海上的那棵枫树，和犀牛海中的那火红的倒影。只是时间不巧，女孩子千辛万苦赶来时，却未能看到那彻底的红。其实女孩子是算好了时间的。只是冷霜没有能在她事先计算好的时间降临。霜降或者是天意，或者是想考验女孩的诚意。女孩子潜然泪下，快快而去留下一个美丽而忧伤的传说。

尽管 1996 年看到了九寨最美的季节，但是却没有能漫步长长的栈道。所以今天，2004 年的夏天，走在栈道上才会那样地心怡。尽管夏日炎热，但栈道还是给了我们最惬意的感觉。

读那本名为《九寨神韵》的摄影集。觉得其中的每一页都是最美的画面。而更加耐人寻味的则是画面中深藏的诗的意境。然而这并不是我要说的，我想说的是在那些绝美的画面后面，摄影家标出的拍摄的时间和地点，时间从冬到秋，那所有的四季，或者从凌晨到深夜的那所有的子午。于是画面变得斑驳迷离。因不同的时间带来不同的景象。然而这还不是我想要说的，我要强调的是那些拍摄的地点。摄影家说，他的这些照片几乎都是在栈道上拍摄的。而唯有栈道，才会让人置于不同的空间，为摄影者提供更多的艺术创造的可能性。

我于是想，有一天，能把九寨漫长的栈道走尽；也就等于是，能把九寨的山山水水看尽。

于是迷恋于"栈道"这两个字。觉得其间有着很深的意味。那用木板铺就的古老而沧桑的栈道，古时又称"栈阁"或"阁道"。记得很多年前走三峡时第一次看到那穿凿于峭岩陡壁上的石孔，才知道那就是栈道的初始。上下两层，架桥连阁，并时有栏杆回廊。如今几千年过去，古老的栈道文明延续下来。同样的木板铺就，同样的古代称呼。于是走在九寨漫漫栈道上，便时能感觉到遥远的古韵遗风。

后来读到了《九寨沟木栈道环境影响研究》那篇文章。显然作者发表这篇文章时，对九寨栈道所做的只是可行性的调查研究。如今两年过去，栈道却已绵延数十公里。而且已经被事实证明，九寨的栈道不仅在生态环境保护上起到了积极作用，而且已经和山山水水完美地融合在一起，并且让行进在其中的游人，也和谐地成了自然景观的一部分。

九寨清幽，山美水美。但多年以来，游人以车代步，总是行色匆匆。

而偏偏如此山水，是需要静下来慢慢欣赏的。于是修建栈道，将真正的闲庭信步送给远来的游人。

于是我便也渴望着有一天能走遍九寨的所有栈道，就沿着那朴素而深远的路，亲近那永远也亲近不够的那苍的绿和蔚的蓝。

天地之美 阿坝情深
中国当代作家笔下的阿坝

下
卷

绿色家园

Chapter
03

天 地 之 美　　阿 坝 情 深

大金川上看梨花

阿 来

去大金川上看梨花。

路远，四百公里。午饭后一算，出成都西北行已两百多公里。海拔不断升高，春花烂漫的成都平原已在身后，面前的雪山不断升起，先是看到隐约的顶尖，不多久，雪山就耸立在面前了。这哪里是去看梨花，是把春天留在身后，去重新体味正在逝去的冬天。

那条盘旋而上翻越雪山的公路已经废弃十多年了。我们从隧道里穿山而过，这么四五公里的路途，就已离开了岷江水系，进入了大渡河上游支流的梭磨河。道路转向，折向东南，沿河下行。眼前是海拔三千米的峡谷景色，河岸两边是陡峭的峡壁。向阳的峡壁是草坡，是密闭的栎树林，背阴的峡壁上满坡的杉树、松树与桦树。阳光是一个美术大师，利用峡谷的岩壁、森林、河流和纵横交织的山棱线勾勒出明亮与阴影的复杂分界，把一面面山壁和整条峡谷都变成了一幅取景深远的风景画。也许是怕这样的画面会过于单调，风与云彩都会来帮忙。风摇晃那些树，其实就是摇晃那些光，使之动荡，使之流淌。一朵两朵的云飘来，遮住一些光，失去光照的部分便显得沉郁，未被遮没的部分便在阳光照耀下更加高亢更加明亮。视觉可以转换为听觉。真的似乎可以在这光影摇荡间听到声音。阴影部分是一支木管乐队，低回，沉郁，却也充满细节。春天了，林下的苔藓已一片潮润，正在返青，树木正展开根须，从解冻的土地中拼命吮吸水分，向上输送，到每一个细枝末节。森林虽未呈现绿色，却也能让人感到一派生机。而那些被阳光透耀的部分简直就是高亢明亮的铜管乐队在尽情歌唱。我耳光响起一些熟悉的旋律，比如柴可夫斯基《意大利随想》开始部分小号那召唤性的歌唱。

就这样沉湎于脑海中的乐音时，突然，峡谷敞开。山，变得平缓了，退向远处。河，不再是被悬崖逼向山根，而是回到谷地的中央，缓缓流淌。这些山谷就是河流日积月累的功夫造成的，河两岸的人家也是河流哺育的，河流应该在大地的中央。河岸的台地上应该有村庄，村庄周围应该有农田。那些村庄和田野的四周应该出现那些鲜明的花树。那是一树树野桃花开在村后的山坡，开在村前的溪边。那又仿佛弦乐队舒展开阔的吟唱。

停下车，走进一个村庄，我要去看那些野桃花。远看，野桃花一树树站在山下村前。近看，野桃花密密簇簇，缀满枝头。粉红色的花瓣被阳光透耀，有精致的绢帛质感。也许这种比方太精致了，与眼前的雄荒大野并不匹配。想起日本人永井荷风描写庭院中的桃花就用过这样的比喻："桃花的红色，是来自平纹薄绢的昔日某种绝品纹样的染织色。"永井荷风说，他写桃花所在的庭院狭小局促，甚至"不是一座为漫步而设的庭院，而是为在亭榭中缩着身子端坐下来四处打量而设的庭院"。而我现在却是在高天丽日下挺身行走，长风吹拂，田野包围着村庄，群山包围着田野。进入那个村庄，又走出那个村庄。风起处，吹落的野桃花瓣纷纷扬扬。走出那个村庄，村后的山坡上又是一个台地，坡地上仍然是开满繁花的野桃树。山坡上又是一个村庄。这是午后时分，沿着曲折的村道攀一个高台，走到上面的村庄。村子很安静，家家门上都落了锁，不知人都上哪去了。只有村前村后的野桃花安静而热烈地开着。这阔大、静谧又热烈的花事，保持着如此原初的风貌，没有什么现成的修辞可以援引。从这里，又可以张望到花开更热烈、更宁静的村庄。但这些桃花不是此行的重点。所以，张望一阵，也就回头下山，奔遥远的金川梨花而去。

这个地方叫松岗。一个藏语地名，对音成汉语，也倒有着自己的意思。岗上也未见松树，而是那些花树兀自开放。"松"，本是藏语，一个数量词，三的意思。三个什么呢？没有人，也无处去动问了。

　　这一天上午，溯岷江而上，越走海拔越高，景色越来越萧瑟，完全是在离开春天。然后，在大渡河流域顺河而下，又一步步靠近了春天，进入了春天，与早晨刚刚离开的成都平原上的春天截然不同的春天。

　　又是一次山势的变化，又进入一个峡谷。

　　花岗岩的山壁更加陡峭，岩石缝隙中是一株株挺拔的柏树。这些柏树已被列为国家二级保护植物，名叫岷江柏。我在一本叫《河上柏影》的书中写过它们。这些墨绿色的树还在沉睡，树梢上还未绽出新叶，与之伴生的树却按捺不住了。山杨已经一树新绿，野桃花也一树树开得更加灿烂。这里，一条更大的河和梭磨河相汇，站在一面壁立的悬崖前，可以听到河水相激的隐隐回声。

　　这个悬崖壁立，悬崖上站着许多柏树的地方叫热觉。

　　峡谷再次敞开，谷中出现更多的村落，更多的开满花的树和正在绽放新绿的树。绿树是先长叶再开花的树，花树是先放花再长叶的树。

　　然后，二十公里左右吧，在一个叫可尔因的镇子上，开阔的谷地再次猛然收束。高高的花岗石山使得这个镇子一半在阳光下，一半在山影里。又一条从北而来的河流汇入。从此，这条水势丰沛的河就叫作大渡河了。

　　我们伴着大河又在浓重的山影里穿行了。

　　峡谷更深，春天更深。悬崖间有了更多的绿树与花树。而且，间或出现的一个小村庄前，开放的已经不是野桃花，而是洁白的李花与梨花了。

　　这道峡谷我是熟悉的。四十年前，曾经开着拖拉机每天往返。现在，道路加宽了，路面也铺上了柏油，但山还是那些山，河还是那条河，公路依然顺着河，贴着山脚向前蜿蜒。何况，前年，也是这个时节，我已经再次到访过这里。所以，我可以向同行的人预告，我们就快要冲出这景色雄伟的峡谷了。果然，就眼见前方的山渐渐矮下去，峡口处显现出越来越广阔的天空，可以看到越来越多的亮光闪闪的云团悬停在前面。

　　然后，车子从一面悬崖下的弯道上冲出去，河流猝然变宽变缓，刚才还滔滔翻滚，一冲出峡口便落下飞珠溅玉的浪头，变成了一匹安静的绿绸。大渡河是地图上的名字，在当地人口中，此河的这一段唤作金川。考究起来，河的得名，与过去沿河盛产黄金有关。但今天，淘金时代早已过去。倒是这一江水，在这宽阔的川西北高原的谷地中，润育出一个"阿坝江南"。一县之名，也改为金川。几百年前，土司统治的时代，这里的藏语名字是曲浸，意思就是大河。到清末，改土归流，寓兵于民，叫过绥靖屯。民国间设县，叫作靖化。中华人民共和国建政后，改名金川县。这一县地名的演变，也可窥见治乱的兴替、时代的进步、文化的变迁。

已经夕阳西下时分，悬浮的白云镶上了金边。星罗棋布的村庄掩映在漫山遍野的梨花中间，炊烟四散。黄昏降临大地，梨花的色彩渐行渐淡，终于掩入夜色，变成一团团隐约的微光了。

晚饭后，和县上的主人出来散步，但见河面辉映着满城灯火，晚风轻拂，带来了四野围城的梨花暗香。回到酒店，我特意打开房间的窗户，虽然春天的夜晚有新鲜的轻寒，但我不想把那些浮动的暗香隔在外面。躺在床上，突然想起川端康成一篇散文的名字《花未眠》。他写的是插在旅馆房中的海棠花："半夜四点醒来，发现海棠花未眠。"他是以惊喜的口吻来写这个发现的。的确，花，好些品种都会在夜里闭合打开的花瓣，当然，也有花是昼夜都开放的。我就曾经在原野静坐一个黄昏，看一群垂头菊，如何随着太阳光线的黯淡，慢慢闭合了花瓣。我也去观察过，一大片的蒲公英怎样在太阳初升的清晨，在十多分钟的时间里打开它们闭合的花瓣。但夜里的梨花是什么情形，却未曾留心过，想必依然是在星光下盛开着的吧。

金川一县，大部分村落与人口都沿着大渡河两岸分布，从清朝乾隆年间开始便广植梨树。看前些年有些过时的统计资料，说四野中栽种的梨树达百万株了。金川全县人口七万余。城里人和高山地带的农牧业人口除外，摊到每个农业人口头上，那是人均好几十株了。所以，这里的梨花不是一处两处，此一园，彼一园，而是在处处。除了成规模的梨园，村前屋后，地头渠边，甚至那些荒废的老屋基上，都是满树梨花。

一处处地想看完看尽，怕只是没有那么多时间。便挑两处去看。一处沙尔，一处噶尔。两处地方，如今都是藏汉民杂居，你中有我，我中有你。地名也是藏语汉写。沙尔在金川河谷最宽处，两岸田畴绵延，村庄密集，填满了好几公里宽的谷地。田畴，道路，村落间所有的空隙，都站满梨树。梨花开满，如雾如烟。那些雾，那些烟，都似乎在将散未散之间。远山逶迤的山梁上昨夜又积上了新雪。春天，梨花开放时，这个地方往往低处下的是雨，高处降的就是雪。现在天放晴了，高处是晶莹的新雪，低处谷地里雨后的梨花选。一样的白，又是不一样的白。如雾如烟的白。不太知道是要马上散开，还是正在聚拢的白。在沙尔，我们去到山半腰，背后是积雪的山头，正好把这壮阔的美景尽收眼底。早餐时，餐厅墙上挂着一张就从现在这个位置拍摄的照片。县委书记说，有客人看了这张照片，不以为是真实景色，而是一张P图，因为他们不是在梨花盛开的时节来的，不相信积雪的山头和谷中的梨花可以同框，可以这样交相映照。可是现在，我们就站在这美景中间了。太阳正在升起来，阳光照耀之处，那些梨花变幻出了更加迷离的光芒。

我们下山，要到那些村中去。要到那些如云如雾的梨花林中去。

那是一个很大的梨园。十几级依山而起的梯田。雪山还在远处的蓝空下面，我们已经在这里身陷于盛开的鲜花阵中了。梨树都很高大，没有过多修剪，都在自由舒展地生长。树干粗粝、苍老，分枝遒劲，生机勃勃，每一个枝头，就满是一簇簇繁密的花朵。少的十多二十朵，我数了最繁密的一枝，竟有八十多朵！再移步近观，那些花朵的细部就呈现在眼前。像蔷薇科的所有亲戚一样，梨花也是五出的瓣，此时，它们被阳光照耀着，格外地明亮耀眼，同时，也散发着格外浓烈的香气。香气那么浓烈，让人觉得有一层雾气萦绕在身边。又似乎是梨花的白光从密集的花团中飘逸而出，形成了隐约的光雾——花团上的白实在是太浓重了，现在，阳光来帮忙，让它们逸出一些，飘荡在空中，形成了迷离的香雾。我架好照相机，在镜头中再细细打量那些花朵。比起野桃花那薄如绢帛的花瓣来，梨花的瓣就丰腴多了，也滋润多了。是绸缎的质感。就那样，五个花瓣捧出了丝丝青碧的花蕊。每一支蕊的顶端都是一团花粉。花刚开时，花粉是红色的，两天三天后，就渐渐变成了沉着的黑色。它们在等蜂来，把它们带到另外的一朵花上，落在每一朵花最中央羞怯地低着身子的花房上。于是，奇妙的巧合发生，生命的奇迹发生，那是花的美妙性事。从此，我们可以期待秋天的果实。当然，传播花粉更有效的还有风。这大山谷地中，风是可以期待的，谷中的空气受热上升，雪山上的冷空气就下沉来填补。空气对流，这就是风。风把花粉从这一群花带到那一群花，从这几棵树带到另外的那几棵树。风不大，那些高大的树皮粗粝苍老的树干纹丝不动，虬曲黝黑的树枝却开始摇晃，枝头的花团在这花粉雾中快乐地震颤。那是生命之美，我的眼睛在相机的取景器上，手却忘记了按下快门。而我的脚下梨园的土地上，满是乡民们栽种的牡丹，此时正在抽茎，肉红色的叶芽像婴儿的小手般蜷在一起，再有几场太阳，再有几场风，再有几场夜雨，那些叶子就要像手掌一样张开了。

我就这样在梨花深处几乎忘记了身在何处。

我在这里阅读自然之书。美国自然文学家约翰·巴斯勒说："伟大的自然之书就摊放在他面前，他需要做的只是翻动书页而已。"而在此时，梨园顺着一级级黄土地依山而起，梨花怒放，风摇动了一切，我只是站在那里，那些书页也是由午间的谷中风一页页翻动的。

这时，风止息，一阵高潮已然过去了。

我们离开沙尔，去往另一个目的地噶尔。这也是一个藏语的地名，这个名字曾在清代乾隆年间的史料中频繁出现，不过音译为噶喇依而已。那里曾是当年金川土司的一个坚固堡垒。乾隆皇帝派重兵进剿，费去十数年时间、数万条生命，才将大金川地区征服。此地面对大渡河有一块平整的土地，是肥沃的良田，如今，麦田青秀，油菜花金黄，挺拔的梨树高擎着一树树繁花点缀其间。一派平和景象。当年这片土地却浸透了对战双方数千生命的鲜血。

我不止一次来过这里，我想我应该逢着一个人。一个村子里的贤人。这个村庄中一个老人。果然，他已经在那里等着我们一行人了。差不多三年不见，老头子依然腰板挺直，精气旺盛。我们问他带着酒没有。他笑笑，从身上掏出一个扁平的金属壶，像美国西部片中那些马上英雄必带的那种，他拧开盖递到我手上。我喝了一大口，酒辣乎乎下到胃里，又热烘烘地上攻到头上。太阳也热烘烘明晃晃地照着，立马我就感觉到了在花间嘤嘤歌唱的蜜蜂都钻到脑袋里来了。他问我酒够不够劲。我说你更有劲。他说，我看了你最新的书。这个老农民闲来无事，研究当年发生在这里的战史，并不惮烦难数年如一日为游客做义务讲解。一到这里，导游们都自动躲在一边，任他引领游客了。

我们从河边的平地沿着陡峭的台阶拾级而上，台阶两边，全是过去堡垒的残墙。残墙间站满了梨树，苍老的梨树。好些树的树冠已经干枯了，在蓝空下依然展开苍劲黝黑的枝柯。而树的下半部，那些枝柯依然生气勃勃，盛放着耀眼的梨花，一路护持我们登上了那条象鼻一样伸向河岸的山梁。如今，那些厚墙高雉的堡垒都倾圮了。废墟之上，盖了一座御碑亭。其中立着乾隆皇帝撰文题写的《御制平定金川勒铭噶喇依之碑》。义务导游带着我的同行们进了碑亭，我没有进去。我熟读过那通碑文。乾隆当然要写碑了，平定金川之役是他十大武功之一。我就是四处走走看看，我去看一种早放的野花。这丛顽强的灌木从水泥阶梯的护墙缝隙中伸展出细枝，开出了成串的花朵。这是醉鱼草科的迷蒙花。它的香气强烈，嗅闻久了，让人有迷离的感觉。我听见那位村中贤人洪亮的声音在亭子中回荡，他在讲述一场远去的战争，那些熟悉的人名地名断断续续飘到我耳中。我还是坐在那里，头顶着烈日看那丛迷蒙花。后来，他们从亭子里出来了。我听到有人在问他的身份。不是问他是什么职业，而是民族身份。这其实是问他，到底是被征服者的后代还是征服者的后代。他们去看梨花了，我遇见了几个熟人，与他们说话，所以没有听见他如何回答。他本人的具体情形我不了解，但在大金川河谷中生活的大多数人，他们既是征服者的后代，也是被征服者的后代。当年惨烈的战事结束以后，当地人中男丁几乎死伤殆尽，清廷为了长治久安，活下来的士兵留下来就地屯垦，外来的士兵配娶当地妇女，共同劳作，繁育后代，使这片渡尽劫波的大地重新恢复了生机。

我查过金川一地很多资料，看这漫山满谷的梨树是什么时候有的。果然就在不同的书中发现一鳞半爪的线索。一本当时人的笔记讲到战前当地的物产，就说当地有叫查梨的梨树。又在后来的史料中发现，说有留下屯垦的山东籍士兵从老家带来了梨树种子，与当地的梨树嫁接后，新的梨树结果出了鸡腿形的，甜美多汁而几乎无渣的果实，因为这种新的梨树生长在雪山之下，就名为雪梨，名为金川雪梨了。从此，这个世界上就多了一种树，一种梨树。

不知是什么时候，这些新的梨树，就站满了大金川河谷，改变了这个河谷的景观，而多民族的融合也改变了这里的人文风貌。新民植育梨万树，生涯不复旧桑田。后一句引自晁补之《流民》，前一句是我编的。如此，大致能概括乾隆年间的惨烈战争后，大金川一带地方的变化吧。

当地政府有一个强烈的意图，就是把种植农业往观光方向转化。这样满山满谷的梨花，的确是一个很好的观光资源。杜甫诗："高秋总馈贫人食，来岁还舒满眼花。"虽是写桃树，但移至梨花上，也很恰切。物以致用，先是用的，这个功能实现后，其审美性的观赏功能或许更有价值。我们这一行，就是受邀来看梨花、写梨花的。可怎么写这些开放在雄荒大野，野性而生机勃勃的梨花的确是个问题。这几天，老听人在耳边念岑参的诗："忽如一夜春风来，千树万树梨花开。"我心里却不满足。虽有他写得跟眼前景色一样的壮阔，但那诗到底是写雪，写唐时轮台的雪，只是用梨花作比附的。真正到古诗词中找写梨花的诗句，都是写那小山小水小园中的，到底显得过于纤巧，与我们眼见的金川梨花并不相宜：

"梨花雪压枝，莺哢柳如丝。"（温庭筠）
"梨花千树雪，柳叶万条烟。"（李白）
"梨花如静女，寂寞出春暮。"（元好问）

再有些感怀伤时，一腔春愁，更与眼前这轰轰烈烈的花开盛景不能相配：

"梨花近寒食，近节只愁余。"（杨万里）
"梨花有思缘和叶，一树江头恼杀君。"（白居易）

我在这盛开着梨花的高山深谷中行走，只感到勃勃生机的感染，即便有些真愁或闲愁，此时，都烟消云散了。

梨树都是梨树，但有不同姿态；梨花都是梨花，却开出不同格调。何况树由人植，人群更是各各不同，金川的人民，历史将其造成了特别的族群。

树生别境，这里雄阔的雪山大川，化育了这种接近原生状态的梨树。中国文学书写草木，尤其是散文书写，常常套用传统文化中那些托物寄情、感时伤春的熟稔路数，情景相近时，虽也恰切，却了无新意。中国的地理和文化多样性都很丰富，同一个植物在不同的生境中，自然就发生不同的情态与意涵。所以，不看主客观的环境如何，只用主要植根于中原情境的传统审美中那些言说方式，就等于自我取消了书写的意义。日本作家永井荷风在写梅花时就注意到了这个问题。他说："我一望见梅花，心绪就一味沉浸于测试有关日本古典文学的知识当中。梅花再妍美动人，再清香四溢，我们个性的冲动却在根深蒂固的过去的权威欺压下顿然消萎。汉诗和歌跟俳句，已经一览无余地吸干了一些花的花香。"美国文化批评家苏珊·桑塔格也说过艺术创新的根底，就是培养新感受力。也就是说对于不同的对象，要有新的体察与认知。在这一点是，永井荷风也说过意思相近的话："我们首先须清心静虑，以天真烂漫的崭新感动，去远眺这种全新的花朵。"

的确，如果对此种写作方式缺乏应有的警惕，那就滑入那些了无新意的套路。我看梨花，就成了我看梨花，而真正重要的是我看梨花。前一种仅仅是一种姿态。后一种，才能真正呈现出书写的对象。今天，游记体散文面临一个危机，那就是只看见姿态，却不见对象的呈现。如此这般，写与没写，其实是一样的。法国有一个批评家曾经指出，无新意的文本，造成的只是一种"意义的空转"。空转是什么意思，就是汽车引擎发动了，却不往前行进。对于文学来说，文字铺展开来，却没有发现新的东西，那就是意义的空转。

所以，我看金川的梨花既考虑结合当地山川与独特人文，同时，也注意学习植物学上那细微准确的观察。写物，首先得让物得以呈现，然后涉笔其他才有可信的依托。

还想到一点，旅游，观赏，是一个过程，一个逐渐抵达、逼近和深入的过程。这既是在内省中升华，也是地理上的逐渐接近。所以，我也愿意把如何到达的过程也写出来，这才是完整的旅游。看见之前是前往，是接近，发现之前是寻求。我愿意用这样的方式去发现一片土地，去看见大金川上那些众多而普遍的梨花。

春花秋叶米亚罗

谷运龙

米亚罗有很多让人流连的美丽。每次从那里穿越，总有一些东西如影随形接踵而来，让人百看不厌。

桃 花

桃花是在早春三月不经意间开放的。从桃坪羌寨的零星点缀到米亚罗的铺天盖地，这春之艳丽足足走了一个月的时间。

人们也许不相信，在这清冷的峡谷之中的红粉佳人竟然比成都平原的还来得早，来得急，来得齐整。佳丽三千，把个米亚罗折腾得魂牵梦萦，整日里不能有点滴的宁静。

龙泉驿的桃花数日之内万树染粉，博大的素艳铺天盖地地泛滥开去，是一种大气和磅礴，让人在目之不及时生出一种单调的惆怅，就像一位牧人站在山顶高昂地吼叫一声以后，便纵身上马，催马而去。

米亚罗的桃花却不，她给人一种灵气十足的感觉，让人总是在一种捉摸不透中以心力之不及去欣赏。我们可以溯杂谷脑河而上，花上一个月的时间慢慢地往上看。

当成都平原的桃花还未争艳时，西羌古碉后面半山腰上的几树桃花就火爆爆地盛开。这几树桃花便把古堡的春天点亮了。

桃坪自古就是以桃为名的。历史上，这里曾经是桃林葱郁，桃花烂漫，硕果累累。如今的这几树野桃花尽管没有了以前那种怒放夹岸、芬芳盖地的气势和缤纷随水、游鱼逐花的浪漫，但终究还是留下了伊人孤寂、青灯思君的情思。只有这祖露在寸草不生、横行数里的峡谷中的桃花，才爆发出一种生之渴望的毅然之美；只有零星地傲立于冰水之畔的佳人，才显出一种思之久远的妖冶之丽。于是乎，我们在赏花时才有了一些非分之想，这种强烈的欲望随同山野清丽的风搅起满天的花絮。我们真就看见了羌家姑娘从山顶山下款款地走来，看见了围腰和飞起的飘带、头帕和翘起的云云鞋。当她们驻足在这亘古荒凉的半山腰时，便以其本能的生命韶华让这山这水浸润出一些别样的色彩。这桃花为何开得早，尔玛人生命的温差使然也。

来到甘堡已经是夕阳含山了，这里的桃花仿佛还在牛奶的乳香中做着春梦。当翌日的朝阳将柔和的光芒轻轻地铺陈开去时，杂谷脑河两岸的桃花便在山林以下、山寨之中红艳艳地开了。

这里是干热河谷与湿润河谷的交汇处。古堡的风从桃坪逆江而上，夹杂了许多干烈的燥热；米亚罗的雨顺江而下，裹带了些许温凉的湿润，因而桃树较之桃坪以下长得要高大一些、挺拔一些，枝枝丫丫都肥硕壮美。尽管花朵没有桃坪的那么堆砌和繁盛，但却在枝条的疏影里由衷地呈出殷殷的红粉。是我所见到的桃花中色泽最好的一种，应是桃花中的上品了。

这些花开在低矮的林子之下，作为山寨与山林的过渡，既承接了石头和四土藏族古老而庄重的文化，又吸纳了树木杂草的清秀和飘摇的自然，使这对接显出了极度的富丽和华贵。左看右看，上看下看，总找不出瑕疵和生涩，顿悟中就有如戴了珊瑚玛瑙、着了厚重浮香的四土女子，羞怯的红脸圆圆的水亮于此，山林便水一样地流下来，山寨就雾一样地飘起来，桃花就姑娘一样地笑开去。

相比而言，米亚罗的桃花便是姗姗来迟了。这是应了高原气候的造就和别出心裁的选择，真有"莫道春归无觅处，不知转入此中来"之佳境。

这里的桃花绵延数十里，一路欢歌跌宕而去。或江边嬉玩，以戏为本：时而细枝绕波，时而又花香乱水。孤独处，语轻言微，黛玉拭泪；相聚处，笑语欢歌，宝钗扑蝶。或林中顽皮，以活为性：时而明眸传情，时而又弄姿挠心。单体时，把四土的情歌唱得沉鱼落雁；群居时，又把古老的故事讲得日日翻新。所有的树都屏息静气，所有的山都安宁如处。我觉得，这些绿意婆娑中夹杂的粉黛，总是以一种天真的浪漫和老道的乖巧取悦于人，让人时而感到恨从胆边生，时而又让人觉得爱由心里来。只为这零星点缀中的一己红颜，足可让人青春不老。

最是栖身在乱石中的桃花了，蓬蓬勃勃地十分浓烈，几树几十树纠集成一个庞大的家族独占于此。花色尽管没有林荫中的一束叹息那般沉婉，但簇拥而生球状的花团就波浪似的一波未一波又起，在此搅过去分开来，捣鼓得轰轰烈烈，缠绵得死去活来。

这就是米亚罗的桃花，几十公里随水而去，近千米由林而发。这就是米亚罗的桃花，要淡就淡如圣洁天使，要浓就浓似红颜烈女。这就是米亚罗的桃花，要乖就乖出个温婉可掬，要乱就乱出个山崩地裂。

野桃花开过，家桃花便钻空儿开了，色艳过野，拘谨如童。接着就有李花细细碎碎地开，梨花清清白白地开。继而是苹果花英勇豪气、阳光雨露一般洒落开去，好壮烈的场面。

整整两个多月里，花香就这样把个几十公里的河谷填充得满满当当，花色就这样把这几十座山峰浸染得飘飘扬扬。

秋　叶

红叶只是米亚罗秋叶的一种。如果米亚罗真的只有红叶，米亚罗便会惘然许多，凄清很多。

即使在秋天，我从这条大峡谷也穿越过很多次。可以负责任地说，我对这里的每一片秋叶都是有所了解的。

米亚罗的秋色是由松树、杉树、桦树、杨树、漆树、青冈树、油炸条等等等等的色彩天然而成的。如果缺少任意一种，米亚罗的秋色便会减退几分，如果任其增加一种，米亚罗的秋色便也会平淡几成。这是因为天然才可巧成，人工却只会雕琢，雕琢之美难去斧痕，难免生涩。因而，总喜欢这种天然的舒张和巧成的流畅。

这些树群落其间，以其群落而成的天然色块，完美地构成了米亚罗秋天的缤纷和艳丽，形成这里独特的奇美景色。

浓墨重彩的是绿色。墨绿是米亚罗一年的基本色调，由杉树和一些常绿的松树构成。这种色彩除因季节的更替略略显出让人难以觉察的细微变化以外，几乎保持了一种沉稳和呆板的味道。在冬天万木赤裸时，这种格调便主宰了这里的世界，显出极度的至高无上和清冽刚毅。这是杉树的本能，由高原的烈风和大山的清水铸就的性格。松树的色调稍稍地松缓一些，枝条也较杉树柔和一些，色泽没有那么饱和，要轻浅和流动一些，显出愉快的乐感。夏天是一种蓊郁的葳蕤，所有的色彩都大同小异地被风和光整合了，特性被掩盖在共性之中，春秋时，由于嫩叶的柔美和老叶的直白，才让这种墨绿显出一些古怪的诗情，流露出些许悼念亡灵般的悲哀。

流金泼洒的是黄色。这种华贵的金黄是米亚罗秋天的重要色泽，由落叶松、白杨、桦树相融而成。既在一种大气磅礴中铺排开去，又各自在一种惜金如命的小家小气中收聚拢来。首尾相接，呼应自然。

最华贵的当数落叶松的鹅黄了，这些由松针构成的堂皇，瀑布一般地从树体上斜挂下来，层层叠叠，分分合合。微风拂过飘飞似发，阳光照耀光亮生辉。疏离处，鸟可展翅；密聚处，风难穿越。独处时，明晃晃一棵摇钱树；成片时，光艳艳一座紫禁城。斜时，流水无声；平时，袈裟铺地。这种色调以其无与伦比的辉煌引领了所有的黄色，把黄色的调子拔得很高。

其次是白杨。白杨要么是在河谷两边，干壮枝繁，要么是在砍伐后又没有种植的空地上，长得茂盛无比，叶片肥硕而拘谨。秋天，当露寒霜冻以后，太肥硕的叶片还来不及叹息就飘飞而去了，呈出树体的乳白和枝头的秃样，只有那些生在半山营养不良的杨树，才让薄脆的叶片渐渐地黄亮起来。这种黄较落叶松又鲜活一些，轻浅一些，仿佛色彩只停留在表层，难以深入到骨肉之中，就使得整个叶片没有浸染以后的饱和度。恰好是这种轻描和淡写，反倒使所有的叶片都具备了反光的功能，阳光游走其上，便光洁如冰、玲珑如玉了。也恰好是这沉甸甸的厚重，叶片便可因风而动而响，发出如金属碰撞以后的音质，让这黄色在反光中悄然地生动起来，与落叶松高贵的华丽形成一种恰到好处的反差。色相近，性相远；色相融，情相牵。

再就是桦树，未砍伐的桦树挺拔高大，华盖蔽日。在砍伐过的地方，桦树和白杨均成为新生一族，哗啦啦地蔓延开去。这些桦树大都幼弱而枝疏，叶片较白杨更是单薄而细软。秋天的风一吹，雨一淋，所有的叶子都纯粹地浸泡在一种淡淡的黄色中。这种湿漉漉的弱黄渗透进叶子的每一条经纬，使得薄如蝉翼的叶片沉沉的总是打不起精神，阳光也罢，霜露也罢，都激不起它们的情致，风吹过时，也听不见叶片碰撞的好听声音。但这种轻薄到一种细软的弱黄却彩露一般地浸染开去，近看是稀疏有致，远看又波光粼粼，风吹不开，光化不开。和白杨树叶的色泽在浓淡之中、在声响之中，淡淡地雅雅地相扣在一起，对接在一起。

这所有的黄就这样成方队似的铺陈在墨绿之下，带状地在一条条山谷里翻卷、轻飘、漫飞。这是一种华贵的松散，富丽的疏朗，辉煌的铺陈。整个米亚罗就因这黄的色调浪漫起来，飞跃起来，流淌起来，以此去反衬墨绿的沉稳和老道。

热血冲天的是火红。这种火红把米亚罗热热烈烈地燃烧起来。燃烧米亚罗的是威树、漆树和油炸条。

槭树是其格调的主演。这种树群居甚少，独处偏多，大都一株孤生，也有三三两两成小家的。但它却参天而去，硕大的树冠盖过几株或十余株杂树，叶片呈锯齿状，又似鹅掌，故又称鹅掌。偶有花楸与之为伍，身躯伟岸，叶似而非。春夏之际，这种树没有过人惹人的高招，只有秋季，霜叶醉酒，红不胜言。火暴暴的性子把米亚罗的每一面坡、每一条峡都闹腾得血冲天宇，气贯长虹。独行者，侠肝义胆，任凭墨绿、金黄围困，杀一条血路，洒一路豪气。齐驱者，桃园结义，以仁开道，以勇占山，轰轰烈烈排山而来，高高昂昂倒海而去。

槭树是其铁马冰河的配角儿。尽管没有前者那般傲然苍穹、侠骨铁血，但总也在该其守候的地方安安静静地守候，把守候和等待都化成啼血杜鹃的叹息，为前者咆哮奔驰的刚勇着上些许哀婉的色彩，怨妇数庚，美女含泪。

长不大的油炸条在杂谷脑城的四围铺陈着所有从鹧鸪山上席卷而来的色

彩，以其零零星星的细碎构成一张莫大的朱红之网，在悬崖上，在绝壁间，火辣辣地呼啸而去，林木因此含羞，流水因此露怯。它不同于勇士一去不返，也不同于弱女含泪述悲，而是一群稚趣横生的老顽童，闹闹嚷嚷地随心所欲。就是这种任性啸叫的不经意的表演，才让这涌流躁动的红色在这里戛然而止，让人生出很多遗憾。

米亚罗千奇百怪的山成就了米亚罗千姿百态的树，米亚罗千姿百态的树成就了米亚罗千颜万色的叶，米亚罗千颜万色的叶成就了米亚罗千变万化的秋。于是你看米亚罗这秋色：

金灿灿的太阳把山上叶上的霜花轻轻地化去。呼啦一声，所有的树叶都从牛奶的乳香中洗练而出，奶气浮动起来，奶香弥漫开去。又呼啦一声，所有的色彩就明明灭灭地亮丽开去。墨绿的毯子裹卷而去时，金黄的海潮就铺地而来，火红的旗帜漫天飞舞。飘扬的旗帜左冲右突、上蹿下跳，把金黄的海潮搅动得天翻地覆，海潮向天边卷去，向河谷退去，不时又在墨绿中决堤而泛。几十成百上千平方公里的相依相恋、厮杀拼搏，缤纷的色彩裹挟着、融和着、浸染着、混淆着，你中有我，我中有你，维缠绵绵地滚动而下，流水生彩，土地染色，雄赳赳地一直向前。

我想：这便是米亚罗的秋叶。

这便是米亚罗的秋色。

这便是米亚罗的秋意。

温 泉

感觉中，温泉就是温泉，而不是温水。

温泉应是大山心里流淌的血脉，哪怕血脉里有一股异样的腥味或大山深处陈腐的酸味，也是清清亮亮，照得出人的影子，净得了人的心灵。

温泉应是峡谷深处涌动的情思，哪怕情思中有一次别样的瑕疵或峡谷深处阴暗的谎言，也是透透彻彻，看得了爱的真谛，诱得了人的魂魄。

我去过很多温泉，终归还是觉得古尔沟的温泉是真正意义上的温泉。它来得那么安谧，来得那么爽快，来得那么自然，实乃上帝的赐予。我想世界上有这样温泉的地方实在不多了。

古尔沟温泉和很多自然流淌的温泉一样，总是诡秘地躲在山窝窝里，以其独到的奇特诱人去那里洗浴，去那里啜饮。以前她在距杂谷脑河三公里开外的山沟里，从山崖中哗然而出，冲天的水雾遮住了山沟里所有的异物，只有流水的声响悠扬地飘去。远近的人们都定期或不定期到此地净身净心。以后便开发了，保湿水管从山里牵引而出，这蒸腾的流物便冲冲地妖冶到了古尔沟这块被人开发的地方。

从药用的理论上我是难以讲明白的，只知道有懂得温泉的高人为她挥毫题写"西南第一汤"。既在地理的方位上为其定了位，又在温泉的质量上为其定了性。莫大的一个西南竟让她摘了头名，中了状元，在众多的温泉中却有了不是水却胜于水的"第一汤"。我曾造次地打听过这"第一汤"何以名之，知者答曰，因古尔沟温泉不仅可以洗澡，且可以饮用，其间蕴含二十三种微量元素，入口除异味，下肚可治病，洗浴可疗伤。难怪有人戏言之：洗的是矿泉水，喝的是洗澡水。

的确，我见过也洗过的一些温泉，要么是碳酸钙的气息飘浮，要么是硫黄的味道熏蒸，都是只可洗不可饮。在古尔沟洗温泉你却可以边洗边饮，既洗外也洗内。据当地人讲，温泉对胃病、肠炎等有奇特的疗效，对一些皮肤病如干疮子、水痘子、火疖子也有极佳的治疗功能。

眼下，成都平原的很多郊县争先钻孔寻找温泉，甚至不惜几千万乃至于数十亿，听说打入几千米下的地层中探取热水，不为水的档次，只要有热度似乎就大功告成，一本万利。我去过几个这样的人工温泉，不热不冷不清洁不透明，淡黄的水懒洋洋地流着，全然没有了天然温泉特有的腻润和蒸腾的雾岚，涩涩地让人出浴后还觉得身上尘埃未净，总想起野猪滚水以后的那个样子。

四处打眼，八方寻源。我想这温泉是地热的作用，地热总是难以消除，这热是靠了这地下水去加以冷却和释放的，应该是地球内在的一种肌理或生理的平衡。如果我们都这么掠夺似的开发，会不会有一天地球深部的水被吸干以后，地壳因没有了水的承载而坍塌；或许，地球会不会因为没有了内部的冷却水而发烧发烫，最后变成火球，岩浆不仅在山口喷发，而且在平原喷发；或许，会不会有一天地热被耗尽，地球变成一个冰球，所有的季节都在严寒中打抖。

我不是地质专家，但我依然要这样顽固地往下想，我们不应该让自己去挣儿孙的钱，不应该用金钱去掠尽儿孙的幸福，让他们还未临世就被钉死在祸端高耸云天的十字架上。

我依然神情于古尔沟的温泉，清清亮亮地流淌，爽爽朗朗地歌唱。真希望你这样永生永世地流下去，流下去。

海 子

何立伟

七月流火，就到九寨沟歇凉去。那地方年平均温度据说才七度多，于是用不着带蒲扇。

九寨沟最好的景致我以为是水。当地藏人把沟里很大一洼洼的水叫作"海子"。有北京的作家说他们北京也这样叫。完全可能。或许更有别的地方亦这样叫。但北京的"海子"或别的什么地方的"海子"能同九寨沟的"海子"比吗？就像我们把西施或张曼玉叫女人，你说你隔壁老刘的麻脸罗圈腿堂客也叫女人，是一回事吗？

那"海子"平静如一面照见乾坤的镜子。乾坤是动的，时间亦是动的，但到这镜子里来，一切皆是凝固的，一切又皆是透明的。有一年我在深圳，到一家新宾馆找人，朝里头匆匆走去，忽然咚的一声，随后我的额头遂起了史无前例的造山运动。原来那玻璃门擦得太干净，又没来得及贴上警告标识，简直如空气一般无形。九寨沟的水虽同这玻璃一般透明，但却有颜色。据说秋天的海子五彩斑斓，炫丽得你想学写过《离骚》的三闾大夫，动不动就要朝水里头跳，当然动机不一定非得是爱国或失恋。大凡至美的东西，皆叫人要死要活才算得景仰。但七月的海子却只有一种叫人迷惘的蓝色。那种蓝呵，是一种你无法形容的蓝。我们坐在箭竹海旁的栈道上，北京的老编辑张守仁先生问我，这种蓝你说应当叫作什么蓝。我那一时是失语了。旁边十几个靠文字吃饭的家伙亦全都失语了。拿文字来形容这种蓝，简直是玩笑。不能玩笑，于是只好迷惘。众平日里说话必语惊四座的人此时此刻唯有沉默，而且老实，像犯了巨大错误的孩子。

但是我也想，那种蓝虽不可形容，或许亦可以譬如。我想起孩提时我有点孤独，不甚合群，喜欢一个人撑着下颔呆想，为日后大规模逃学酝酿高尚的动机。那时我留意到的是幼儿园屋顶上的玻璃，抬起头来，正在鼻尖和天空之间，于是就有那么样的一种叫人冲动的蓝，叫人想变成一只鸟或是一朵云的蓝，叫人想到在幼儿园的枯燥生活之外有无限自由的蓝，叫周围的保育员或是男女同学的声音突然哑默的蓝，或者，干脆说吧，是叫一个不安分的孩子耽于无边际幻想的蓝。对了，如果用譬如，那我倒是可以说，九寨沟的水的蓝，是让人想到童年的梦想的蓝，是一个人生命里或许有过的最奢华也最迷醉的蓝。

当然，譬如总是很蹩足。事实上，九寨沟的水，连譬如都不能用。你只能静静地感受它，接受那种蓝对你落满俗世尘埃的心灵的无声洗涤。你须起敬意，亦须庄严。因为那种蓝是蓝得极为神圣、蓝得充满宇宙的法相。

我后悔的是不该跟笔会到九寨沟来。我下一回来，须是我一个人，找个海子，独自坐下来，就是呆呆地看水，看那种梦一样的蓝。不必沉思亦不必玄想，只是那样坐着，将自己的一切化为无。

无语之旅

蒋子丹

九黄机场修建在断壁危崖之上，像极了一艘巨大的航空母舰。波音 757 从那儿起飞，机身刚刚脱离跑道，就一头扎进苍茫云海，剪除了逐渐爬升的整个过程，人间天上联在一起仿佛没有界限。回望九寨沟，顷刻之间已被一派迷蒙的烟雾吞没，心中竟有些不舍。前方注定又是都市年复一年的喧嚣，九寨沟的安谧就像一条清凉凉的鳗鱼，在这个夏天擦着我们芜杂纷繁的心境游过去，遗落串串红尘之外的波澜，搅动起来的却是身不由己的无奈。

翻开本次旅行日记，始终是一叠空白。从一踏上九寨沟的土地，我就产生了一种直觉，有关它的记载不可以信笔写来。虽然文字从来是我们游历名山大川最忠实的伴侣，我们的行程也遍布着前人文字的印痕：经巫峡云雨，便感念两岸猿声一叶轻舟的超然；登长城风火楼台，则凭吊金戈铁马挑灯看剑的豪迈；岳阳楼栏杆拍遍，激赏居庙堂之高忧民处江湖之远忧君的襟怀；赤壁滩大浪淘尽，慨叹公瑾当年小乔初嫁羽扇纶巾千古风流的神采。以往的旅途，唐诗宋词游记碑铭长联短赋总是与我们随行，经过文思点染的众多命名，以及应景而生的无数传说，总把我们出发的行囊和归来的心窍塞满。它们诠释着风景，甚至暗暗设计和控制着风景。

可是九寨沟不同，这个地方神奇恰在于它以独有的方式和自在的情态，消解了文字，远离了文化，颠覆了各种人为的定向联想，把我们流放到无语的境地。这一片山水，从五千多年中国文学史跳了出来，非汉非唐非明非清，似乎是一个文字和章句从未抵达过的原初和终极，更是一个没有时间的永恒，一个没有空间的幻境，使我们不得不抖落心中所有的定见和习语，用一颗纯净清洁的心去亲近它，从点点滴滴的气息、质感、色彩和声音里体验它，从而也明白了，此时此刻的任何言说纯属多余。我相信九寨沟也许更乐于接纳一个能嗅到松鼠行踪的鼻子和十个能摸出色彩的指头，却拒绝写作者的构想——尤其是我们这些从小被各种游记训练过观感的写作者业已格式化的构想。甚至可以更大胆些怀疑，用"九寨"命名这片亦真亦幻的山水太过直白也逊于声色，是不是更应该用一片红叶的飘零或者一声山泉的滴落来定位它的标识？

九寨沟的水，几乎是无法描写的。

瀑布滩头，溪流和海子，构成了九寨沟最具魅力的所在。千变万化的水在奔流的时候任情任性地发出各自的声响，一旦抵达海子的领域，就不约而同地静下声来，好像一些上课迟到的孩子，打打闹闹撞进了教室里，被谁嘘了一声，再也不吭声了。而海子呢，无论深不见底还是浅可涉足，全都处子般安详静默，只有风撩拨它们的时候，才露出几点闪烁的波光，宛如欲言又止。海子的清纯造就了世间少见的美丽，正好比素面朝天的少女对自家的美貌从不经意，又倾倒了天下所有的看客，一派有大美而不矜的本色。人们在海子周边徘徊，不知不觉就把身心沉浸在它的碧蓝蔚蓝湛蓝深蓝里，忘了自己是谁。对海子的凝望和怀想，会让忧郁的人变得开朗，焦躁的人变得安宁，狭隘的人变得宽厚，骄矜的人变得谦和，造作的人变得朴实，同时让浮浅的人变得深沉，而让深刻了半辈子的人变得如稚子一样天真。

九寨沟的树，似乎也无法描写。

横躺在海子里的那些树，更是九寨沟的奇观妙景，让所有的人一见到它们就要惊异万分，这些特立独行的树如何在某个遥远的秋日，放弃了与土地的前盟，一头扎进海子的怀抱？满沟满垅的原始森林和次生林，阔叶林针叶林灌木林和高海拔草甸子组成的生物链，都在遵循季节和阳光的节奏，按部就班地生长，唯有它们，倒向了海子，变成沉在水底的一棵棵的秘密。水流过去，风吹过去，大地春华秋实的更迭，海子雨季肥了旱季瘦了，都成了从它们眼前走过的风景。经年累月，树在水里褪下了树皮和树叶的衣冠，通体长出绵软的青苔，吸纳了微生物死亡的腐败，孵化了小裸鲤新生的游弋，让海子里的水更清冽也更生动。每当海子在晴朗或微雨的天空下眨着神奇的眼睛，它们也会像漂亮的睫毛一样，随着水浪的波纹震颤。这样的树是不死的，它们已经在人们永远无从知晓也无法传递的历史中得到了永生。

九寨沟的历史，是不知其来也不知其往的自然循环，人的足迹和炊烟不过是其中的偶然，与动物的生死和植物的荣枯一样，是自然的一部分，并不需要特别的意义或情怀。正因为如此，人类在这里不是中心，不可能自大，也不可能自恋。生活在九寨的藏民世世代代信奉的苯波教，与其说充满着人文理性，不如说更依重自然象征。他们崇拜自然界的日月星辰山河湖泊土石草木乃至飞禽走兽，并不把君临天下的帝王或能征善战的英雄放在心上，他们向山神树神水神祈求福祉，并不寄望于祖先的荫庇。屋前的经幡和河边的转经是他们特殊的信仰方式，人的意愿托付给风托付给水，还原成为自然的声音传达给上苍。经幡的五色里，蓝代表蓝天，白代表白云，红代表火焰，黄代表土地，绿代表森林，人类缺席了，或者说隐退到了微弱渺小的位置。大概是出于同一道理，他们年年月月念颂的"悟芝弥吧萨来德"八字真经，是人与神灵的对话，从来不会有真正意义上的诠释，若是谁非要给予狭义的探究，多少会显得有些辽阔。人们对自然的解读，人们对自然之神的膜拜和祈祷，如果不是一声声无字的歌唱，循环反复以致无穷，倒会让人奇怪了。在这里，语义同样在缺席，或者说同样隐退到了微弱渺小的位置。

毋庸置疑，在这样的信仰之下，九寨沟远离了文化的深刻也远离了文化的贪婪，避免了文明的开发也避免了文明的破坏。生活在这样一个童话里，男人们不会上山去砍树，女人们不会去海子里洗涤脏物，孩子们不会把鸟巢里的幼雀掏来玩弄，人与山水万物相依相伴共生共荣的真理，他们几乎无师自通，甚至是来自一种本能的敬畏和珍惜。只要山青水绿鸟飞鱼翔，他们就满足就安心，就能把日子一代代过得自在而充实。他们从来不需用文字来表达这些，不需用文字来赞美这些，甚至不需要生态主义者们吵吵嚷嚷的痛苦渲泄或者业绩炫耀，因为山与水本就是他们的身体，阳光和云雨本就是他们的心情，一切再自然不过。也许，一棵小草的枯萎，一只蝼蚁的仓皇，都能在他们的神经末梢引起一丝感应，使他们在暗夜里睁开睡眼，向满天星斗遍地月光凝神片刻。

人常说黄山归来不看山，桂林归来不看水，我想说的是：九寨沟归来不写字。即便在这里絮叨几许，也不过是文字囚笼之中一颗无奈心灵的远望，是对一次无语之旅的文字祭悼。九寨沟已离我远去，在我的记忆中其实已不可重现。当现代生活的喧哗越来越蛮横地遮蔽这个世界的时候，九寨沟是一片可以想象不可以记叙的天地。纵使我们远离了它，它自然天成的深邃平静，仍然丰富也阔大着我们的胸襟，溶解着尘世间任何小来小去的恩和怨、成和败、贵与贱、荣和辱，从而使一切思忖计较都羞于出口。在这个意义上，九寨沟教会了我们沉默。

沟里的标准

蒋子龙

当今世界上最好的自然景观多在沟里，如九寨沟、雅鲁藏布江大峡谷、科罗拉多大峡谷……峡谷也是沟，连太平洋底下都有一条神秘的深沟。

或许正因为是沟，野犷雄蛮，神秘莫测，人类难以涉足，才使原始的自然景物得以保存。不要说那些神秘的大峡谷，就是开放多年的九寨沟，我有两次到了沟边上都进不去。一次是因为大雨冲坏了进沟的道路，第二次是因为游客太多，从沟口到沟底的几十公里全是车，游客从早晨排队到下午三点钟还无法进沟。九寨沟最佳日容量1.2万人次，最大日容量1.8万人次，拒绝超出它最大接待能力的游客。这让我感到新鲜，游客都是给九寨沟送钱来的，这个年头有谁还会嫌钱多了烫手呵？

这或许也可称之为"君子爱财，取之有道"。"道"就是规矩，就是标准。符合标准，多多益善，不符合标准，多一分也不要。于是，我开始关心九寨沟的标准，搜集有关九寨沟的资料，向去过九寨沟的人打听沟里的境况，渐渐地竟发现了一些别有趣味的现象。

比如，凡是关于九寨沟的资料，以及所有去过九寨沟的人回来谈九寨沟、写九寨沟，都爱用形容词，爱打比喻，遣词造句极尽华丽。自以为九寨沟是诗人的摇篮，去一趟回来就都成了诗人，殊不知九寨沟正是扼杀诗人的地方。在那里数文字和语言最无力，它的美霸占了想象力，文人们越夸饰、炫耀地卖弄文字，就越显得矫情、做作、肤浅。就我的视野所见，到目前为止，凡写九寨沟的诗、文章以及绘画，都不及一幅九寨沟的摄影作品更美、更自然、更真实感人。九寨沟只需原样不动地复制，就已经非常神奇。任何人为它锦上添花，都只会贬低它伤害它。等到我也终于有机会走进了沟里，才知道这原来就是它的标准：保护第一，开发为后，保护好就是开发，开发只能是为了更好的保护。

据说以前沟里布满大大小小的旅馆，共有700个床位，一声令下全部拆除，恢复九寨沟的自然原貌，游客一律"沟里游，沟外住"。其实，光是"游"就已经够可怕的了，九寨沟不过百里长，一年要承受200万人次的践踏，若没有保护措施，时间一长九寨沟还不得变成"九寨大道"。于是，60公里长的木板人行栈道建起来了，野趣自然，与沟里的环境相协调，游客走在栈道上，水在脚下流，花在道边开……

九寨沟的湖光山色自然令人惊奇，但更让我惊奇的还是为了保护这湖光山色而制定出的一系列"沟里的标准"。在我的印象里，似乎还从未见到过像九寨沟这么干净的旅游热地，无论是在沟的大面上，还是沟里的角角落落，你绝对见不到一点垃圾。九寨沟人多，来自世界的四面八方，其中当然就有自觉的和不自觉的，沟里为自觉者提供了各种便利，包括游览的便利和丢弃垃圾的便利。比如外面的车辆一律不得进沟，不论公家的私家的、高档的低档的，进沟想乘车游览，就只能乘坐以石油液化气为燃料的绿色环保观光车。

那么，对待不自觉的呢，就得用点笨办法。九寨沟里游动着一种身着绿色环卫服的人，他们大多是沟里的原住藏民，对沟里的每一寸土地都进行了分段包干，游人多的地段可以只负责几百米，游人略少的地段要包管千米。他们无处不在，无时不在，不允许在自己负责的地面上有丁点垃圾，哪怕是一片纸屑。事情就是这样，再不自觉的人，到了一个非常干净的地方也会收敛许多。即便是再没教养的人，你在前面丢，人家跟在你后面拣，拣来拣去就会拣得你不好意思再乱丢了。

但，有一种垃圾是不能随丢随拣的，这就是粪便。厕所是所有旅游景区的难题，最是煞风景，可没有厕所又不行。何况九寨沟的生命是水，污染了沟里的水也就等于毁了九寨沟，解决这个世界性的难题，需得用眼下世界上最先进的科学技术，于是九寨沟建起了"打包厕所"。人少的时候一天一清，人多的时候一天两清，将粪便打包运到沟外处理。

然而，旅游胜地的垃圾又岂止是这些有形的东西，还有一种垃圾是无形的，可称之为"文化污染"。比如，将所有景点都穿凿附会成一个浅俗的民间故事，解说词像哄着儿童猜谜语，有巨石俯向水面，就会说像不像"老牛饮水"呀？山顶上有块狗头石，就可以将一个景观命名为"天狗吠日"……而九寨沟的导游员，只介绍每一个景点的自然背景、历史资料和物理指标，诸如长多少，宽多少，深多少，都有什么成分，含量多少……九寨沟的现实胜过一切神话传说，它是绝无仅有的，无须再把它想象成别的东西来以招徕。

九寨沟是大自然的恩赐，进沟应该有朝圣般的洁净感和敬重感。人类经历了痛苦的受制于自然和改造自然的漫长过程，终于认识到人类起源于自然，自然永远都是人类生存和发展的基础，必须要尊重自然和保护自然，以自然能够接受的方式，跟自然和谐相处。九寨沟制定的"沟里的标准"、也可以说是自然的标准、自然的规则。遵守这标准，九寨沟自然，游人也自然，也只有让山水自然，人才能自然。自自然然，才有真的快乐。

找寻你——壤塘的影子

凌仕江

较之青藏阳光的属性，壤塘夏日午后的热度，明显少了些隐秘的清凉与坚韧的刀锋。除了云朵相融的白色山尖，河流、森林、寺院、青稞、行人、建筑、马群、帐篷、草地、石头、狼毒花，以及那一群年少的红衣人，所有表情都袒露在烈日无痕的空气里。

只有掠过视野的白塔，自从进入马尔康后，高的、矮的，大的、小的，有时零星地闪现在前方路侧，如一个静默、独幽、庞大的隐匿者，有时忽然又以一排排的格式出现，在阳光与风声掩蔽的绿天里，白塔一路都在弥撒看得见或看不见的味道。我想，之于车上的多数人，那种味道是不易被看见的，而之于我，那是熟悉又陌生且确信无疑的——来自壤塘深处的味道。

此时，很想写一句爱与慈悲的诗——之于大地与天空的内心：曲登嘎布一直都在歌唱。

在藏语翻译里，曲登嘎布通常被藏族人称为白塔，其实也就是书面上所说的佛塔。通过圣洁的白塔，传递出的却是同一种桑烟的暗香，只是桑植的生长土壤不同。多年以前，在文字里，我说出过西藏的味道，主体来源于白塔上空的桑烟。而壤塘则别有一番滋味，白塔总是赶在所有的事物之前抵达——它比梭磨河与则曲河流水的速度更快，甚至超越了我们整天被河流追赶的车辆行驶速度。

有时，白塔就是一片地脉的先知。

但煨桑，只是百余种草药炼成壤塘藏香中的一种。

在壤塘，只要有白塔的地方，就不难发现桑烟的理想与寺庙的踪迹。几天时间，我们走进一些寺庙，还有很多寺庙未能进入。可以说，所有发现或未发现的，都在众神与个人的缘分之间了。在这里，几乎小到每个村都有自己的寺庙。村人朝圣寺庙，就像我们在故乡赶集，但我们注定是局外人。

我记住了霞光里那一座吉祥多门塔——它的组成部分包括塔基、须弥座、覆钵塔身和塔刹。塔上圆下方，多层多门，独自空旷，雄踞苍穹，色彩接近于霞光多变的魅惑。遗憾的是，天色太晚，只看见几只乌鸦的眼睛在风中炯炯转动。

在天边，青色与蛋黄交织的云丝间，乌鸦在蓝色的天河之上，亮翅穿梭，营造了几分玄机与奥秘。那些随风上升的桑烟，带着人间的苦痛与不幸，化为非檀非麝的香气蓊葧，传递天堂，联通另一个世界，回向慈悲和爱。伫立烟尘之间仰望或聆听的人，此时都成了一个个幻影，缥缈、弯曲、模糊，甚至正在消失。他们究竟看见了什么？或听见了什么？我不知道。

在壤塘，草木的确有一个强大的理想国。

这样的理想，是草木的初心，是寺庙的碎屑与灵骨，比起树林里安静的经幡或在路口接风洗尘的隆达，桑烟最能辨识草木的属性，它消散在空中的面孔更具有隐形的力量！

我想起了青藏高原林芝苯日神山的经幡，它们在山峰与天际之间堆积的情感，似乎更为突出风景的表现，而面对眼前川西壤塘藏区的经幡，心底像是生长出几株安分、自由、随性的小树，随时摇曳在心门之外。在大地的阶梯上，经幡看似寂寞；在风的助力下，经幡既是山、树、油菜花的陪伴，又具有独一无二的替人忘忧冥想的引力，它与路人的幽会，凭的是一双眼睛在路上的缘分。只要看了它一眼，就如念了一次咒。而此刻，我渴望表达壤塘世界的色彩，正是经幡提醒心的觉察而来——山谷芬芳。

车窗里没看见经幡的人，是很容易错失缘分的人。在壤塘，经幡是一种美妙的传唤。在你离它很远的距离时，它已经向你微笑示好了。同时，它又在传唤身边的同类，不远处来客人了，好比宗科乡伊东村八家寨亲切好客的乡亲。

他们对待一个远道而来的陌生人，是一种认领。仿佛我的前世在这里走失，而他们不变的守候，就是因为有一天那个人必将回来。这种珍贵的情愫，即使在影视剧里也已消逝好多年了。不同的是，当那个多民族血液结合身份的志愿者周凯，念着我的名字，提着我的行李，将我从车上带下，领进冷布家时，火塘的火呈集束状上升，几双眼睛重逢在一起，让我很快如一只羊羔，在饮尽一杯芳香的酥油茶后，随意地躺在了舒适的卡垫上，没有丝毫落单的拘谨与陌生……

若尔盖的记忆碎片

牛　放

关于牧民

"天苍苍，野茫茫，风吹草低见牛羊。"这句耳熟能详的北朝民歌是对游牧的写照，但是，牧民的游牧生活又有多少人真正了解呢？若尔盖是藏民族聚居区，它偏僻的地理位置，以及在中国历史的进程中的地位，让我们望而却步，久而久之也就顺理成章地淡出了人们的视野。

在草原，一个男孩呱呱坠地，就注定他这一生的命运与草原、牛羊、骏马连在了一起。草原的女孩一点也不比男孩差，她们天性朴实、纯洁。他们是天生的草原主人。

草原人从幼年起就开始了逐水草而居的生活。牛羊走向哪里，帐房就跟向哪里，马背和父母的羊皮袄是他们温暖的摇篮，藏獒是他们最亲密的伙伴。不管是冬天还是夏日，他们总喜欢全裸着身体，在草原上嬉戏，即使在烈日下，在雪地里，他们也不会被强烈的阳光晒伤，也不会被寒冷的冰雪冻坏。父母把喷香的酥油涂抹在他们的身体上，这样的习俗会一生受用，酥油是草原最好的防晒霜和护肤品。孩子们像自由的鱼一样，草原用绿色的海水呵护着他们成长。过了童年就是美好的少年时光，这个时候，无论男女，骑马的技术早已经练就得十分精湛。他们身轻如燕，机敏灵活，娴熟的骑术令他们在马背上犹如在地上走路。他们中的任何一个人，都能够在奔腾的骏马背上自如地弯腰捡拾草地上的东西，也可以在飞驰的马背上用枪弹精准地射击固定或者移动的目标。所以，草原每次盛大的赛马大会，参赛的都是少年，夺得桂冠的当然也是少年。他们的一身娴熟骑术，是他们放牧牛羊的基本功。

青年时期，草原汉子成了真正的牧人，男人的剽悍和勇敢使他们成为草原的主人。他们骑着高头大马，肩上斜背着叉子枪，怀揣牛皮绳索系着的铁制打狗棒，成年藏獒充当着牧羊犬紧随身后。这便是草原姑娘心中的草原汉子。青年时期的女人则出落得花儿一样美丽，水獭毛皮镶边的藏式长裙，将她们丰满健康修长的秀美身体衬托得美轮美奂，腰间系着一条银质的奶钩，既是财富性装饰，也是生产劳动的工具。熬奶茶、挤牛奶、打酥油、晒奶渣是她们的舞蹈；搓牛毛、编帐房、织氆氇、唱情歌是她们的风采。野性、温柔、羞涩的草原姑娘是草原汉子心中的天仙。一枚戒指，一条头巾，几首牧歌皆可作为他们的定情信物。婚礼盛大而隆重，哈达带着祝福，牛角琴弹出浪漫，青稞咂酒喝出主人的好客，锅庄舞蹈跳出草原的豪情。草原从此便多了一个幸福的家庭。

夏日，无垠的绿草和鲜花一直弥漫到天边。白河、黑河、黄河，鱼鸥、黄鸭、黑颈鹤成群地栖于河畔。每到这个季节，牧民们就会吆喝着自家的牛羊，驮着帐房，带上牧羊犬迁徙到远牧场。牧人的帐房总是不约而同地紧邻着，连绵二三十里，像姑娘织就的花腰带。牧人悠闲的时候，总喜欢十分放松地仰躺在草地上，哼着牧歌，或者随手扯一根草嚼在嘴里，望着高高天空里的白云一片一片从眼前飘过。雪白的羊群和乌黑的牦牛在牧人的近旁，也学天空的云片一样，在绿茵茵的草原流动。有时天空飘着几团乌云，轰隆隆的炸雷好像从脚边滚过，牧歌就从马背躲进牛毛帐房。而在草原看得见的另一端，却依然是灿烂的阳光。冬天，牧民们则回到用土坯垒砌的冬房，或是用杨柳扎墙再抹上牛粪的小屋，牛粪火陪伴他们过完整个冬季。

在草原冬季的小镇，常常会出现这样一种画面：正午，强烈的阳光照耀着小镇，一队人马卷土而来，在镇中三岔路口的开阔处停住。但见马背上的魁梧身体，小眼、阔嘴、大鼻梁，单肩披着厚重的羊皮袄，一个个黑黝黝的脸庞，黑黝黝的脊背，黑黝黝的胸膛，肩上斜挎着叉子枪。他们并不下马，马头和人头挤在一起，交头接耳一阵后，有的勒马盘旋，有的策马而去，有的跳下马背走进路边的小酒店。这些野性十足而又极具英雄气概的人们，他们就是若尔盖草原的牧民。

牧民们跟自己放养的牛羊有着深厚的情感，说什么他们也舍不得宰杀它们。一直以来，牧人们攀比富裕都是以自己家里拥有多少头（只）牛羊为标准，而不是以修了多少豪宅、拥有多少存款来界定。这种传统观念一直延续到今天。

日子一天天老去，牧人昔日的剽悍与勇敢，也在岁月中变得老态龙钟。转经是长者永不离手的希望，他们佝偻着身躯，嘴里念着经文，在帐篷外面的草地上抑或在寺院旁边的转经筒下晒着温暖的阳光，悠悠河水就在他们面前的草原里安静地流淌着，连同他们一起安静得像一幅巨大的老照片。面对如此静谧的自然和宁静的心情，他们有时也会升腾起一股跃马扬鞭、饮马黄河的冲动。

这里，死亡并不是一件可怕的事情，人们对生命的终结很是达观。在他们眼里，死亡意味着结束，也意味着开始，意味着重生与解脱。宗教使所有结束生命的人最终走向天堂。塔葬、天葬、火葬、水葬、土葬是常见的丧葬习俗，无论哪种葬法，亡者的灵魂在寺院僧侣的诵经声中最终都会走进天国。

当一个牧人的灵魂抵达天国的时候，草原上又一个生命在晨曦中呱呱坠地了，草原张开了浩大的怀抱迎接着新的生命的降临。草原，又开始了新的一天。

关于黄河

我们不应该不知道若尔盖的黄河，它改写了四川没有黄河的历史，也弥补了几千年以来的中国文献因没有这段记录而产生的遗憾。

中国人都知道"黄河九曲"，几千年了居然没有人深入实地地探究一下黄河第一湾在哪里？历史和国人一道稀里糊涂地说着，连国家的教科书也跟着犯傻，终究成了一件中国的糊涂事。

著名学者流沙河先生回忆说，他隐约记得大约 20 世纪 40 年代初期，那时他还在读高中，见过一本四川出版的地理杂志仿佛提到过有黄河从四川的草原流过，但没有考察记录，具体情况不详。直到 20 世纪中叶，黄河流经四川的地理符号才标注在原成都军区的军事地图上。1950 年，川西北草地局势不稳，解放军原成都军区剿匪侦察员都爱国，乔装藏族牧民潜入松潘草地绘制军事地图。当他意外地发现四川若尔盖有黄河时，简直不敢相信自己。他通过反复核实后确定若尔盖这条河就是黄河。都爱国迅速将这一重要情况向军区做了汇报。从此，流经若尔盖的黄河第一次标注在了中国的军事地图上。因为是军事地图，涉密，事后也没有作宣传，了解的人自然也就十分有限。再后来，若尔盖设立了政府行政机构，移居的汉族和其他民族的人数不断增多，民族间的交往融和也频繁了起来。即使如此，若尔盖依然是偏僻闭塞的。时间到了改革开放中期，旅游业在全国持续升温，若尔盖这才迎来了让世界了解的机会。算起来不过是最近二十多年之间的事情。

旅游业的兴起，地方政府开始重视撰写、编辑、整理人文地理资料，出版旅游指南，印刷旅游画册，打造旅游景点。这样的一编撰一整理，就连祖祖辈辈生活在若尔盖的人阅读后也把自己吓了一跳。若尔盖，这个距离西南大都会成都和西北大都会兰州均五百多公里路程的空间距离，却在黄河第一湾的问题上，让中国有文字记载以来的历史空间距离整整糊涂了五千年。

仔细想想，这样的糊涂应该是不方便原谅自己的。

黄河第一湾不是徒有虚名的一条大河的标志性数字概念，它的美丽同样令人震撼。黄河从青海、甘肃流到四川若尔盖，然后又折向西北，再流回甘肃、青海。在若尔盖唐克绕了个 180 度的大弯曲，形成黄河九曲的第一湾。唐克的黄河草原正处在这个大弯曲的顶端上。

传说黄河是为了到若尔盖朝拜东方的海螺山雪宝鼎而来。雪宝鼎是松潘境内的一座著名雪山，距若尔盖唐克还有一二百公里路程。唐克是一片辽阔的草原，黄河的支流白河从唐克的黄河草原汇入黄河。白河汇入黄河的地方正好是黄河九曲第一湾的弯曲处，这一片水域显得更加浩大而苍茫。

白河从草原一路流来，把草地分割成一片又一片河洲。被分割的河洲之上长满了高原柳树，柳树枝干虽然并不巨大，却形成了无数丛林。清清亮亮的河水蜿蜒穿行于河洲之间，河中水鸟飞禽顺水而游，岸边牧人跟着牛羊随口吟唱，牧歌与鸟鸣随风而飘，天地一派祥和。黄河由这里开始就具有了磅礴的气势，而浩渺的水面竟无浪花翻涌。平坦而宽广的水域静静地流动，呈现出一种巨大的感染力和至上的气派。而更为奇特的是：当晴空万里的时候，从这里就能看见蓝天中高高耸立的雪宝鼎。中外科学家称这一现象为"宇宙中的庄严幻影"，实为自然界的一大奇观。

黄河第一湾的草原盛产中国名骏河曲马。河曲马体型俊美，四肢强劲，以其坚忍的耐力著称于世。唐代诗人杜甫诗赞河曲马"竹披双耳俊，风如四蹄轻"。如果河曲马是天下名骏，那么可以说是天然丰茂的黄河第一湾生长的河曲牧草养育了河曲马健壮的体格，辽阔美丽的黄河草原和气度非凡的黄河九曲第一湾造就了河曲马的品质。

寺院的鼓钹之声徐徐传来，将人的思绪带回现实。一座历史悠久的藏传佛教寺院"赤扎西铁钦林"，又名索克藏寺院，它就坐落在黄河九曲第一湾顶端岸边草原的斜坡上。那些身披红色袈裟的僧众，吹奏着老号，念诵着经文，每日迎着东方冉冉升起的朝阳，又望着它款款西沉。日复一日，年复一年，寺院门前悠悠的黄河静静地陪伴着他们，他们也陪伴着浩浩流水，看天空云来云往，听候鸟啾啾如歌。

黄河九曲第一湾，第一弯是草原，过了第一弯，天下黄河就是九十九道弯了。

关于纳摩

若尔盖一半是草原漫延的牧场，一半是森林覆盖的农区。这样的地貌不仅孕育了游牧文化和农耕文化，还是长江、黄河两大水系的涵养地，成为长江、黄河上游的天然绿色屏障和成都平原的绿色"空调"。

白龙江属长江水系，它的发源地处于若尔盖草原的边缘地带。白龙江源头在纳摩村的一个小山谷里。纳摩是四川与甘肃交界处的一座村庄，两省间仅有一条丈余宽的小河相隔。奇特的是在这弹丸之地，却坐落着颇具规模的两座藏传佛教寺院和两座伊斯兰清真寺，以及藏寨、回民村落。像这样不同神祇、不同教民，却又同沐一片阳光，同享一块风水的情形，在中国，乃至世界都是少见的。

界河两岸，分别建有川甘两省各自的佛教寺院和清真寺。四川寺院（当地人习惯称呼），全称为"达仓纳摩格尔底寺院"，简称"格尔底寺"，是四川阿坝地区规模最大、最具影响力的格鲁派寺院，辖有18座分寺。1958年这座寺院就已经有1200多位僧人在这里住寺修行了。西北寺院（当地人对甘肃寺院的俗称），全名为"达仓郎木赛赤寺院"，简称"赛赤寺"，是西藏拉萨哲蚌寺的子寺，亦属藏传佛教中的格鲁派寺院。四川清真寺和西北清真寺所在的村落互称"四川甲科村"和"西北甲科村"。村民由回族、东乡族、撒拉族和保安族等组成，1100多人。四川清真寺属中国伊斯兰教派中的"格的目"，西北清真寺属"伊和瓦呢"。在这里，界河、界线仅仅是政府的行政区划而已，与当地的民俗生活、教民构成与行政区划没有太大的关系。甘肃省甘南州七个县的藏族群众修行礼佛于四川格尔底寺，四川甲科村的相当一部分穆斯林教众也去西北清真寺做礼拜。在这里，无论是藏传佛教寺院，还是伊斯兰清真寺，都没有习惯上的围墙、门户。寺院之间相距咫尺，人界、神界、自然界，没有任何的阻隔。

一年四季河谷佛号长鸣，祈祷诵经之声不绝于耳，恢宏的寺院建筑与肃穆的清真寺宣礼塔共立于纳摩河谷，让人感悟宗教文化的包容与世俗生活的和谐。

格尔底寺五世活佛的肉身灵塔堪称小镇奇观。五世格尔底活佛出生于1681年，1775年圆寂。五世格尔底活佛圆寂近200年后，爆发了让世界瞠目结舌的无产阶级"文化大革命"。"文化大革命"的波涛席卷了中国的每一个角落，边远偏僻的纳摩也未能幸免。当时，五世格尔底活佛的灵体被造反派运到若尔盖县城，几个信教群众发现后，趁夜把活佛灵体偷走，然后悄悄掩埋在县城附近的达龙沟山坡上。当1981年格尔底寺院将五世活佛灵体从泥土里起出时，灵体竟然丝毫无损，目睹者尽皆称奇。寺院将活佛灵体重新请回格尔底寺院，供奉于金殿的灵塔之中。金粉抹面的五世格尔底活佛肉体真身历经两百多年的风雨，至今仍然栩栩如生，令信众和游人叹为观止。

纳摩不仅是宗教圣地，也是回归自然、回归天界的通道。郎木寺天葬台位于赛赤寺西北 300 多米处，是安多藏区最大的天葬台之一。在这里，飘动的各色嘛呢经幡是野风念动的超度经文，是逝者走向天国的背景图文。山顶成群的秃鹫眨动着机灵的眼睛盘旋着，它们是天国的使者，它们是天葬台的主角。百灵鸟鸣唱的天葬场，没有想象中的那种阴森与恐怖。在这里，死亡不仅仅意味着结束，也意味着开始，意味着重生与超脱。天葬是藏区群众对生命终结的达观态度，是对新生寄托的最后回归。

天葬是生活，是精神与物质的双重升华，天葬不是风景。

距格尔底寺不远就是白龙江源头。茂密的森林覆盖着峡谷，祥和而宁静。纳摩峡谷的山底，清澈明净的泉水汩汩地从石缝中喷涌而出，总也喷涌不停喷涌不尽，好像白龙江所有的水都藏在这座大山下面一样。冬天地面零下二三十度不结冰，夏天山洪暴雨季节不涨水，白龙江源头的水就是如此具有活力。

白龙江源头的泉水从寺院流过，从村庄流过，从城市流过，然后归入大海。平平静静地流淌，浩浩荡荡地一泻千里，最后在海洋复归平静。白龙江、嘉陵江、长江，继而大海，这是水从若尔盖出发一路交汇一路奔腾的流向，这是水的追求。饱经沧桑的人，则从海洋彼岸的都城闹市纸醉金迷中逆流而上寻根溯源，走回江河的源头，这是人性的回归，精神家园的憧憬。

有人说，纳摩是"佛的村庄"，此话并非虚言。

遥远的关系

孙惠芬

　　跟九寨的关系，一直建立在想象里，就和其他所有我没有去过的美好地方一样。跟九寨的关系，一直建立在想象的秋天里，坐着一辆中型大巴，由南向北，一连十几个小时都行驶在崇山峻岭深处的沟谷中，四周皆是满山的红叶。其实，我对九寨的想象相当缥缈，九寨的秋天太美了——那是身边无数去过的人回来的感慨，神秘的九寨，人间天堂——那是一首歌里唱的。太美是哪一种美？天堂是什么样子？可是不知为什么，在这诸多缥缈的想象里，却有一个形象而具体的场景一直存在脑海，那就是，进入人间天堂的道路是由南向北而不是由北向南。天堂，这是一个带有宗教色彩的说法，或许因为此景坐落在阿坝藏区的缘故。我最初感觉的缥缈，没准都因为这两个字，要知道，在没有宗教的北方，在无论哪里都是一片"白茫茫"一望无际的北方，我从未受过"天堂"两个字的洗礼，知道最多的也不过是人间"仙境"，而只要说仙境，无疑就会联想到唐僧取经里边的天上宫殿。我是说，是不是正是天堂的"堂"字，让我想到小时候村子里的庙堂、家中祭祀祖宗的香堂，是它们的坐北向南，才让我无形中有了这样的印象：朝圣的道路必须是由南向北？

　　我不知道。

　　真正来到九寨，走近人间天堂，却是冬天，并且走了一条和我想象完全相悖的路线，由北向南；并且，是飞机从成都直飞九寨的黄龙机场，省略了好长一段沟谷里的路程。与想象相悖，这让我感到遗憾。冬天来九寨，是因为一个不期然的诱惑，我的好朋友脚印，一再向四川作协"作家看九寨"活动的组织推荐我，她一边向那边推荐我，一边跟我说冬天的九寨多么值得一看。实际上，当时，让我感到最有诱惑的事情不是冬天的九寨如何美妙，而是脚印说去九寨正好路过她的家，公路正从她家门前通过。脚印是我两本书的责编，多年来与她有着美妙的交往，我喜欢听她舒缓而细柔的四川普通话，可是在此之前，我从不知道，多年来的美妙渗透，已使我们彼此有了一种说不清的关系，就是那种一听路过她的家乡，就压抑不住心中激动，就觉得不去看一看此生便少了许多意味的关系。也就是说，是脚印，使我和九寨缥缈的关系里，加入了一层现实的激动人心的关系。可是，到了成都才知道，她的坐落在公路边的家，飞机将以千分之一秒的速度从头上飞过。遗憾的感觉一直在心里弥漫，到飞机落到黄龙机场，坐上中巴，再由北向南而不是由南向北行驶，再看到满目和北方的雪天相差无几的白茫茫的四野，心里已经说不出是什么滋味了。

可以说，一直到九寨沟里住下来，我都没有找到心底的感觉，虽然一路上从阿来口中知道许多路边树木的名字，红柳，红桦，冷杉，虽然他也简略描述了秋天季节这里的万般美妙，但因为天气阴沉，因为所有的感觉都与想象相悖，眼中和心里，全无美妙之处，更不要说天堂之感了。很显然，飞机在缩短了我跟九寨的距离的同时，模糊了我跟九寨的关系，让我觉得我跟这里毫无关系。

改变这一切的，是一个长夜一个短梦，是梦后的一缕阳光，是阳光下白雪在高远山谷中的强烈反光。第二天一早，当走出宾馆看到远处强烈的反光，真就觉得做了一个短梦。因为仅仅是一夜之间，眼前的景象就发生了魔幻般的变化，被日光雪光穿透的是透明的雾霭，雾霭的远处更远处，是一丛丛冰青的树，铁青的峰，是树木之上山峰之巅纯真的蓝，是蓝天之中令人眩目的清澈。仅仅这眩目的清澈，就警醒我，某种神奇、神秘的东西就掩藏在沟谷之间，没准儿，它就在近处，眼前。

是这一刻，我深刻地感到，我跟这里的关系正在发生，因为我的心跳突然间加速，慌慌的感觉仿佛某种神秘的时刻就要降临。这之后，是一段徒步行走，是一段坐车绕行，很快，山峰之下沟谷之间，一个冰雪之中五光十色的湖泊跃然而出了。你惊恐某个时刻，而当真某个时刻到来，你却反而泰然自若。最初的一瞬，我相当平静，就像小时候走出村庄来到田边的河流，然而再上车，再坐车绕行，又一个冰雪之中五光十色的湖泊跃然而出，我不安起来。因为村庄一刹那不见了，身置其中的是一个奇幻的世界，冰瀑垂挂，它们仿佛一个个落入绝境的小兽，刚刚还相拥在沟谷的崖壁上，忽而，又纵身跳下沟谷，从深渊里翻身而起，巨龙似的仰天长啸；而不管它们身临绝境还是翻身而起，都蕴含着强劲的生命力，因为它们生动的样子仿佛释放力量就在此刻，令人肃穆。玉的天，玉的地，玉一样凝结着力量的奔跑和咆哮，让人怀疑到底是玉因为它们获得新生，还是它们因为玉获得永恒。熟知北方的冰天雪地，这一切本不会让我惊奇，惊奇的是你觉得这并不是现实的天地现实的人间，惊奇的是再坐车绕行，一片又一片五光十色的湖泊跃然而出，我觉得有些窒息，因为在这里，无论是湖上还是水下，无数个光体在微微旋动，蓝绿色的光、橘红色的光、青紫色的光，它们碰撞、拥抱，穿过蓬蓬藻类植物，组合成一个又一个钻石一样的球体，它们在奇幻阳光的照耀下，形成一个巨大的精灵一样的幻影，包围在天地之间、身心之外，不，它们已经渗透到我的内心，在那里旋动。我没有见过真正的精灵，我与它的关系也只是一种想象，就像没来之前对于九寨的想象，我用它来描述这里的湖泊，完全因为找不到合适的词语。我是说，在某种隐藏在身边的神秘、神奇的东西跳跃出来的时候，那些用来描写现实的词语已经失灵。是这时我才明白，为什么要冬天看九寨，为什么要坐飞机缩短距离，因为只有这样，你才能强烈对比出人间和天堂，你才能在怦然心动之后，深刻地感知身为游客的你跟九寨到底发生了什么样的关系。

到底发生了什么样的关系，我不知道。

在我眼里的湖泊，其实当地人根本不叫湖泊，而叫海子，导游说因为这里的人们见不到大海，把所有的湖泊都看成大海的儿子，五花海子，甘海子，卧龙海子，箭竹海子，我在海边出生成长，就从不知道大海在遥远的九寨失散了这么多儿子。我童年村子里的河流直接流向大海，我爱大海的海量，却从不知道大海在容纳百川的同时，居然消解了想象的能力，没有将这样一个传说留给我们：她汹涌澎湃在巨大的现实里，从不曾想象过身外的世界，她从来就没有告诉过我，我跟九寨，原来早就有了一种关系——一种超越现实却是血脉相连的关系。关键在于，我从来就不知道，这里的人们，居然把自然的生命看成人的生命，他们在把自己的想象融入自然时，让你看到他们对自然的崇敬、敬畏以及对自然生命的热爱，让你看到他们跟造物主的亲近，跟某些神秘、神奇事物的亲近。

　　某个瞬间，我跟阿来说了我的感觉，我想我的表达并不流利，因为我当时还不大能说清我的感受，可是阿来很快就听懂了，他说有很长一段时间他不能看汉人的作品，在他们的作品里，除了人和人之间的关系，就没有人和别的什么事物的关系。当时，他没有说出别的事物是什么，但我一下子就能接上去，比如树、鸟、空旷的山谷，还有神灵。

　　穿山越岭时，我看到一片红桦树，它们漂亮极了，红红的树皮在树干上爆裂，几近透明，摇曳的树枝将透明的红晃溢在山野，就像一个个在风中舞动火光的少女。红桦，除了树皮是红的，和白桦没什么两样，但就因为树皮是红的，爆开的部分明亮娇艳，让人不免有些心疼。不知是身置天堂，不由自主就有了当地人的思维，还是阿来的说法激发了我，站在红桦树下，我真就有了一串奇怪的想法，我想，如果说这里的湖泊是大海的儿子，那么这些我从未见过的红桦树和北方生长的白桦树到底是不是也有着血缘的关系呢？兄妹，或者母子？如果是，那么到底是白桦失散了红桦，还是红桦失散了白桦呢？如果是，那么是在人间的白桦更渴望做天堂里的红桦，还是天堂里的红桦更渴望做人间里的白桦呢？！

　　也许，这一切都不重要，重要的是在这遥远的关系里边，是否真的有谁领略到某种神奇的、让你怦然心动的关系，如我在某个时刻的怦然心动。这不禁让我想到好朋友脚印，她是不是正是基于这样的想法才积极地推荐我呢？

双桥沟游记

熊召政

　　虽然穿了夹克，进入双桥沟的时候，仍感到嗖嗖的凉意。尽管此时正值吴牛喘月的三伏，江南的草木，正在用焦煳的语言呼唤绕膝的清风。可是在这青藏高原的边缘，在这用白雪和葱岭堆砌神话的四姑娘山中，我立刻获得用潮润的凉气温暖心灵的快慰。

　　在这技术化与娱乐化重组生活的时代，人们都极有耐心地接受浮躁的侵蚀，他们很少给心灵放假。即使得到半日之闲，到软语温温的茶室里品一杯陈年的普洱，或者到空气浑浊的歌厅里唱一首新潮的歌曲，便觉得是一种莫大的享受。他们哪里知道，地老天荒的地方，山清水秀的自然，是最佳的心灵度假地。把城市搁在思维之外，把欢乐放进行囊，就这样，我与几个文学的驴友来到了双桥沟。

　　双桥沟是四姑娘山下若干个藏着绝世风景的沟壑之一，将近四十公里长的沟内，住了不到三十户的藏民。一条名叫赞拉的河流贯穿全沟。赞拉，在藏语中是凶神的意思，这么一条美丽的河流为什么叫凶神呢？好比一位千娇百媚的少女被叫作丑婆子，令人匪夷所思。双桥沟入口处有两座桥，一座叫杨柳桥，一座叫红杉桥，都是土著的藏民所修。前几年，为了便于汽车通行而改建了水泥路桥，杨柳桥与红杉桥弃置不用。但沟因双桥而得名，已是约定俗成了。

　　双桥沟的入口处海拔 2900 米，愈进则愈曲，愈曲则愈高。到了沟底，海拔升高了 1000 米。放在英雄逐鹿的中原，这沟底的高度几乎超过了所有的高山。

我曾戏言，陶渊明是一个一级棒的景区设计师，他构想的桃花源不仅是心灵度假地，更是灵魂栖息地。这么一个天堂级的景区，入口处却平淡无奇。只有乘船沿着狭窄的河流前行一段，稀世的风情才豁然洞开。双桥沟与桃花源，有异曲同工之妙。在沟外，触眼之处，见不到任何一处另类山水。但是，入沟过桥之后，闪过第一座山的屏风，立刻，一镡风景的陈酿，片刻之间就把你灌醉。

首先是云，八月的欲晴还雨的天气，使沟内的群山变成了云巢。我们进来时，云的盛大表演已经开始。面对它们，我想起李白"云想衣裳花想容"的诗句。这位蜀籍的诗人，其浪漫的才情可以穿透时间，千年之后仍让我们叹为观止。云所想要的衣裳，绝不是淑女名媛出席晚宴的礼服，而是杨丽萍那样的舞蹈家登台时穿戴的霓裳舞衣。花想要的容颜云也想要，云的舞衣与娇羞的花瓣一样艳丽。

眼前的云，如鲜花簇簇开放，如仙女飘飘起拥，如炊烟袅袅上升，如醉翁摇摇欲仙。好一幅云巢百态图！它让我想起一年前北京的鸟巢。我有幸在那里观赏了第 29 届奥运会的开幕式，数千人聚在一起演绎东方的典雅、古典的浪漫，让全世界为之倾倒。而现在，双桥沟云舞的开幕式从典雅中透出神秘、从浪漫中流出雄浑。如果来一场实况转播，它一定也会让世界陶醉。但是，它只是四姑娘山欢迎驴友的一场彩排。

如果说，云是诗歌的荷尔蒙，那么，泉就应该是诗歌的神经了。双桥沟不但上演了云的嘉年华，而且，它还是当之无愧的泉的博物馆。

我还是想用李白来说事，这位唐朝最大的驴友，平生足履所至，并不亚于比他晚了差不多九百年的徐霞客。他自许"一生好作名山游"，但因交通与战乱诸多因素，他无法将他的登高之志烟霞之癖写进更多的峰峦。庐山何幸，因为李白的到来，使世人通过他不朽的诗句而知道了三叠泉，而这样的瀑布在双桥沟比比皆是。

双桥沟气候多变。当雨意稍敛，云娘的舞衣如同林间的松蘑被巧手采摘而去的时候，瓦蓝的天空下，飞泉的舞蹈又在众山旋起。

有的泉凌空而下，如丝如线，时断时续，它缠绕着团团的翠叶，玩着串珠的游戏，但仿佛只用婴儿的手指，就可以将它掐断；有的泉破峰而出，漱雪腾云，沉入密林中如羚羊掠影，落在岩石上如轰雷迸溅。这道泉水飞沫扬涛，那道泉水喃喃私语。山一回而飞瀑列阵，如闻金戈铁马；路一折而鸣泉百道，如沐雪意霜风。正是这些泉瀑，汇成峡谷里的赞拉河，这滋润着大片大片的沙棘林，喂养着大把大把诗情画意的大渡河的上游啊，伴随你，哪怕老成一根枯木，也会成为不朽的诗句，或者，成为凝固的流泉。

当地的嘉绒藏民说：双桥沟是四姑娘山的后花园。此言不虚，当我走过人参果坪，过撵鱼坝，走过牛棚子，走过其实是古代堰塞湖的四姑娘措。短短的四十公里，我们走过了春夏秋冬四季。

云的缥缈，似远却近；泉的变幻，似幻还真。双桥沟内的所有展示，都是那么从容不迫、随心所欲而又错落有致。我看到春在花上、夏在树上、秋在草上，而冬则高踞在终年不化的积雪的山顶。

双桥沟的山，这云与泉表演的大舞台，更值得我们投以宗教的情感。沟内的高峰如猎人峰、野人峰、玉兔峰、度母峰、千年雪塔等等，都是海拔五千米以上的高峰。如果一位老人坐在姹紫嫣红的花丛中，我们就会从灿烂中看到风霜；同样，在春天的调色板上坐着几位戴着雪帽子的高山，我们就觉得眼前的风景不但具有了立体感，而且丰富无比。曾有很长时间，我注视着这些山峰。云来了，它们是若隐若现的仙山；阳光来了，它们峭拔的身影祖露无遗。一面面巨大的山体，除了树林就是岩石，这些岩石如角斗士健壮的肌肉。我暗自思忖：用传统的中国画技法，肯定无法表现这些山体的伟岸。如果用西洋画展现，首先要用大量的熟褐，然后加一点钴蓝，这样就有了岩石的质感。如果满足于阳光照耀它们的视觉需要，则还要加入微量的玫瑰红。不过，在我看来，无论是日本的东山魁夷还是俄罗斯的列维坦，尽管他们都是世界一流的风景画大师，他们仍然无法画出双桥沟山体岩石的质感。这乃是因为，人造的颜料只能是接近而永远无法完整地表达自然。岂止是颜料，在雄奇瑰丽的自然面前，人类的语言又何尝不是显得苍白。

只有上帝才有的借口

须一瓜

在厦门，冰雪比焰火礼花奢侈，因为厦门人容易找借口在夜空大放焰火涂抹天空。但是，冰雪只有上帝才有借口施放。永远在春天秋天里徘徊的美丽厦门，别处普通的景色是不容易入眼的，它可能了解一点冰雪常识，但永远也无法想象和理解一个透过蓝色的冰晶，展示的仙境之魅惑。冬天的九寨沟，以一种毫无人间烟火气的凛冽冰清，征服了所有南方人终年无雪的眼睛。这样的美景良辰，只属于上帝的借口，属于神祇的时空。

我们在沟口的时候，那位脸上有着淡淡高原红的、穿藏族衣裙的女孩，就对我们说，九寨沟所以能这样美丽，是因为藏族人认为万物皆有灵，祖祖辈辈他们都崇拜着、敬爱着这里的一草一木，一山一水。

我们是在万物肃杀的冬天，进入九寨沟的。冬季的游客不多，只有我们和冬天的九寨沟面对面，转头低头抬头之间，已经踏入清冽仙境深处。我才知道，以前看过的关于九寨沟照片没有夸大加工，这里的水，的确就是碧绿色、湛蓝的，有的地方还夹着鹅黄色。天光山色静谧地倒映在无人袭扰的水中，而水中清澈可见的是可能倒伏了一千年的树干虬枝，梦一般清晰、梦一般迷幻地停留在那里，和南方常见的水中木头不同，它们毫无腐朽气质，而是生机内敛思连千载，超然于俗物之外，不知道在等候哪一个童话故事的哪一个时刻。几个稀罕冰雪的青年游客，抱来一块冰，扔下熊猫海，冰块在坚硬的冰面上，像飞机一样滑翔后起飞，再跃入水中。水花落尽，一切如常，芝麻没有开门，没有打开它透明的大门，所有的俗物，依然在它透明的大门之外。

在熊猫海看到九寨沟六绝之一的"蓝冰"的时候，有人唏嘘，有人惊呼，有的人在发怔。数丈蓝冰厚重地把持着一个幽蓝之门，蓝如夏季早晨的碧晴，由浅而深、冰清玉洁、超凡脱俗。蓝冰深处，神秘凝然悠远，守护着众神踏越千古的踪迹。

希腊神话的奥林匹斯山。我怀疑神祇就住在这里，这里每一滴水里有精灵、每一片叶子上灵光晃动，每一块蓝色的冰都通向神秘的未来。九寨沟的任何季节，都可以使来这里的人愕然失语，而冰雪覆盖下的九寨沟，清冽于心的是，肃然朝拜的虔诚和恭敬，它比冰雪更有分量。春秋夏的景色也许像是女人的淡抹浓妆，而冬季才正是女人的素面真颜。有多少天下美景可以春秋冬夏风流不败？只有九寨沟的真颜素面如此卓尔不群，超然若仙境。我建议，所有终年难得见雪的南方人，尤其是浪漫的厦门人，请一定在冬天走向那个冰雪童话，去访问一下那个千年万年的神祇时空。

上帝把九寨沟放在那里用了一个令众神安心的借口，那就是藏民们对万物有灵的坚定信仰，对山水草木的虔诚。

这也是九寨沟震慑我们凡夫俗子的力量。

冬日的理由

杨少衡

你一定知道九寨沟，知道它的人间天堂美誉。如果你没有去过，你应该去，不要让自己心中长留遗憾。如果你去过，你应当再去，建议你选一个冬天的日子。如果你在冬天去过九寨沟，你一定还想再去，还是在冬天的时候。

我推崇九寨之冬，因为自己仅此一游，却感受至深，有许多的理由。十多年前我得到过一个机会，有望一游九寨，时为 1990 年，九寨沟声名鹊起，我和数位旅伴因事入川，走到成都，满怀憧憬谋划前往九寨沟，最终在踏上长途客车之前止步，因故未能成行。此后十六七年，曾经有过几次极好机会可往，人间天堂似已触手可及，最后都功败垂成，未能如愿以偿。身边的朋友同事去了又回，谈起九寨沟无不眉飞色舞，因此常随他们神游天堂，遥想九寨沟春日的草木、夏季的流水、秋日的色彩，还有冬天的味道。也许是心诚则灵，向往多年之后，突然得到一个机会，参加了四川省作协组织的"中国当代名家看九寨"活动，前往九寨沟，在冬季。

乘班机从成都前往九寨黄龙机场，气象预报当地下雪。那时非常担心，不知行程会不会止于飞雪。很高兴，飞机如期起飞。到达九寨机场时，飞机从高山峡谷间穿过，只见满眼银白。时机场四周雪峰耸立，道路两侧积雪成丘，但是天色明朗，没有雪意。那时忽然有些惆怅，很想看到雪花飘落，在冬日的九寨。

同行的友人说，不要担心，你知道九寨沟素称神奇。

　　果然，车行于途，翻越一座山岭，一阵风扑来，猛见得天上雪花纷纷，扑簌簌而下，一车同伴快活不已。车上山顶，已是满天雪景。司机把车停稳，下车给车轮装防滑链，大家蜂拥下车，立于高山之巅远眺，在飘飞的雪花中快慰赏雪。不经意间，九寨沟冬日的美妙扑面而来。导游说，九寨沟今年冬季雪下得比往年少，但是可以多看看冰，九寨沟的冰瀑可好，阳光下，有一种冰是蓝色的。蓝冰只属于天堂。于是大家非常期待。隔日登车进沟，一路找冰。九寨沟冰景果然非凡，冰瀑层层叠叠，冰凌短短长长，水从冰出，冰自水生，无尽奇妙。阳光照耀冰层，色彩斑斓，大家齐心协力，寻找蓝冰，寻找天堂的颜色。

　　所以冰雪是冬日九寨的第一个理由。

　　我在一个隆冬时节来到九寨沟，坐落于沟口宽阔气派的一幢幢现代旅游酒店让我感慨不已。我能想象出传统旅游旺季里，九寨沟山间湖边和道路上的滚滚人流，想象前呼后拥摩肩接踵人声鼎沸群山回响之壮，氛围何等热烈，令人心驰神往。但是冬日九寨的别样感受，对我这个冬日游客更为真切可感，更其心动不已。

　　五花海是九寨沟的一大胜景。它的五花之妙可能更多地呈现于秋季。我们到达五花海是上午时分，天已放晴，冬日的阳光照耀在湖面上，环湖宁静，林间有鸟鸣声声。我沿着湖边的小道一直走到湖岸深处，独自静立湖畔。我看到沉睡在蓝色湖水下的巨大树干纵横排布于湖底，看到一层雾气静静地在湖面上升腾，那种奇妙不含一丝杂质，伴着一种心神的安详平和深深烙进我的记忆里。没有什么数码技术能够记录那种感受，只有自己的心知道。

　　我们去看珍珠滩冰瀑。我在冰瀑下的小道让自己迷了路。我得说九寨沟景区管理极其人性化，是我到过的旅游景区里最好的之一。九寨沟大小旅游道路上标志齐备，指点清晰详尽，游者想在这里迷路只有一个办法就是闷头去走，不管不顾。那一天我自行迷途，在景点和山水间独自瞎逛，最后顺公路走向停车场集中地。近一小时时间里享受独处，一个人与九寨沟的天空和大地交流，没有语言，唯以心相通。九寨沟的山水此刻显得特别空旷，也特别灵秀。肯定有一些灵秀远离嘈杂，只存在于空旷里。空灵是冬日九寨的又一个理由。

　　还有篝火，冬天里的一把火。寒冷之际，人们有理由向往篝火。把我们围拢在一起的篝火燃烧在九寨沟一个藏式民居的大院子里，篝火旁的气氛跟那火一般浓烈。当晚主人盛情款待，安排我们在一家藏民餐馆，享受风味独特的九寨藏式晚餐。时而进出于餐厅的藏族小伙子个个帅气，姑娘们美丽如花。提起他们工作的这个地方，人人都说是"我们家"，我们则是他们家今晚的贵客。小伙姑娘们放下手中的酒壶菜盘都是歌手，一曲接着一曲，和声有如天籁。待长歌稍息，篝火就在院中燃起，主客围拢，伴着藏歌藏曲齐跳窝庄，会的不会的均手舞足蹈，其乐融融。忽然有数位小伙子冲向我们行列中的一位年轻女士，该女士手足失措，于猝不及防间被强行放倒，我们瞠目结舌。然后女士被抬起，抛向空中，似乎就要落入篝火，又被接住，再抛出去。原来这是一个即兴项目。此后主客双方交替行动，捉拿双方的女士，欢快的窝庄队伍里不时响起尖叫，穿插着追逐、逃逸、捕获和协力托举的号子，氛围类似于狂欢。寒冷的冬日，九寨沟除了山水景致，还有篝火熊熊燃烧，有热情驱逐寒意，有纯朴相伴胜景，独特的人文风情令人尤为难忘。

　　冬日九寨最应当强调的理由是阳光。我们一行人踏雪入沟，在雪花飘飞中来访，隔日即一天灿烂，九寨沟的阳光慷慨相迎。雪后初晴，碧空如洗，阳光特别通透，特别温暖，九寨山水在冬日暖阳中格外柔美，让人欣喜不尽。数日旅行九寨，一路阳光相伴，让我们满心感激。直至登车离去，回望九寨依然那般阳光，于是此行的全部记忆都在阳光中闪耀。明净的阳光从九寨四周的雪峰流淌到九寨山岭的林木间，在沿沟大小海子的湖面摇晃，闪光于冰层，铺布于天地，然后尽入心房。寒冷的冬日，阳光最为珍贵，冬日九寨的阳光最是胜景，带着慰藉，会直照进人的灵魂里。

　　所以你有理由选择冬日，你肯定还会发现更多的理由，在冬日的九寨沟。

冰姿雪韵第一姝

叶文玲

"黄山归来不看山，九寨归来不看水"是无数人的共知共识，成为大家最熟悉的新句子。

自认是山访客水知音，更愿寻觅自己的"独得"。当以无数脚茧丈量了各地名山后，我对第一句话存了质疑——因为，看了峨眉、张家界，便认为它们与黄山各有千秋；游过河南云台山，觉得它同样气象万千，从而觉得"天外有天，山外有山"绝非妄说。

有了这样的感悟，便觉得对名山大川不可盲从谬赞不可轻下结论，因而，无论是黄山、张家界、云台山、神农架，还是被人夸得神乎其神的泸沽湖、日月潭，虽然遨游时颇有兴致，但因品味不出独特的感觉，回来后竟写不出一个字。

只有九寨沟例外。

"九寨归来不看水"，是我由衷的折服、彻底的认定。

21年前初识九寨沟，我的第一状态是目瞪口呆、如痴如醉。

那时的九寨沟尚未开发。目瞪口呆之际不由呼唤：但问天下客，谁人识娇颜？如痴如醉之时，便把点点滴滴的爱意都倾泻在笔尖。虽然痴醉得无以复加，虽然没有忘记写作的一个教训——美绝人寰的仙境，是难以述说的，真正奇绝的大自然，是无法描绘的。即便使出了浑身解数，哪怕将唐诗宋词倒个底朝天，也难写出九寨之美——九寨沟是大自然最奇绝的杰作，九寨沟就是最美的大自然杰作之一。

但是，再多的"道理"挡不住真诚的仰慕，作文的种种"教训"，更难敌心底汹涌的爱意。景催情生，文由情发，难诗难画的九寨沟，就如五百年前的风流孽冤，就如一见钟情的爱侣，那是世上的"唯一"，任什么都无法抵挡，任谁都无法代替。

情人相见时的诉说，往往既不明智又不需讲什么哲理，我写九寨沟，从头至尾，字字句句都是爱的热昏话，呢呢喃喃全是情的糊涂账，诉说到最后，喃喃到末了，突然冒出了这样的祈求：唯愿死在彼地！

"唯愿"当然只是"吾愿"。九寨决非寻常水，她的澄碧，透明照心，她的圣洁，只能让人有洗心之念。能否"质本洁来还洁去"地水葬，却非一厢情愿可以得遂，染透了俗尘的我等凡庸之辈更不会有此福分。但我还是痴想：不得在此终了也罢，只要能随着她玎玎律动的九曲回环尽情淘洗一回，一脉心韵该如何清澈！洗却尘垢后的凡胎，焉能不飘飘欲仙？想呵想，念呵念，想想想，念念念，九寨归来不看水！21年越积越深的，就是牵挂；21年越缩越浓的，还是相思。每闻亲朋好友欲出游，便像得了游说的将令，立刻揣了副热火火的心肠去，话到嘴边却又生出几分羞怯，就像夸耀暗恋的情人，欲说还休欲罢不能：既希望听的人都和自己一样立刻认同这"天下唯一"，更希望去的人回来以后更加爱恋赞美这"天下第一"！

知否知否九寨沟，你知不知道我的心曲？你看你是这样地害人匪浅，我不知道为什么一见你就成了语言的笨伯、情愫的痴汉，明知你高贵的头颅总是优雅娴静地昂向云天，明知你深邃旷达的耳轮听过了无数这样的蠢话，可我依然愿意做这样蠢话絮絮的痴汉笨伯，纵然是情到深处话已无，我还想诉说对你的相思，因为，你是长在我心里的树，绝难拔除；你是镶嵌我心海里的钻石，即使随我埋葬，百年千年后照旧璀璨。

山幽深飞水长流，青鸟殷勤为探看。2005年的夏末，我终于有幸二度来到她的身边。21年哪，七千余日日夜夜，当然算得阔别，21年后重访，最能烙进心田的印象，当然也来自第一眼。哦，缩短了的天路云程是那样使人逸兴遄飞，精心规划和管理极好的秩序更教人感受到了现代化旅游的舒适。啊，馋得死内地人的蓝天白云，依然骄傲宣告她们只愿在这里长相厮守永驻留！天，还是蓝得像极了海，云，仍旧像游走的棉朵飞动的雪絮，还是巍巍群峰为屏，还是森淼泉流作障，我惊异我这阔别21年的情人呵，依然风尘未染，姣美如初，千黛万紫参差浓，山青水碧枫如丹！最迷人的当然还是这绕着九十九重山的九十九道回环瀑，呵，翠蜚丹流五彩池，银花万朵珍珠滩，细水如丝剑岩泉，汹涌奔泻诺日朗！呵，娴静的，依然是静如处子清湖似鉴，活泼的，依然是乱流倒悬水袖三千！

九寨山依然，九寨水依然，九寨沟，我的九寨沟如今更靓也更美！

惊呆了的我，看得再次痴痴如醉的我，无限的相思无尽的爱意又化作情话呢喃：廿年长阔别，但见水如故！

不，更确切的应该是：廿年心未别，只因水如故！

这个"故"字，便是中我心窝的"鹄"：故人，故友，故乡，"故"在心里，缘在"水"中。水是我儿时的伴侣闺中的梦，生养的命脉栖息的魂。九寨虽非故乡水，只因她美到了极致，更使我眷恋。她不光美在状态，还美在本质——九寨的水，既丰沛且多姿，"丰沛"是状态，"多姿"是本质，丰沛且多姿，就是九寨的水。

大音稀声，大美无言。九寨沟九寨沟，我知道，即便我将爱的昏话说上千遍万遍，你也不会回答，你向来脉脉含情而无语，你只以远村古栾的水趣水乐引我频频回眸，你只以多情深沉的微笑牵我心扉。九寨沟九寨沟，身虽归去心难舍，我只能暗暗发誓：只要是你邀约，我还会再来！

还会再来吗？天下之大，名胜之多，就是当今徐霞客，也是再一再二无再三，可你居然说"还会再来"？！

当然会当然会，人不解我我自解，水不醉我我自醉，我与九寨沟的情愫，是心心相印的默契，是唯愿知心到白头的厮守，只因在三生石上订过心灵之约立下了九天之愿，我与九寨沟自然有诉不完的衷肠，自然是绵绵爱意永无边！

就这样，我来了，又来了，这同一年中的第二次，是在有了冰花雪讯的岁末。

　　冗繁俗事，无非名缰利锁，早得浮生"多"日闲的我，接了这样的邀约，就是鸡毛信，就是红叶笺，哪怕身在天涯海角，也要化作一只青鸟飞来！

　　呵，就像并肩相拥的男神达哥和女神娥洛瑟妹，披一顶勇敢的战袍，着一双草袜毡靴再系上这条同心领和同心结，还有这银装素裹，还有这如翎箭竹，呵，那是天下男儿女儿最英武的盔甲，来呵来呵，这冰雪世界绝对是无妖无魔只有翩翩爱神得以翱翔的天疆地域！

　　九寨沟，我来了，我来了，果然是"冰雪童话"，果然是"浪漫之旅"！山还是那样巍巍的山，可因了这皑皑的雪，就像身披千万条祝福的哈达越发庄严；水还是那样婷婷的水，可因了这甘甜的清气分外妩媚，天越发地高，云越发地远，虽不见飞起玉龙千百万，却因这"绘事后素"的简朴，益发见出了真正的大美，却因这高天远云的静气，便有了天宫玉宇的神秘。呵，诺日朗还如雄浑高亢的交响乐，昼夜不息鸣奏着生命的音符；常常"吹皱一池春水"的镜海，更因这雪山似睡的毕静，也好奇地不再"美人蹙眉"而只任那含娇带羞的笑奋，在水底轻轻地轻轻地飞旋！呵，犀牛海箭竹海，照旧娉娉婷婷，火花海五彩池，仍是斑斓如染！这么说，这冬季的九寨沟岂非与春夏秋的景色无异？当然不是，虽然乱流锵然，可飞瀑间却会猛地窜出一座座冰雕雪塑，似雪笋，似玉莲，不不，说它是玉笋，玉笋绝没有如此壮硕，说它是雪莲，雪莲哪会如此张扬？更何况，如此晶莹剔透，如此奇特瑰异！这就是难描难述的九寨水，哪怕是结成冰凝成雪，也要冰出个龙腾凤飞的凛凛气派来！你再看，这一股股飞流，在一座座雪莲玉笋四周上下左右缠绕又迸溅，像要包围，更像保卫，看似调皮地撞击，实际上是为了同她相拥相偎地亲昵，那高高低低的声响，似鼓筝同奏，如琴瑟齐鸣，这儿是珠落玉盘，那里是弦断帛裂，哦，这就是九寨的水，哪怕是冰水雪水相交叠，哪怕是急水缓水齐和鸣，也要叠出个鸣出个轰轰烈烈疑是银河落九天的威势来！

　　人是醉了痴了地看，心是痴了醉了地甜，人常说月下读诗书，灯下看美人，是最有诗意最有情调的人生况味，我却想说：诗书美人世上多，月下灯下寻常见，相看两不厌，唯有九寨水，冰天雪地时，心韵最清澈！

　　人在冰雪世界，宛似身处仙苑，天人合一，就是人人向往的人生最高境界，无怪灿烂无忌的笑声伴着雪瀑飞扬，无怪个个好似骑士到了草原，激情难耐地高歌，龙吟虎啸地吼山！哦，冰雪天地九寨沟，神话世界九寨沟，世间还有什么境地可以同你媲美？人生还有什么情景能教人如此销魂？痴问间不由轻叹：天下没有不散的筵席……

"三度问奇九寨沟，廿年寻梦情自殊，春光秋岚难描绘，冰姿雪韵第一妹！"

神魂颠倒间，突然似闻天籁——恍惚中，九寨仙妹的俏语轻轻传来：

长相知，莫怅惘，真爱者，不言别……

静谧皇后山

袁　远

一旦抵达终年积雪的四姑娘山脚下，你便能穿越所处的任何一个季节，进入一个最清冽、澄澈的时段。

四姑娘山，川西高原小金县境内气质独特美如幻境的山水胜地，美景仙境，变幻莫测，时节在这里改变了走向，不再是横向的，而是垂直的。一座山，聚集了一年四季的美丽风景。人们说这里的美属于传奇，绮丽，透亮，你会发现，这传奇之类甚至拥有了主宰天气的特权，晴也罢阴也罢，雨也罢雪也罢，总是美不胜收，任何"不佳"的天气都是这幅自然图景的深情恋人，使得山川丛林显出万千风貌。

于是，喜悦和舒张的心情，在身心接触这片宁静土地的一刻，在脚步踏上蜿蜒干净的木栈道的瞬间，出动，蔓延，不动声色地铺天盖地。你可以在景区内的任何一处停下脚步，发现自己已然盛大，同时舒缓。四川西部，奇美风景的聚宝盆。这宝盆里，有名气惊人的九寨黄龙、人间天堂稻城亚丁，有景致丰饶的孟屯峡谷、天苍苍野茫茫的松潘草地；你还会眼花缭乱地看到深壑密林中"藏龙卧虎"的海螺沟冰川，如诗如画的米亚罗和丹巴、灿如宝石的叠溪海子、神秘美妙的黑水沟，等等。上帝钟情这片土地，抒情写意，极尽张扬。这满满当当的聚宝盆中，四姑娘山当得上光芒最为璀璨的明珠之名声响亮的风景区，某种意义上很少在我出行的选择范围内，其名气的热度与其景致的迷人度，似乎总免不了构成令人伤感的反比，仿佛一个宿命——

名气越大，越是游人如织、摩肩接踵；而访客越多，又越会恼人地削减自然本身的魅力，篡改景物天然的原味。但四姑娘山却似有魔法护体：这片土地对喧嚣和拥挤有一种奇特的消弭能力，能将再多游人的踪影和喧嚣消化于无形。

当然，至今这里的游人都没多到令人头疼的地步。

你可以说这是四姑娘山景区面积阔大、有着特别的"吞吐量"之故。这片景地囊括了四山相连的四姑娘山以及它周边三条风格各异又相辅相成的沟谷，每条沟纵深二三十公里，舒朗大气地将雪山、溪流、海子、飞瀑、密林、珍稀植物花卉定格在它的营盘上。沟谷内，山峰叠着山峰，丛林连着湿地，既曲折勾连，又深瀚辽远。终年积雪的山峰不唯四姑娘山，还有其他拥有别致名字诸如日月宝镜、五色山、猎人峰等等的雪山，或密或疏地矗立于沟谷，由眼入心，使人不断发出默默惊叹，惊叹的不仅是它们的美，也是它们的众多：这片景地在雪山拥有量上可谓富甲一方。

也正是这种将复杂收纳于深远，将深远以山峦的高耸不断推向天空追求卓越的姿态，造就了这片土地气定神闲、收放自如的气质。这气质又是如此安稳扎实，绝不因游人到来，或游人众多而"振荡"、串味。

当地人有他们的说法：这片土地有着神佑，因而永显圣洁。圣洁，自然安谧。不管是不是神话，总之这就是四姑娘山美丽的秘密：以罕见的静谧，淡定地强化其心坚意决的秀美；又以其抗衡岁月的秀美，展示它奇特的定力。

成都人是有福的。世外桃源般的四姑娘山景区距成都仅220公里，就与城市的关系而言，这是我国境内距离大都市最近的一座终年雪山。2008年"5·12"汶川特大地震前，驾车去往四姑娘山只需三个多小时。而对美景的享受，从上路的即刻就开始。从成都到都江堰，路上尽可饱览川西坝子诗意盎然的林盘景色；车过映秀，奇峰秀林，流水潺潺，果真是山水相映，秀丽入眼；一进入卧龙境内，空气陡然凉爽，好似巨大的冰箱敞开了大门。"5·12"之后，若仍选择这条路线，从进入映秀起，就是一段漫长的历险旅程。被地震剥去了皮肤的山体，形成了活动的流石阵，连绵挂在道路旁，如同石头的瀑布，一路虎视眈眈盯着被地震震得崎岖不平的道路，带给人足够的心理压力。今年上半年之前不断的余震，以及不时的雷雨闪电，常使山体的石头垮塌下来，毁掉打通的道路，让人一路体味到提心吊胆的滋味。而正是这旅途的"历险"，使得到达四姑娘山后，你能够对铺展在眼前的靓丽美景更感赏心悦目。

四姑娘山的栈道是我见过的最完美的。四川很多景区，都铺设原木栈道，而四姑娘山的栈道尤为出类拔萃，它遂人心愿且不遗余力地向前延伸，干净通透又不落痕迹地与自然相融，它为徒步和停顿带来了最舒适的感受与最大的可行性。它意味着缓慢，意味着惊喜连连：走在穿山越岭的栈道上，劳累被降至最低，而感官捕捉到的所有美妙被放大，被记忆牢固地收藏。在不断与飞瀑、流水、古木、奇石相逢，不断透过密集的丛林看到蓝得纯正、蓝得响亮的天空的行走中，在近距离与雪山亲密接触，无遮无拦观赏雪山冷峻的线条、刚硬的山体的过程中，能肯定的是，这里有着与外界不同的时间，沉稳、安宁得好似不动，只属于你，只属于内心。

这是来自看不见的神的一次爱抚，一个恩赐。有必要感恩：外界的嘈杂已然闭嘴，烦乱的心思大幅撤退，你得以暂时告别内心所有的沉重与灰暗，一步回到原初，回到最干净也最强壮的阶段：一颗完美的心脏，两片纯洁的肺，毫无杂质的血液，尽情绽放的感官。

神仙池之旅

张守仁

雨后的清晨，窗外是绿屏般的山岩。有一缕哈达似的白云，舒卷着飘越岩顶。由冷杉、云杉组成的林子里，小溪潺潺，山鸟低鸣，更衬托得这片谷地清幽、宁静。

——题记

我们乘着大巴，从甘海子九寨天堂国际会议度假中心出发，去五十公里外新开发的神仙池。车在峡谷里盘旋而上，一连绕了 28 个弯，才攀登到 3604 米的高度。沿山路先是阔叶林、针叶林混交的森林区，然后是高山草甸区。经过针叶林区，看到杉树枝梢间飘荡着许多纤细的松萝。松萝是针叶林的寄生植物，它们只在负氧离子极多、空气中二氧化硫含量极少的环境里才能存在。当地老百姓管它叫"山挂面"，是麝鹿、金丝猴最爱吃的食物。

进入高山草甸区，驰过一簇簇高山杜鹃花，开始翻山。我们翻越的山，名叫亚隆那日神山，至高点 4200 米，属岷山山脉。越过山顶，车子渐渐向下，穿过林区，便是一条呈 q 状的环形栈道，延伸进神仙池景区。

这里栈道的木板，是购自俄罗斯的杉材，全都用药水浸泡过，做了防腐处理。长长的、曲折的栈道穿越于密林之中，与花草为伍，和池瀑为邻。那天刚下过雨。人走在栈道上，衣袂拂树叶，雨露滴脸颊，一下子让你融入大自然的绿色怀抱之中。栈道全都架空离地，使地上的动植物免遭践踏，泥土免于板结，生物得以自由繁衍。栈道两侧，时有兜兰、芍药、地星草向游人散发种种馨香。栈道中间耸立的一株白桦树枝梢上，一只嘴黑、羽红、尾蓝的大红雀，小眼睛向我投来惊异的目光。为了让开大树，栈道只得曲曲折折绕行。前边游人的身影已被树丛遮没，后边的却只能听到人声、水声和鸟声。

走在我身边的导游是个藏族青年，名叫扎西多杰。他是本地人，不断向我介绍林中花花草草的名字，什么驴蹄叶啦，竹节草啦，铁棒槌啦，五加皮啦，野玫瑰啦。他说："我们藏民不吃鱼，不吃鸟，不吃蛇，故这一带动物保护得好。这儿原始森林里经常出没着野猪、黑熊、云豹、青羊、狼、獾、穿山甲……"扎西多杰穿着颜色鲜艳的藏袍。我问他："为什么藏民穿藏袍，有的裸露胳膊，有的两手穿在袍袖里？"他说："藏民大都生活在高原，早晚温差大，故我们的藏袍随着气候的变化有不同的穿法。早晨天冷，两手缩在袖子里。上午天暖和起来，便把右手祖露出来。中午天热了，两只胳膊一齐露出来，把袖子交在胸前。藏袍无纽扣，开合全靠腰带。如果我们放牧牦牛，夜宿野外，藏袍也就变成了睡袋。"沿着曲曲弯弯的栈道深入林海，一观赏神仙池景区的金银滩、翠绿海、神水泉等景点，发现这儿的水景兼有九寨沟和黄龙的特色，融九寨、黄龙风光于一身。在这阿坝州九寨沟县大录乡茫茫原始森林里，成片的山坡被黄色、乳白色钙质所包裹，形成一个个奇特的盆状钙华池和钙华坡。这里既有足以与黄龙媲美的大型钙华池，又有九寨沟特有的五彩缤纷的高山池泊。

最后我们来到仙女池。传说这里是仙女沐浴的地方。池水湛蓝，蓝得纯净，蓝得透明，蓝得典雅，蓝得静美。仿佛是神女剪下一片蓝天，把它随意镶嵌在这林中不规则的镜框里，所以这儿的池水具有不沾红尘的冷艳。我站到池边轻咳一声，水面漾起阵阵涟漪、粼粼波光。细察四周，神仙池被密密松杉林包围。清澈的池底，静卧着一些沉木。被钙化了的树干，像标本似的隐隐透出乳白色的身影。我坐在栈道边栏杆上，凝视着这大地上的"蓝眼睛"，觉得自己已进入梦中的童话世界。

九寨蓝

赵大年

十六年之后重访九寨沟，我添了白发，她多了友人，一年数百万。难忘当年九寨沟口几面山坡，大片大片齐胸高的树桩，野蛮采伐的劣迹，惨不忍睹。伐木队以"剃净青山万千头"之势杀进沟来。幸亏国运复兴，人们萌生爱美之心，蜀中作家、画家、摄影家多方呼吁：抢救九寨沟！诸多报刊纷纷响应，形成舆论，争斗三年，最后由中央领导人出面干预，才撤走了林场和伐木队。

怎样看待九寨沟？视角迥异，分歧极大。她是富丽的旅游资源吗？还是几千万立方米木材？是蛮荒未开的穷乡僻壤？还是美到极致的世界自然遗产呢？

怎样描绘九寨沟？也是难题多多。东方游客说她是人间仙境，西方游客说是童话世界。九寨沟的寨主们如今是大学毕业的斯文雅士，他们另有一说：这里是摄影家的天堂、作家的地狱。此话怎讲？且看九寨沟的美景成就了多少摄影佳作。而要诉诸文字，却很难，很难。音乐，舞蹈，美术，各有各的语言。在九寨沟奇丽的自然造化面前，文学语言就显得贫乏和苍白无力了。中国历史上的大作家可以描写滕王阁、岳阳楼、长江赤壁、永州八景，即令天才的衮衮诸公还阳再世，大概也无能刻画九寨沟。除非你在中华大辞典之外另创造千百个崭新的形容词，或者，最好是邀请你的读者走进九寨沟，亲历亲见，亲身体验她的白云、绿树、繁花、秀水，净化下灵魂，然后，彼此相信：大美无言。

我们这些采风者，不乏两进、三进九寨沟的文人书生，如今停步栈道，箭竹海观鱼，许多既有的概念又发生了动摇。

"山多高，水多高"，没错，此地海拔三千，仰望更高处，仍有山泉瀑布，我猜是雪水流经石漤之涌。"水至清而无鱼"，动摇了，这里的水，洁净得无以复加，更拉姑娘却叫我看叶型鱼。果然有不少柳叶般的小鱼漂游在水面，以获取阳光暖意。这高山海子的水温儿近零度，大概没有浮游生物，小鱼吃什么呢？来到九寨沟，疑问丛生，不能件件问更拉。问过的，你的藏文名字是什么含义？她笑出了酒窝：吉祥的仙女。两天前她带车到九寨天堂大酒店来接我们，亭亭玉立，笑容可掬，真如仙女领我辈凡夫俗子登临仙境。这高山小鱼挨冻受饿，所以永远长不大，我只能自行解答。另一位凡夫俗子张守仁却来问我：大年，你看这水的颜色是宝石蓝吗？

问住了。张君乃学贯中西之大主编，谦虚点儿说，我们都是文字工作者，脑袋里有不少形容词儿，却无法形容这海子的颜色。天蓝，海蓝，湛蓝，深蓝，浅蓝……都不对，我想到这里因有九座藏族村寨而得名，就说了个藏青，他摇头，我也赶紧摇头。什么蓝，能蓝得如此晶莹亮丽、惊魂动魄？我说，苏州绣娘能辨认上千种颜色，是不是请她来一趟九寨沟呢？张君不依不饶：难道北京作家就说不出这是什么蓝？逼急了，鸡飞狗跳墙，我说这只能是：九寨蓝。

阳光七原色，光波长短各不同，映入江河湖海，最洁净的水就最蓝。此种说法似未脱俗。人类飞上太空，回眸家园，是颗蓝色的星球。这是什么蓝？我无缘回答，还是去问问加加林或杨利伟吧。人们进入九寨沟，这一百多个高山湖泊，大小相联，跌宕错落，真像吉祥仙女的蓝宝石项链吗？如此形容仍落巢臼。

上次是金秋走进九寨沟，色彩斑斓，是多姿的树影染出了五彩湖，或是水与树交相辉映？心里也有诗句涌动，"此景只应天上有，人间相看如梦中"，"家乡红叶虽然好，怎比九寨秋色浓"，今天写出来，难免招笑，深感惭愧。也有文友春天观看九寨沟，他知道北京中山公园唐花坞里培育着几百种鲜花，就说九寨沟是"一万个唐花坞",今天写出来,我也为此感到惭愧,因为这里是无法形容的,何苦露怯。

这次进沟适逢盛夏,满目青葱。那云杉、冷杉、樟子松、箭竹、毛榉,以及我叫不出名字的种种绿树,引诱你说说是什么颜色?凝目细看,原来绿也有许多层次,翠绿、碧绿、油绿、浅绿、橄榄绿、豆青绿、鹅黄绿、祖母绿、深绿、墨绿、鹦鹉绿、鬼脸绿……任凭你怎样饶舌,也无法描绘这天然之绿、生命之绿、喷薄着鲜活氧气之绿、净化人寰之绿。

千百年来,藏胞敬山如神,爱水如命,在沟底种植少许青稞、胡豆,饲养不多的牦牛、鸡鸭,挂起经幡,转动经轮,过着红尘不染的宁静生活。虽有珍禽异兽遍山坡,也绝不狩猎。箭竹六十年一开花,然后枯黄,正是夏历一个甲子、一个世纪,新竹嫩笋不够吃,大熊猫饿了,就走进村寨乞食,藏胞给它两个苞谷馍馍,坐在木楼下吃罢,又大摇大摆地走了。这里的山水林木,花鸟虫鱼,与一千来位藏族同胞从来就是平等的生命,彼此都是大自然和谐的组成部分。如今建立九寨沟管理局,寨主们都像更拉姑娘一样穿着合身的草绿色制服,独特的臂章上绣着大熊猫的肖像和"自然保护"四个字,体现"天人合一"之哲理,让你浮想联翩:绿是春的信使,绿是和平的象征,绿是自然生态的本色,生命之树常绿。

刚看过纪录影片《世界十大自然奇观》:阿拉斯加北极光,珠穆朗玛峰,科罗拉多大峡谷,维多利亚大瀑布……没有九寨沟,颇感不平。忽一转念,人家评选的是"自然奇观"呀,若选"自然美景",九寨沟必定名列前茅。

中国先哲提出的"天人合一"思想,终于在两千多年之后的里约热内卢世界环境大会上得到了共识,形成"可持续发展"的理论:只有切实保护人类赖以生存的自然环境,经济建设和人类文明才有可能持续发展。这真是既古老又先进的文化结晶啊。来吧,亲眼看看九寨蓝,怎么蓝得如此晶莹亮丽、惊魂动魄?